文春文庫

こちら横浜市港湾局みなと振興課です

真保裕一

文藝春秋

目次

《主な登場人物紹介》

船津暁帆　横浜市港湾局みなと振興課の職員
城戸坂泰成　横浜市港湾局みなと振興課の新人
神村佐智子　横浜市長
東原麻衣子　暁帆の友人
柳本三奈美　市民情報室の職員
真野吉太郎　横浜ハイラークホテルのオーナー
馬場周造　地元横浜の衆議院議員

こちら横浜市港湾局みなと振興課です

第一章　もう一人の舞姫

1

その人の姿は、子ども心にも気になっていた。

もう十五年も昔の話だ。横浜港の大さん橋と国際客船ターミナルが改修されたと聞き、豪華客船を見に行こうと家族で話がまとまった。が、父のいつもの悪い癖で下調べをおろそかにしたため、その日に限って港に大型客船が停泊していなかった。

何のために来たのかわからないよ。だから言ったじゃない。弟と母が父をさんざんにこき下ろし、楽しみにしていた休日は台無しになりかけた。ところが、捨てる神あれば拾う神ありで、たまたま小ぶりの客船が大さん橋に入港してきた。

当時はまだ大さん橋に〝くじらのせなか〟というネーミングはなかったと思う。ターミナルの屋上にはウッドデッキが広がり、そこで家族四人仲よく肩を寄せ、客船をバックに記念写真を撮った。その帰りに、暁帆《あきほ》はまた気づいたのだった。

大さん橋のたもとには、昔の堤《つつみ》を整備した〝象の鼻防波堤〟が伸びている。その堤のちょうど向かいに、上層階がせり出した特徴的な形のふ頭ビルがあり、通路脇の物陰に一人の和服を着た老婦人が立っていたのだ。

暁帆たちがデッキへ向かう時にも、その人は頼りなげに一人で同じ場所にいた。見事な白髪で、七十歳は超えていただろう。地味な灰色の和服に身を包み、ターミナルのほうを気にしながら腕時計に目を走らせていた。

待ち合わせの相手が遅刻でもしているのだろうが、若い男女や家族連れの多い観光客の中、一人たたずむ老いた婦人の姿はかなり目立った。だからなのか、ビルの裏手の壁に身を隠すようにして立っていたのかもしれない。

暁帆たちがスロープを下りていくと、手続きを終えた乗客がぽつぽつとターミナルから出てくるところだった。その中に一人、猛然と〝くじらのおなか〟から飛び出してくる若い白人の男性がいた。

彼は何か大切なものでも探すみたいに辺りを見回した。すると、その若者の前に、あの和服姿の老婦人が飛び出してきた。

二人とは距離があったので声は聞こえなかった。もしかしたら言葉は交わし合っていなかったかもしれない。二人は走り寄るなり、ひしと抱き合った。

老齢の日本人女性と若い白人男性。彼を出迎えに来たのなら、待合室を利用すればよかったのに、老女は一人、まるで身を隠すようにビルの陰に立っていた。しかも、走り出てきた若者を見てこらえられなくなったみたいに飛び出し、人目もはばからずに抱きついていった。

遠く血のつながった親族であれば、誰にはばかることなくターミナルで待てばよかったろう。歳が離れすぎていたので、恋人とは考えにくい。けれど、互いにとって、走り寄って抱きしめ、その存在を確かめずにはいられない大切な人であったのは想像できた。きっと長く会えずにいたのだろう。船旅の途中で、老女から迎えに行けそうだと連絡がきた。だから、若者は手続きを終えるなり、矢も楯もたまらずターミナルから走り出た。

二人がどういう関係だったのか、今も暁帆は想像してみることがある。そこにはおそらく、人と国をつなぐ素敵なドラマが隠されているのだろう。

多くの出会いと別れが港にはある。

「またその話？　だから暁帆は厳しい現実にも耐えていけるってわけなの。お人好しね」

嘆《なげ》きと怒りの視線をぶつけられた。

「自分をなだめてるの。人の出会いを支えてると思えば、少しは我慢できるでしょ」

「そんなの、上司たちの思う壺よ。今度という今度は絶対、辞表をたたきつけてやる」

また麻衣子《まいこ》の発作が始まった。今日は目にうっすら涙まで浮かべているから、午前中によほど屈辱的な何かがあったのだろう。手厳しい課長の下、彼女はよく耐えていると思う。

レタスがはみ出たサンドイッチを手に、麻衣子は山下公園のベンチから立ち上がった。目の前に浮かぶ氷川丸を睨みつけた。

「早く本庁舎に戻せよ、人事課。離れ小島はもういやだっ！」

こんなはずではなかった。市の採用試験をパスできて、これで親方日の丸、悠々自適にアフターファイブを楽しめる。ちょっぴり上昇志向の男を見つけてゲットすれば、老後の年金も保証される。そう冗談半分に喜び合った日が懐かしい。世の中そう甘くはなかった。

横浜市港湾局は、横浜スタジアム横の本庁舎に居場所はない。山下公園とは目と鼻の先に建つ産業貿易センタービル五階に隔離されている。

「大声出しすぎたら、聞こえるよ」

「誰に聞かれたってかまわないわよ。どうして横浜は日本一の港なの。いくら片づけても、書類の山が減らないじゃない」

神戸に負けるな。東京、名古屋、大阪の港も懸命に追い上げてきてるぞ。物流と情報のハブ化を謳《うた》い文句に、市を挙げてあらゆる船舶の誘致に余念がない。港が栄えてこそ、横浜はある。港湾局はずっとオーバーワークを強いられている。

「暁帆も聞いてるでしょ、そろそろ新人が配属されるって」

「期待するだけ損ね。新市長の目玉政策は待機児童問題の解決でしょ。予算も人もそっちが優先」

「……ったく、聞こえのいい台詞にばかり騙されやがって。今時の有権者ってやつは、これだからダメなんだよ」

彼女が反市長派だとは知らなかった。現役弁護士かつ元TVキャスターの肩書きをひっさげて初当選した女性市長に、今も多くの職員が警戒心を抱く。上の不用意なひと声で、下は大混乱に見舞われかねない。

「部下ができたら、ぜーんぶ仕事押しつけてやるのに、もうっ」

日々くり返される愚痴とため息を聞き流し、暁帆はコンビニ弁当を頬張った。今日も食後のコーヒーを味わっている暇などなさそうだった。


さて、午後は何からさばいていくか。エレベーターを降りる前から心のスイッチを切り替えて、仕事の段取りを頭で組み立てていく。

記者発表の資料作りが最優先だが、港湾ニュースの記事もそろそろまとめておかないと、あとが大変だ。ゴールデンウィーク用お散歩マップの締め切りも目前に迫る。午前中は客船の入港予定を市のホームページにアップするのでつぶれたため、ますます仕事は押せ押せだった。

席について資料作りに取りかかると、待っていたかのようにデスクの電話が鳴った。課内の席は半分ほど埋まっているのに、一人として受話器に手を伸ばそうとはしない。

しつこく電話は鳴り続ける。先輩たちにならって暁帆もキーボードをたたく。

「ほら、船津《ふなつ》君、電話だよ」

武田《たけだ》課長が長いあごを振ってきた。疾《はや》く部下に指示を出すこと風の如《ごと》く、会議で静かなること林の如く、ミスを見つけて叱ること火の如く、動かざること山の如し。同じ武田の家訓でも大きな違いだ。

腹を決めて、受話器を手にする。

「はい、こちら横浜市港湾局みなと振興課、船津です」

先々代の市長が〝何でも屋〟まがいのネーミングを採用したため、あらゆる雑事が回されてくる。港の広報、国際交流、施設管理に防災計画、が主たる仕事なのに、港関連の厄介事はすべて振興策につながるとの理由を作られ、たらい回しの末に押しつけられる。その大半が、人事ヒエラルヒーの最下層に位置する暁帆にまず割り当てられる。

「総合受付、山田です。また大さん橋のデッキで足を怪我したとの苦情が入りました。お願いします」

ちょっと待ってくれ。珍しくも武田課長が重い腰を上げ、基本応対マニュアルを作って渡しておいたはずだ。さては、やり手のクレーマーか。

先手を打たれて、素早く回線が切り替わった。向こうも矢面に立つ部署なので、しれっと仕事を押しつけてくる。

「ねえ、子どもが裸足で遊ぶのは自然なことでしょうが。違うっていうの」

案の定、いきなりのファイティングポーズだ。芝とウッドデッキの広がる〝くじらのせなか〟は、市民と観光客の憩いの場だが、風雨にさらされ、ウッドパネルにささくれが目立つ。そこで、裸足での歩行禁止と転倒注意、と書いたプレートを設置してある。苦情に備えたアリバイ工作だが、役所相手に声を上げねば同じ犠牲者が出ると信じる正義感の持ち主が、予想以上に多いのだった。

「お言葉ですが、芝生の中にも、裸足にならないようにと注意書きがございます」

「三歳の子どもが漢字を読めるもんですか。ああ、そういうこと、うちの子が馬鹿だから仕方ないって言いたいわけね、横浜市は」

親の役割は何なのか、と苦言を返したいところを我慢して、「善処します」と役人言葉を使って煙に巻き、理解してもらうしかない。

「大さん橋の設計は国際コンペによって決定されましたもので、大規模な改修は難しく、いかんともしがたいところがございます」

言い訳がすらすらとよどみなく口をついて出る。そういう我が身が少し恥ずかしくもある。が、当時の審査員はウッドデッキの劣化を考えていなかったと断言していい。プラスチックや金属と違って、木はメンテナンスにも費用がかかり、見た目重視の結果が役人の仕事を増やす。

「……わたしどもも今後はさらに注意喚起をしてまいります。貴重なご意見、本当にありがとうございました」

頭ごなしに罵倒されなかっただけ、まだ今日はましだった。それでも貴重な十九分が失われた。ふつふつとストレスの泡が胃の奥にこみ上げてくる。ぐっとこらえて肩で息をついた。と、課長が誰にともなく言った。

「おーい、カンボジア研修生の広報資料はまだか」

その場の視線が再び暁帆に集まる。

先月、カンボジア港湾庁とのパートナーシップ協定が締結され、十二名の研修生を無償で受け入れると決まった。両国間の貿易量は右肩上がりで、そのコンテナ船を将来も横浜へ誘致しようと、新市長がひねり出したアイディアだった。国際貢献と商取引が同時に成立する〝ウインウイン〟の協定だ、と聞かされている。

「四時の会見までには仕上げます」

「メディアに配る資料なんで、誤字脱字のチェックは入念にしてくれたまえよ。あ――そうだった」

また新たな仕事を思い出しでもしたのか、声が途切れた。

もう無理です。のどから出かかった言葉を呑み、視線で気持ちを訴えつつ課長を見返した。

「人事の山川君から極秘情報がきた。喜べ。増員だよ。うちにもようやく新人が来る」

やったな。ついに念願成就じゃないか。何よりの朗報だ。急に課員の表情がゆるみ、口々に勝手な感想を言い合いだした。

甘い。暁帆は冷ややかに受け止めた。

去年、隣の港湾管財部に配属された新人は、たまりにたまった入出港届を処理できず、半年で胃に穴を開けて入院したのを忘れたのか。暁帆は身を乗り出した。

「使える子なんでしょうね、課長」

「じゃないのかな。国立大出のエリートらしいから」

嫌な予感しかしない。

「待ってください。エリートが来るような部署じゃないですよ、うちは」

「悪かったな、エリートじゃなくて」

資産活用係長がわざとらしく声を低めたが、外野の雑音には耳を貸さずに言った。

「学歴の高い子より、体育会系のほうが絶対に使えますって。うちは体力勝負の雑巾掛けみたいな仕事ばかりなんですから」

エリートの自覚を持つ者は扱いづらい。役所のメインストリームから外れた部署だと知れば、新任早々に熱意をなくしかねない。民間企業であれば、業績を積むことで出世街道に戻れもするが、起死回生の逆転満塁ホームランなど役人の世界にはまず存在しない。

「お願いです、今からでも人事にかけ合ってください。使い減りのしない体育会系に替えてもらえないか、って。そう思いますよね」

いつも愚痴を言い合う先輩たちにも話を振った。ところが、今日はなぜか誰も返事をしてくれない。上司の前とはいえ、八方美人がすぎる。その代わりとばかりに、誰かが暁帆の後ろで言った。

「……生憎《あいにく》と運動部の経験はありませんけど、精一杯、雑巾掛けをさせていただきます」

不意打ちに振り返ると、紺のスーツに身を包んだ背の高い男が真面目くさった顔で突っ立っていた。体のどこに筋肉がついているのか疑いたくなるスリムさで、髭も眉も薄く、影まで薄そうに見える風采だった。

「初めまして、城戸《きど》坂泰成《さかやすなり》です。人並みに仕事をこなしていけるよう頑張りますので、みなさん、ご指導ください」

尺取り虫まがいに深く腰を折って一礼すると、最後に暁帆を見て微笑んできた。

2

「船津さん、ちょっとよろしいでしょうか」

期待の新人君が、デスクを整えてパソコンに向かったかと思うと、急に身をすり寄せてきた。研修生受け入れの記者資料をまとめるように伝えたとたん、これだ。

「だからね、今までの流れはすべて共有ファイルの中に保存してあるって言ったでしょ。いい？　うちの課のファイルを呼び出して、頭のほうから見ていけば――」

「はい、言われたとおりにまとめてみました、チェックをお願いします」

人を食ったような笑みを浮かべる城戸坂の目を見返した。嘘だ。まだ言いつけてから二十分も経っていない。

差し出されたペーパーを見ると、タイトル横には「横浜市記者発表資料」と教えてもいない定型の見出しまでが整っていた。

一読して、汗が出てきた。基本合意までの経緯と、この人材育成が明日のコンテナ船誘致につながるとの目算が洩れなく、かつ穏当な表現でコンパクトにまとめられていた。

「まずかったでしょうか。ファイルの中にあった写真を使ってみたんです。過去の資料は発表内容を箇条書きにしてあるのみで、アイキャッチャー的な視点に欠けているようでしたので。あちらの関係者と握手する市長を入れこんでみました」

見出しの大きさと色に配置、写真の位置と説明文、すべてに完璧で、誤字脱字も見出せない。しかも、暁帆が過去に仕上げた資料の欠点をさりげなく指摘し、具体例を挙げて改善点を提案してくる。

「市民生活に直結するイベントとは言えないので、やはりもう少し控えめな体裁にしておいたほうがよかったでしょうか」

あくまで謙虚な態度を保ち、ひとまず先輩の意見を訊く姿勢を見せるぬかりなさ。ものが違った。こういう簡単な仕事ひとつで力量が知れる。

「船津さんに教えていただき、いろいろ相談しながら仕上げてみました、はい」

課長のチェックを受ける際、暁帆のおかげでもある、と彼は言い添えた。謙虚もここまでくると、何か秘めた狙いでもあるのかと疑いたくなる。

「よし。じゃあ早速、城戸坂君も記者会見を手伝ってくれ。使える部下ができて、少しは楽になりそうじゃないか、なあ」

呑気な課長だ。便利屋まがいの課に配属されるような新人ではないと、そのうち思い知らされるだろう。たぶん三年もすれば武田課長と肩を並べる実績を積み、五年で追いぬく。請け合ってもいい。

その予感と疑念は、記者会見の準備を進めるうち、さらにふくれ上がった。

関係団体への挨拶回りを終えて本庁舎の会議室に到着したカンボジア港湾庁の役人を出迎えると、城戸坂は流暢《りゅうちょう》な英語で会見の式次第を彼らに説明し始めたのだ。

課長は驚く様子もなく目を細めていた。事前に何かしらの情報を人事課から与えられていたのだろうか。いずれにせよ異例ずくめの配属としか思えなかった。

暁帆がまた首をかしげていると、会議室のドアが開き、男たちが姿勢を正した。

多くの付き人――副市長や局長たち幹部に担当秘書――を引き連れて、神村佐智子《かみむらさちこ》が会議室に登場したのだ。今日も薄化粧で目尻の皺を隠さず、軽やかさを強調する細身のパンツルックだった。いつ見てもTVカメラの前と変わらず、背筋がしゃんと伸びている。

城戸坂がまた英語でカンボジアの役人たちに市側の人物紹介を小声で始めたのを見て、神村佐智子が目を見張って言った。

「あら、わたしの出番はないみたいね」

元キャスターで英語にも堪能だったため、市長自らが会見時の通訳を務める予定になっていた。

「あ――失礼いたしました。市長がお見えになる前に、ざっと会見の概要をお伝えしておけ、と課長から言いつかりましたもので、先にお話しをさせていただいておりました」

城戸坂がまた長身を畳みながら身を引いて、市長に言った。そんな指示など出していない課長は何となく笑い返している。

すると、カンボジア港湾庁の役人が何か英語で言い、市長が笑顔で応じた。城戸坂と課長までが市長と目を見交わし、微笑み合った。まさか課長までが英語の使い手だったとは、今の今まで知らなかった。

「何なの、何を話してたのよ」

暁帆は城戸坂の後ろに身を寄せて訊いた。

「大したことじゃありません。本部長のルオンさんが交換研修生にするのはどうかと言ったんで、市長が高くつきますよとジョークで返したんです」

交換研修生――。要するに、カンボジアの役人も、城戸坂の英語とその話しぶりから彼の能力を見ぬき、連れて帰りたいと言ったようだ。ますます、みなと振興課に送られてきた理由がわからなくなる。

市長が笑みをたたえたまま、配属されたばかりの新人を振り返った。

「じゃあ、城戸坂君。ルオンさんのリクエストにお応えして、君が今日の司会を務めてくれるかしら」

唖然とする暁帆の横で、城戸坂は表情を変えずに長身を深く折った。

「――はい。課長のアシスタントとして、精いっぱい務めさせていただきます」

3

「何なのよ。上の考えてること、まったく理解できない。どうしてよりによって振興課なの？」

翌朝、終始なごやかに終わった記者会見の顚末《てんまつ》を話題に出すと、麻衣子が見当ちがいの怒り方をした。

「あのね、そこが問題じゃないでしょ。おかしいと思わないの？　新人がいきなり記者会見を仕切ってみせたのよ。いくら市長の言いつけでも、そんなことって、ある？」

司会を務める予定だった武田課長は、城戸坂が差し出す式次第を横目に、決められた台詞をマイクに向かって述べただけなのだから、誰が見てもお飾りだった。そのうえ、市長に集中しがちな記者からの質問を、巧みにカンボジア国内の事情に結びつけて両国間の貿易振興を図る計画として語り、市長の提案が大きな実りにつながるとの展望を強調することまでしてみせたのだった。

「あーあ、うちにほしかったな、ずるいよ、暁帆んとこは。でーーまさかイケメンじゃないでしょうね。歳下もありだから、あとでのぞきに行かないと」

今の彼女に何を言っても無駄だ。素直に白状はしないが、年明けから目をつけていた港湾協会の若手幹部は、やはり振り向いてくれずに終わったようだ。

彼女に手を振ってトイレを出ると、仕事モードへスイッチを切り替えながら、まだ人《ひと》気《け》の少ないフロアへ向かった。

昨日の今日とあって、振興課のデスクには早くも城戸坂の長身が見えた。新人が早めに登庁するのは当然でも、一番乗りとは如才なさすぎて、疑問符がまた頭上に浮かぶ。

「あーー船津さん。どうしたらいいのか、困ってたんです」

幹部候補生の秀才がおろおろと声を裏返し、高卒の暁帆を頼ってくるとは意外なこともある。見ると、彼はデスクの前に突っ立ったまま受話器を手にしていた。こんな朝から、またクレームでも寄せられたか。それとも、夜中に港で新たな犯罪が摘発されて、その問い合わせか。何年か前に、禁止薬物の一斉摘発が行われた際には、芋づる式に密輸グループが逮捕されてもいる。

「はい、貸して」

少しは先輩ぶって手を差し出したが、城戸坂は受話器を握ったまま声をひそめた。

「実は……たった今、ルオンさんからSOSがきたんです、ぼくの携帯に。研修生の一人が朝になっても帰ってこない、と」

一気に緊張感が背中を走りぬける。

カンボジアから招いた研修生が——消えた。

まさしく緊急事態だ。とはいえ、意地の悪い予測を語ってみせた幹部がいなかったわけではない。

——市長、いくら将来のコンテナ船を誘致するためでも、カンボジアから研修生を呼ぶのはどうでしょうか。すべての研修生の身元を保証できるか、怪しいところがあるとは言えませんかね。

暁帆も会議の末席で聞き、日本とカンボジアの経済格差を憂う幹部たちの気持ちは理解できた。研修目的で来日したとたん、不法就労を謀《はか》ってドロンされたのでは、メディアに格好のネタを提供することとなる。身元をろくに調査もせずに受け入れたのか、と喜び勇んでたたきにくるだろう。

その点は、カンボジア側にも強く要請はしており、選抜試験をクリアした優秀な者のみを送るとの確約を、一応は取ってあった。

ところが——来日して記者発表を行ったとたん、早くも一人が消えた。

新市長が就任してから、まだ半年。その働きぶりに多くの者が注目するさなかの不手際となれば、責任論の突風が役所の内外で吹き荒れる。

「課長に電話はしたでしょうね」

「はい、今、地下鉄の中だと……」

今日からスタートする研修は、港湾物流部の運営課と、民間の横浜輸出入協会が担当する。が、彼らが研修生を呼んだわけではないので、責任回避の態度に徹するはずだ。

「とにかく城戸坂君は先に宿舎へ急いでくれる。詳しい話を聞き出しておいて」

「わかりました。では、市長への報告はお願いします」

「え……わたしが？」

「課長が一報だけは入れておけと。では、先に現場へ向かいます」

「あ、待ってよ、逃げないでよ、もう！」

声が少し大きすぎたか……。隣の管財部に出てきた職員が、早朝から痴話喧嘩を始めた若い男女を見るような目を向けてきた。

出世する男は仕事が早い。逃げるのも早い。城戸坂はもう廊下へ走り出ていた。暁帆はフロアの低い天井を睨み上げた。市長だ。不祥事を起こした経営者や政治家を追及する容赦ないインタビューで評判を取った市長だ。身に降りかかった難事にどう動くか、初のケースとなる。とにかく秘書室へ報告するほかはなかった。

「あの……朝から失礼します。みなと振興課の船津です。えーと……大至急、市長にお伝えしないとまずい事態が起きまして、武田課長の指示で連絡を差し上げています」

当然ながら、事態の概要を問われた。研修生が消えた。詳細はまだ確認中。

受話器を置いて課長の到着を待っていると、一分もせずに課の電話が鳴った。

「お疲れ様、神村です。宿舎の詳しい場所を教えてちょうだい」

自ら話を聞きに行くつもりだとわかり、暁帆は言葉に迷った。

「……しかし、まだ状況確認ができていません。ここは我々に――」

「今回の協定は、そもそもわたしの発案よ。その責任者が、確認と調査を人任せにしていたとわかれば、格好の追及材料にされるわね。わたしだったら、しつこく追い回そうと考えるもの」

大雨や土砂災害が発生した時、首長が対策室に直行せず、プライベートの酒席に出ていたことが判明し、辞任に追いこまれたケースは珍しくもない。

「現地で集合よ。城戸坂君も連れてきて」

「彼は先に向かっています」


事態をつかめずに訝《いぶか》しそうな顔で駆けつけた課長と、市の車で千代崎町の公務員住宅へ急行した。その八部屋を借りて、十二人の研修生と港湾庁幹部の宿舎としていた。

車を降りて一階の集会室へ走ると、すでに城戸坂が聞き取り調査をスタートしていた。

暁帆たちを見るなり、収穫なしとばかりに首を横に振ってきた。

宿舎から姿を消した研修生は、アラナ・ソバット、二十五歳。プノンペン経済大学の経営学部を卒業した若き官僚だった。

「おいおい、どうして将来を嘱望《しょくぼう》された若者が黙って行方をくらますんだよ。素姓の知れない半端者じゃあるまいし」

　課長が苛立ちをぶつけるように言った。そのとおりで、指折りの人物を選抜してもらったはずなのだ。

「ルオンさんはもちろん、同僚たちもさっぱり理由がわからないと言ってます」

　慣れない国に来て、公職にある者が軽率な行動を取るとは思えなかったので、研修外の時間についてはカンボジア側に任せていた。外出禁止は言い渡されておらず、中華街へ食事に出かけたグループもあったが、午後十時前に彼らは宿舎に戻ってきたという。ところが、朝になって、アラナ・ソバット一人が食堂に下りてこなかった。

「携帯電話は持ってないのか」

「応答なしです。残念ながらＧＰＳ機能のない古い機種でした」

「何でまた同室の者が気づかなかった」

「酒に弱い者だったようで、先に寝入ってしまっていたと……」

「パスポートは預かってなかったのか」

　個人情報の最たる公文書を、上司がひとまとめに預かって管理していいものではないだろう。それに、外国人はパスポートの携帯を義務づけられてもいる。

「荷物はどうなってる」

「電話と財布のほかは、ほぼ残されているようでした。ルオンさんと確認ずみです」

「謎だな……。国に命じられて研修に来ながら、どうして姿をくらまさなきゃいけない」

自らの意思で帰ってこないのか。もし不測の事態に巻きこまれていたなら……。

「課長、ここは警察に相談したほうが――」

暁帆が遠慮がちに言うと、課長は悩ましげに腕を組んだ。

「どうかな……。警察が正式に動けば、メディアに気づかれそうだしな」

「着替えはそのまま置いてあるんです。家族の写真も残されてました。不法就労が目的で行方を絶ったのなら、家族の写真を置いていくはずはないと思うんですが……」

「いや、わからんぞ。家族の写真を残しておけば、必ず戻ってくる。そう我々を油断させる意図を持ってるのかもな」

「油断なんかさせて、何の得になるんでしょうか。もし時間稼ぎをしたいと考えたとすれば、単なる不法就労が目的とは思いにくくなってきます。だって、戻るつもりが最初からないなら、下手な偽装工作をする意味もありませんし……」

「甘いな。時間稼ぎをしたいってことは、親戚または友人が先にこの日本に来ていて、その人物から行方をたぐられかねない――そう警戒心が働いた、という可能性もなくはないぞ」

役人の悲しい性で、課長は次から次へと悪い予測を並べ立てていく。

城戸坂も立ち上がってうなずいた。

「そうなると、現地の家族に連絡を取ってもらって、知り合いが日本に来ていなかったか、早急に確認してもらったほうがいいですね」

城戸坂が言って、サリ・ルオン本部長に歩み寄った。英語の説明を聞いたルオン氏も席を立ち、本国へ電話を始めた。

情報がくるまでには時間がかかる。研修生からの聴取を城戸坂が再開した。昨夜の行動と消えたアラナ・ソバットの交友関係、金銭事情などを一人ずつ尋ねていく。

収穫なく聴取を終えたところで、廊下に甲高いヒールの足音が近づいた。市長が到着したのだ。暁帆がドアを開けると、秘書をともなわずに神村市長が足早に部屋へ入ってきた。一人で自宅から駆けつけたようだった。

「遅くなってごめんなさい。スケジュールの調整に少し手間取ってしまって」

市長は迷う様子もなく、暁帆と城戸坂にまで頭を下げてきた。些細な仕草に本心が出る。こういう気遣いができる人だから、当初は不利だと言われた選挙戦を勝利に導けたのだろう。

武田課長が無難な言い回しで現状を報告していった。

「研修は今日からスタートするのよね」

「はい、九時から税関、午後から検疫所の見学と講習。夕食後はコンテナ搬出入における夜間シフト実務の第一回レクチャーです」

課長が資料も見ずに予定を並べ上げてみせた。いつも部下任せで動こうとしない省エネ上司と思っていたが、意地の悪い見方だったのかもしれない。

「研修は予定どおりに進めてもらいましょう。対外的には病欠扱い。今日いっぱいは関係部署にも、行方知れずの事実は隠す。責任はわたしが取ります」

今日一日とはいえ、隠しておいて大丈夫なのか。課長は言葉を返さなかったが、その顔には不安が色濃く漂って見えた。右に同じだ。

「不法就労を企てて姿を消したのなら、家族の写真を置いていくとは、やはり考えにくいでしょうね。不測の事態に巻きこまれた可能性が否定できない以上、警察に問い合わせてみるしかないと思う。外国人の怪我人、または騒動が近隣で起きていなかったか。一日待って本人から連絡が入らなかった時は、やむをえないので捜索願を提出する。その時点で、わたしが正式な記者発表を行います。あなたがたの意見を聞かせてちょうだい」

市長が即決して言い、暁帆たちに視線を振った。ルオン本部長に通訳していた城戸坂が、やけに思いつめたような顔を見せ、近づいてきた。

「お言葉ですが、市長が前面に出て会見するのは反対です」

公務員の一年生が堂々とトップに異を唱えたのを見て、課長が苦い表情になる。

神村市長が振り返り、城戸坂を見た。

「そもそもわたしの提案で、半年かけてやっと実現できたと、記者会見で伝えたばかりなのよ」

「もちろんアイディアを出されたのも、最終的な責任者が誰なのかも、議論の余地はありません。学生の修学旅行であったなら、引率する教師の責任が問われても当然ですが、カンボジアの公務員を子ども扱いするわけにはいかないと思います。仮に不法就労の目的を持っていたとしても、それは個人の責任によるものではないでしょうか」

彼は正論を述べていた。

暁帆は課長の目を気にせず、城戸坂に言った。

「でもメディアは、圧倒的な支持を得て就任した市長の揚げ足を取りたくて、手ぐすね引いてるに決まってるでしょ。そこに理想論を振りかざしても、責任逃れだと言われるだけよ」

「言えるな。気持ちはわかるが、城戸坂君、君はまだ役所の仕事がよくわかっていない」

「いいえ、わかっているつもりです。市長は、市民のために将来のコンテナ船を誘致しようと種を蒔いた。その種が実をつけるまでには、時間も手間もかかるんです。カンボジアの発展にもつながる事業になっていくのは疑いありません。たとえ途中で少しつまずいても、市とカンボジア港湾庁で今後も変わらぬ協力態勢を取っていく。市長だけが出席して、ただ責任を認めるのではなく、カンボジア港湾庁のルオンさんにも同席してもらい、両者の揺るぎない姿勢と覚悟を表明する場にすべきではないでしょうか」

断固たる理想論を語られた。虚をつかれて暁帆は口をつぐんだ。

ミスを排除し、滞りなく淡々と仕事を処理する。理想を軽々しく語るのは政治家たちの仕事で、公務員は与えられた任務を愚直にこなすのが本道。そう教えられてきたが、市長は市政を担うリーダーであるから、理想を熱く語って、市民を導いていく義務がある。

「生意気なことを言って、すみません。ですが、せっかく実現した国際協力事業の第一歩を、こんなことで穢《けが》してしまい、職員一同後ろ向きになるのが、悔しくてならないんです」

「気持ちはおれも同じだ。けど、難しい会見になるぞ」

まだ課長は慎重な物言いを変えなかった。

「近ごろのメディアは、責任追及が最大の職務だと勘違いをしてる。メディアの側にいたかただから、近親憎悪をぶつけられると見たほうがいい。市長――」

課長が視線を転じて、姿勢を正した。

「いざとなったら、我々みなと振興課が泥をかぶります。だからといって、虚偽発表をすべきだと言いたいのではありません。市長のアイディアを滞りなく進めていく過程に多少の甘さがあった事実は否定できない。そう我々にまず認めさせてください。その後に、熱き理想と覚悟を市長とカンボジア港湾庁の方々に語っていただく。記者発表の進め方を入念に練っておかないと、派手に問題をあおられかねません」

暁帆はまたも驚かされた。ここで恩を売っておけば先々の見返りが期待できる。そう先読みしたのだと疑う気は起こらなかった。若者に負けてなるかという対抗心が、課長にまで理想を語らせたように感じられた。

「気持ちはありがたいけど、責任の所在を曖昧にする会見になれば、メディアは必ず嚙みっいてくる。やはり就任してまだ半年の今だからこそ、わたしが一人でメディアの前へ出ていくべきだと思う。最初が肝心だから。わかってもらえるかしらね」

誰も間違ったことは言っていなかった。何を守るべきか、それぞれの立ち位置が違うため、考え方にも微妙な差が生じていた。

城戸坂は市の職員として、代表たる市長の理想を守っていきたい。課長は、市のトップを守ることで現場の混乱を最低限に抑えたい。市長は、何より自分の信念と覚悟を表明しておきたい。

たぶん神村佐智子は市長としての今の立場を守ろうというのではなく、もっと先の自分の姿を見すえての発言だったようにも思えた。

「どう、船津さん。あなたの意見も聞かせてくれる?」

あなた一人がまだ意思表明をしていないけれど、それでいいのかしら、と問われていた。

暁帆は言葉を選んで言った。

「……記者会見をどう行うかも大切ですが、今は警察に問い合わせを入れるのが先に思えてなりません。オリンピックに出場した選手が亡命するのとはわけが違います。国を代表して選ばれた若く優秀な官僚が、不法就労を目的に行方を消すとは、やはり考えにくいとしか思えません」

「確かにそうね、ごめんなさい。後始末をどうするかばかりに気を取られてたわね」

市長が慌てたように言って、自分のスマートフォンを取り出した。それを見て、武田課長が部屋に置かれた内線電話に飛びついた。

「わたしが――」

課長もそこそこ仕事が早かったと見えて、言うなり自分のスマホで県警本部の連絡先を調べ始めた。一一〇番にかけるより、事情を伝えやすい相手の当てがあるのだろう。

地域総務課の警部補を呼び出して研修生の名を伝えると、課長が振り返った。

「いました。病院です。怪我を負って搬送されてました」

市長の肩が大きく上下に動いた。

大山鳴動。不法就労を疑っていたのは、経済格差を過信した取り越し苦労のようだった。

4

研修生が運ばれたのは、川崎西総合病院。午前五時二十分、大田区田園調布と川崎市を結ぶ丸子橋に近い河川敷の草むらで倒れていたところを、散歩中の近隣住人によって発見され、一一九番通報が入れられた。左の第十、十一肋骨に罅《ひび》が入った状態で気を失っていたという。搬送されて治療を受けたが、日本語が通じなかったことと、頭を打っている可能性もあるために入院が決まり、様子を見ているところだった。

所持していたパスポートから名前と国籍は確認できたものの、本人から詳しい事情が聞けておらず、直ちに通訳を連れて病院へ来てくれとの要請を受けた。発見されたと聞いて、ルオン本部長は市長に深々と頭を下げた。最も怖れていた事態はさけられたため、課長の指示で暁帆は城戸坂とルオン本部長とともに市の車で病院へ急行した。

「よかった……。まずはひと安心ね」

「でも、ちょっとおかしいと思いませんか」

運転を買って出た城戸坂が、肩越しに目配せを送ってきた。暁帆の横ではルオン本部長がまた同僚に報告の電話をクメール語でかけていた。

「研修生はすべて英語が話せます。なのに、まだ事情が聞けてないとは、解せませんよ」

納得だ。病院関係者であれば、片言の英語での意思疎通くらいはできる。

「ひょっとして、本当に頭を打って——英語が出てこなかったとか」

「面白いことを考えますね、船津さんは」

おかしな感心のされ方をした。後ろから見る城戸坂の横顔に笑みが浮かんでいる。

「警察は、意識がないとは言ってませんでした。となると、彼は英語を話せない振りをしている。または、明確な意志を持って黙秘している。そのどちらかに思えてきてしまいます」

人の感情を理屈で説明できるものではなかった。気分によって人は態度を変えるし、嘘もつく。この幹部候補生は、つい感情に流されて人と諍《いさか》いになった経験がないのだろうか。アラナ・ソバットは来日早々に大失態を演じ、深く恥じ入っているはずなのだ。正直に罪を認めたくなくて、医師の問いかけに応えなかった、とも考えられる。

病院に到着すると、制服と私服の警察官が二名ずつ待ち受けていた。

「助かりましたよ。どう呼びかけても、ただソーリーと頭を下げるばかりでしてね」

ここは歳上を立てるという意図なのか、城戸坂が暁帆の後ろに下がったため、警察官との対応を引き受けざるをえなくなった。名刺を渡し、面倒をかけたことを詫び、市が招いた研修生という事情をあらためて伝えた。

「実は、ですね。あごの先と右の指にも打撲とすり傷がありまして。で、医師が念のためにと通報してきたんです」

暁帆はぎょっとして身を引いた。あごと右手に打撲の跡があり、肋骨が折れていた……。

河川敷の土手から単に転げ落ちたのであればいいが、何者かと揉め事になって怪我を負った可能性もある、と彼らは見ているのだ。まだまだ事態は楽観できない。

警察官と病棟の五階へ上がった。ナースステーションに近い個室のベッドで彼は横になっていた。あごの先には半透明の絆創膏で白い湿布が貼ってある。

ルオン本部長がクメール語で呼びかけた。アラナ・ソバットが慌てて目を開け、身を起こそうとした。が、たちまち苦痛に表情をゆがめ、ベッドにまた背をあずけて大きく息をついた。

　すると、ここは自分の出番だとばかりに城戸坂が進み出て、暁帆にでもわかる簡単な英語で質問を投げかけた。昨夜はどこで何をしていたのか、と。

　アラナ・ソバットは記憶をたどるように目を閉じたあと、上司だけを見て苦しげにクメール語を押し出した。ルオン本部長が英語で言い、城戸坂が通訳してくれる。

「……迷惑をかけてすみません。お酒を少し飲みすぎてしまい、川崎駅近くの店を出てからのことをまったく覚えていない。横浜市の皆さんにどう謝罪していいかわからない。そう言ってるそうです」

　暁帆が目を向けると同時に、城戸坂がまた英語で訊いた。店の名前を教えてもらえないか、と。

「よく覚えていない。酒場のようでもあり、レストランのようにも見えた。通りを歩いていて、声をかけられたので、中に入ったのだと言ってます」

　場所も名前も覚えていないとは、誰が聞いても疑わしい話だった。

　城戸坂がさらに問いかけ、またクメール語の返事があった。

「申し訳ありません。頭が痛くて英語がうまく話せそうになかったため、ずっと黙っていました。病院の先生や警察の人にも迷惑をかけてしまい、言葉もない。自分はカンボジア港湾庁の代表としてこの日本で勉強していく資格はない。そう考えている、と言ってます」

頭が痛くて英語が出なかったにしては、理路整然とした見事な謝罪コメントだった。もう疑う余地はない。彼は明確な意志を持って記憶がないと嘘をついている。そうわかるが、警察官が城戸坂を通じて何をどう尋ねようと、同じ答えが返されるだけだった。

廊下に出ると、私服刑事が苦りきった顔で暁帆たちを見回した。

「彼の言葉に嘘がないことを祈りたいですね。とりあえず外国人が殴り合いの喧嘩をしていたという通報は入ってません。ただし、何かあれば、正式に署へ来てもらうことになりますから、その点は頭に入れておいてください。よろしいですね」

疑わしい証言であっても、否定する材料は出てきていない。地方自治体が正式に招いた外国からの客人でもあるため、これ以上の追及はひとまず控えておくが、あとのことはわからないぞ、と念押しされたのだった。

警察官に頭を下げて、彼らを見送った。どっと疲れが出て、そこらの長椅子に座りたくなったが、課長に報告を上げねばならなかった。

「ひとまず会見は見送られることになった。酔って怪我をしたのはまずかったが、あくまで本人の不注意だからな。カンボジア港湾庁の名誉にもかかわってくるんで、向こうの本国からも穏便にすませてもらえないかと申し出があった。市長も納得はしてる」

本当にカンボジア側からの依頼だったろうか。役所に策士は事欠かない。今後の事態を憂慮し、正式な要請を本国から出してくれ、と相談した者がいたのではなかったか。

病室前の廊下に戻って城戸坂に告げると、彼も大真面目にうなずき返した。

「見事な読みですね。たぶん上のほうで話をまとめたんでしょう。でも——酔った末の怪我じゃないのは間違いないって、課長に言わなかったんですか」

「当然、言ったわよ。でも、警察が動くほどの確証は見つかってないでしょ。逃げ道ができたも同じだから、余計な藪《やぶ》はつつくなって言いたそうに聞こえたわね」

「何を隠してるんでしょうか、ソバットさんは……」

城戸坂が病室を振り返って眉間に皺《しわ》を寄せた。

「単なる喧嘩であれば、相手をかばうことはないし……。そもそも研修が始まる前の夜に、一人で出かけていく必要があったとなると、最初から約束ができていたか、どうしても早く会いたいと思う人が川崎周辺にいた、ってことになりますよね」

また理屈で押してきたが、暁帆は言った。

「まさか君、あの研修生の口を割らせようって考えてるんじゃないでしょうね」

「いえ、口を割らせるなんて僭越《せんえつ》すぎます」

「警察にも嘘をつこうとするんだから、よほど隠しておきたいことがあるんでしょうよ。訳知り顔の日本人が問いつめたって、相手にされるもんですか」

「だから、真相を聞き出そうなんて考えてはいません。ただ、相談相手にならなれると思うんです」

「え……？」

「ソバットさんには初めて訪れた国なんです。来日した早々に警察の世話になるなんて、不安を感じてるに違いありません。それに、もし会いたくてならなかった人物に殴られでもしてたのなら、少なくないショックを受けてると思うんです。だから、本当に英語が出てこなかったこともあるかと……」

言いたいことはわからなくもない。だが、外国人にすぎない我々に何ができるか。彼には、同じ国の研修生仲間がいた。その彼らを使って訊き出す手はあるかもしれない。

「どんなことでも相談に乗る。だから遠慮せずに言ってくれ。そう本気で向き合えば、少しは気持ちも通じると思うんですが」

城戸坂は健気に言って再び病室の中へ歩いていった。どこまでポジティブかつ善意に満ちた思考回路をしているのか。

早く職場に戻りたかったが、新人一人を置いてけぼりにはできず、しばらく同席して様子を見守った。が、やはり城戸坂がどれほど真摯《しんし》に言葉をつくそうと、アラナ・ソバットはクメール語で上司にぽつぽつと答えを返すにとどまった。

申し訳ない。日本での仕事を甘く考えていた。本当に酒を飲んで記憶をなくしてしまった。自分が恥ずかしい。

見ろ。初対面の外国人に、警察にさえ隠そうとした秘密をぺらぺら打ち明ける者がどこにいるものか。暁帆は城戸坂の肩をたたいてうながした。

「あとはルオンさんに任せましょう。ほら、わたしたちにはまだ仕事が山ほど残ってるんだからね」

5

午前中の研修は、問題なく終わっていた。地元のメディアが取材に来たものの、病欠が一名出たと物流企画課の担当が無難な説明をしてくれたため、どこからも関連する質問は出なかったという。

暁帆がフロアに戻っても、研修生が怪我を負った詳細を訊きにくる者はいなかった。が、油断はならない。港湾局の中にも旧市長派と目される幹部はいて、神村市長の一挙手一投足を与党の代議士や市議に報告しているとの噂はあった。

「聞いたわよ、市長肝《きも》煎りのカンボジア案件、早速ミソがついたらしいじゃないの」

遅い昼食をすませて席に戻ろうとすると、廊下でどこからともなく麻衣子が近づき、耳打ちしてきた。さすがのネットワークを持っている。

「誰から聞いたのよ」

旧市長派と目される上司の見当は、ほぼついていた。麻衣子の同期がみなと振興課にいると知り、それとなく情報を仕入れさせようと、彼女にささやき戦術を仕掛けてきたに違いなかった。麻衣子の噂好きを把握してもいるとなれば、瞬時に二人の顔が思い浮かぶ。

「うちの担当課長に決まってるでしょ。あの人、前の市長にべったりだったもの」

「それを知ってて、よくもまあ、早速訊いてくるわね」

「当たり前でしょ。仕事が多すぎるの。上におもねって、少しは楽をしたいの。だから、教えて」

暁帆は笑った。彼女の計算高さと明け透けさには敵わない。

「問題なんか起きてないって。向こう側の責任だから、カンボジアの本部長も市長に何度となく頭を下げてた」

「嘘ね。今わたしの目を見て言わなかったもの」

鎌をかけてきたのだとわかるが、ここは逃げるに限る。わざと邪険に押しのけ、執拗なクリンチを軽快なフットワークでかわしてデスクへ走った。

みなと振興課に逃げ帰ると、今度は城戸坂が近づいてきた。やけに深刻そうな顔でキャビネットの前に連れていかれて、耳打ちされた。

「たった今、ルオンさんから電話がありました。どうしても直接話したいことがあると」

直ちに武田課長との密談に入り、暁帆と城戸坂に再び指令が下った。ルオン本部長は港湾局に来ると言ったが、壁に耳がありすぎるため、不測の事態を怖れた課長の判断で、再び病院まで行って話を聞くことになった。

ルオン本部長は一階ロビーで待っていた。ますます背中が丸まり、顔も強張って見えた。

「先ほど本国から情報が来ました……」

日本からの要請を受けて、カンボジア港湾庁は直ちに国の家族と同僚と友人に事情聴取を行ったのだった。

「彼は認めていません。しかし、友人の一人が、彼に頼み事をしたと証言したそうです。自分の恋人だった女性と会って話をしてきてもらえないか、と」

ルオン本部長は背を丸めたまま手帳に目を落として言った。城戸坂が通訳してくれる。

「女性の名は、ビセス・サリカ。彼女は昨年の五月に日本へ渡航した。仕事でカンボジアに来ていた日本人ビジネスマンを追いかけて国を出たといいます」

最初のふた月ほどは、家族のもとに手紙が届いていた。先に日本へ渡った知人の住まいに泊めてもらい、仕事も見つけられた。男とも話を続けている。ところが、三ヶ月もしないうちに連絡は途絶え、家族が手紙を出しても宛先不明で戻ってきたのだった。

メールで送られてきたビセス・サリカの写真を見せられた。丸顔で目が大きく、日本人男性好みの可愛い顔と言っていい。こういう途上国の若い娘を、経済格差にものを言わせてその気にさせるのは、男たちがよく使う手口だった。

「何か悪いことが起きているのではないか、と家族が心配している。その元恋人だったカンボジア人男性に言わせると、彼女は妊娠していたのではないか。だから、男を追いかけていったように思える。子どもが生まれていいころなのに連絡がつかないとは、彼女の身に何か悪いことが起きたのではないか……」

不安を覚えた元恋人のもとに、友人のアラナ・ソバットが仕事で日本の横浜へ行くという話が飛びこんできた。彼は泣きながら事情を伝えて、元恋人の消息を探してもらえないかと頼んだのだった。

「彼女より先に、日本へ来ていた知人女性の住所が、この横浜市内でした」

ルオン本部長がローマ字で書かれた住所のメモを差し出した。港北区高田町7－28……。

港北区は、怪我を負ったソバットが発見された川崎市の隣に位置する。

「しかも、アラナ・ソバットはビセス・サリカと幼なじみでもあったというんです。だから心配になり、二つ返事で引き受けた、と。でも、彼は認めていません。頼まれたのは事実でも、まだ彼女の消息を確かめには行っていない。昨夜は教えられた住所を探そうとしたものの、不慣れな地なので見つけることができず、あきらめるしかなかった。その帰りについ酒を飲んでしまい、酔って怪我をしたのだ、としか……」

絶対に、違う。彼の態度からも明らかだった。

アラナ・ソバットは昨夜ビセス・サリカを捜し出し、会うことができたのだ。その際、騒動に巻きこまれて怪我を負った。男女の関係にまだうとい中学生にでも想像はつく。

城戸坂が深刻そうな目を暁帆に寄せた。

「横浜市内に住んでいたのが本当なら、我々にも行方を追えるかもしれませんね」

「その女性を捜そうっていうの？」

「もちろんです。何者かに怪我を負わされた可能性もあるじゃないですか。もしそうであれば、彼にもカンボジア側にも責任はなかったことになります」

　暁帆はひとまずうなずいた。

「よく考えなさいよ。彼は認めてないのよ。ビセス・サリカを捜してもいないと言い張ってる。なぜだか想像はつくでしょ」

「はい……。彼はビセス・サリカを捜し出せた。けれど、怪我を負うことになった。つまり、彼は彼女に迷惑がかからないようにしたいとかばっている」

「そこまでわかってるなら、どうして彼女を捜すのよ」

「骨が折れるほどの暴行は、明らかな傷害罪になります」

「そうね。でも、痴情のもつれによる喧嘩であばらが折れたくらいじゃ、示談がまとまって起訴猶予になるのは間違いないと思うけど」

　その程度の知識は、暁帆にもあった。おそらくは、よほど怪我の具合がひどくないと、逮捕もされないだろう。なぜなら、被害者本人が犯人——あるいはその関係者——をかばおうとしているからだ。たとえ事実が突きとめられても、両者の間ですぐに示談が成立する。

　被害者本人が守りたいと考える者の罪を白日の下にさらす結果にしかならないのだ。しかも、メディアが面白がって書き立てると予想もつく。

社会人一年生であろうとも、城戸坂ほどの知識があれば、暁帆が言わずとも先は見通せるはずだった。

「――船津さん。ぼくは役人になったから、万一の事態を危惧して真相を突きとめておいたほうがいい、何かあってからじゃ遅くなる、そう言いたいわけじゃないんです。一人の日本人として恥ずかしいから、真相を確かめておくべきだと思えて仕方ないんです」

気持ちは同じだ。

まず疑いなくビセス・サリカの背後には、彼女を妊娠させた日本人ビジネスマンがいる。その男がアラナ・ソバットを殴りつけるかして、怪我を負わせたのだろう。

彼女が晴れてその男と結ばれていたのなら、家族への便りが届かなくなるとは考えにくい。よって、彼女と日本人男性は結ばれていないと見られる。子どもも生まれることなく終わったのかもしれない。

赴任先の地で知り合った女性を妊娠させ、一人で日本に帰国する。追いかけてきた女性の気持ちには応えもしない。そのうえ、女性の消息を確かめにきたアラナ・ソバットに怪我を負わせた……。そういう男を許していいものか。

気持ちはわかる。

武田課長に報告を上げれば、女性を捜して話を聞け、と言いそうな気はした。城戸坂のような日本人男性としての正義感からでなく、役人としての義務感からだ。市にもカンボジア側にも責任がなかったことを証明しておけば、誰も火の粉を被らなくてすむ。

「そうね。最高責任者の指示を仰ぎましょう」

暁帆は言ってスマートフォンを取り出した。秘書室の番号を押して、市長に取り次いでもらえるかを尋ねた。

我々公務員は、招いた外国人の個人的な事情に立ち入ってでも、自分たちにミスがなかったことを確かめておくべきなのか。神村佐智子の考え方を聞いておきたかった。

二分後に、市長から電話がかかってきた。

「報告してくれてありがとう。その女性が外国人登録をしていたのであれば、行方は追えそうね」

声に迷いは感じられなかった。ジャーナリストと同じく政治家も、私情を排して仕事に当たらねばならない。市の最高責任者という立場が口にさせた言葉だったろう。

「……わかりました、確認してみます」

「事実が見えてきたところで、どうすることがカンボジア港湾庁と彼のためになるのかを考えましょう。今はまだ不確定要素が多すぎる。わかるわよね」

声のトーンから気が進まないとの胸中を悟られていた。仕事と私情は分けたうえで、相手側の事情を酌《く》み取ればいい。それも正論だ。

みなと振興課の仕事は幅が広い。傷を負っても隠しておきたい人の秘密を暴くことになるとは、夢にも思っていなかった。

6

「何だか舞姫を思わせる話で、気が重くなりますね」

市庁舎へ向かう車中で、城戸坂がため息まじりに言った。何のことかわからずに目で問いかけると、口元に微苦笑が浮かんだ。

「小説ですよ、森鷗外《もりおうがい》の」

ああ、と応じてみたものの、『舞姫』という小説のタイトルは、中学か高校の授業で耳にした覚えがありながら、一度も読んでみたことはなかった。

「あの小説、かなり事実に近くて、私小説みたいなものだったというんです。研究者が鷗外の留学時代を事細かに調べて、どの辺りが創作だったか、かなりわかってるらしくて。しかも、留学先のドイツで交際してた女性が、日本に帰国した鷗外を追いかけて船で横浜港に来てたっていう話もあったはずです」

「本当なの、それ？」

「はい、雑誌で読んだ記憶があります。確か女性の名前はエリーゼ、でしたかね。鷗外は大学を出たあと軍医になって、医学を学ぶために横浜港からドイツへ旅立ったんです」

「まさかその女性、妊娠してたなんて……」

「そういう噂もあったようですね。小説の中では、主人公の恋人だった女性が妊娠してます。事実はどうだったのか、今となっては確かめようがないみたいですが……」

城戸坂のやけに思いつめたような顔を見て、暁帆は自分のスマホで検索してみた。

エリーゼ事件。女性の名前を取って、そう呼ばれているとわかった。

エリーゼ・ヴィーゲルトは当時二十一歳。帰国した鷗外を追って横浜港へ来たものの、彼女はひと月後に再び横浜から帰国の途に就いた。その翌年に、鷗外は日本人女性と結婚している。

「なるほどね……。　愛する人を追いかけて日本に渡ってきたものの、結婚すら叶わずに終わったわけか」

「鷗外の親戚や友人たちに説得されて、帰国するしかなかったみたいです」

知人でもない明治時代の文豪の不始末を語り、城戸坂は悔しげに唇まで嚙んでみせた。

「もしエリーゼが本当に妊娠していたんだったら、子どもはどうなったのかしらね」

ついビセス・サリカと重ね合わせて考えていた。　城戸坂は首を傾けるだけで、余計な感想は口にしなかった。

「ねえ、舞姫の結末ってどうだったっけ?」

ごまかしが利くか自信はなかったけれど、暁帆は粗筋を忘れたふりを装って訊いた。

「踊り子だったエリスは、主人公が自分との将来よりも日本への帰国を選んだことを友人から聞かされて、正気を失ってしまうんです……」

何という落ちなのだ。

失恋のあまりに正気をなくしても踊り続けるしかない――だから舞姫というタイトルをつけたのであれば、残酷すぎる話だ。しかも、実体験に基づいているとなれば、もっと始末が悪い。

旅の恥は掻き捨て、とはよく言われるが、文豪として名高き森鷗外のイメージが音を立てて崩れていく気がした。身勝手を絵に描いたような行動を取っておき、小説に仕上げて悦に入るとは許しがたい。

そういえば、昔の名だたる作家のスキャンダルはほかにもよく聞く。自分の妻を友人に譲り渡したり、不倫の記録をつけて妻に読ませてみたり、果ては愛人と心中未遂をくり返したうえに情死したり……。いい仕事を残すためであれば、女や家族を傷つけても当然と考えているかのようではないか。何だか無性に腹が立ってきた。

「男と女のことですから、何があっても別に不思議はないんでしょうけど……。よく聞く話で、ちょっと恥ずかしくはありますよね」

城戸坂がまた生真面目で型通りな感想を洩らした。彼にはエリーゼ事件の知識があったため、よりカンボジア人女性と研修生に同情を覚え、日本人ビジネスマンを卑《いや》しんでいるのだ。

「舞姫と似た結末になっていなければいいんですけど……」

午後四時十分。市役所の市民情報室を訪ねて事情を伝えた。市長からも話が通っていたため、過去の外国人登録を調べてもらえた。

幸いにも、市に登録するカンボジア人の数は多くなかった。それでも直近の二年間で、二百人近い登録があった。

暁帆より若そうな女性の担当者がキーボードをたたいて登録者を表示させてくれたが、ビセス・サリカの名は見当たらなかった。

「もしかすると、ルオン本部長が聞いた名前は略称のようなものだったのかもしれませんね」

東南アジアの諸国には、ミドルネームをふくめて驚くほどに長い名前もある。

「誕生日がわかれば検索もできるんですけど」

担当者の女性がアイディアを出してくれた。

「ちょっとぼくに任せてもらえませんか。端から見ていったほうが早いでしょう。該当しそうな名前を探してみますので」

城戸坂が頼みこんで席を譲ってもらい、およそ二百人分を最初の一人から子細に確認していった。

外国人登録そのものをしていなかったケースもある。横浜で働きながら、住所は別の自治体だったとも考えられるのだ。

城戸坂の熱心さを見て、若い担当者がまた言った。

「法務省に問い合わせてみるのが一番だと思いますね」

「できるんですか」

「税金滞納者を追いかけている。不法就労の疑いもある。そう言えば、情報を出してくれたと思います。正式な手続きが必要なので、室長に頼んでもらいましょうか」

一も二もなくお願いしますと言って、結果を待った。その間も、担当者の席に座った城戸坂がキーボードをたたき続ける。

「どう、見つかった？」

暁帆がディスプレイをのぞきこむと、急に画面が暗転した。

「あ――しまった。びっくりしたんで、おかしなところをクリックしたのかな……。すみません、どうやったら元に戻りますかね」

隣の席の男性職員に頭を下げている。彼らしくないミスに思えて、暁帆は首をかしげた。そう驚くような呼びかけ方をしたつもりはなかったのに……。

城戸坂がパソコンを立ち上げ直していると、若い担当者が戻ってきた。室長が電話を入れて、ＯＫが出たとのことだった。

十分後に、法務省の担当者から電話がきた。

「ビセス・サリカ、二十四歳。去年の五月二十日に来日。生年月日が……」

間違いない。名前と日本に来た時期が符合する。

「今年の初めに日本人と結婚していますね」

城戸坂と顔を見合わせた。

「夫の名前は、大久保《おおくぼ》健一《けんいち》。現住所は——八王子市長沼町……」

舞姫の二の舞にはなっていなかった。その事実に、城戸坂も胸をなで下ろしているのがわかる。

問題はこの先だ。

ビセス・サリカは晴れて日本人と結婚していた。その彼女を、おそらくアラナ・ソバットは訪ね、怪我を負うことになったものの、事実を隠したがっている。二人が結ばれていたなら、なぜ殴られるような騒動になったのか、が解せない。しかも、彼女はカンボジアの家族に連絡をしていない……。

「カンボジアは日本ほど戸籍制度が整っていなかったと思うので、結婚した事実を家族が知らずにいたということもあるかもしれませんね。でも、日本で結婚した以上、出生証明とかの書類を取り寄せる必要があった気もしますし……」

パスポートひとつで婚姻届が受理され、日本の戸籍に入れるものなのか。市民情報室の担当者もそこまでの知識はないようだった。

7

電話で課長に報告を上げたが、調査続行の指示は変わらなかった。

そのまま市の車で八王子に向かうと、間の悪いことに夕方の渋滞につかまった。目の前の信号が青になっても車は動かず、この分ではあと一時間近くも城戸坂と車中ですごすことになりそうだった。

まだ彼の歓迎会も開いていなかったので、話の糸口が見つからずに気まずい沈黙が続いた。港の面倒な仕事はうちの課に押しつけられる、と過去の具体例を挙げて説明に努めたが、二十分ほどしか保《も》たなかった。

普通こういう時は、新人だろうと気を遣って何か話しかけてくるべきなのに、城戸坂はじっとフロントガラスの先を見るのみで、進んで会話を成立させようという配慮の欠片《かけら》すら見せなかった。いい神経をしている。

スマホをチェックする振りをしていると、ありがたいことに麻衣子から電話が入った。

「えーっ、何よそれ、もう二人でドライブしてるわけ。暁帆らしからぬ早業ね」

いつまでも言っていろ。面白味に欠けすぎる幹部候補生の後輩がどれほど扱いづらいか、体験した者でなければわかるものか。

「じゃあ、わたしがインタビュアーになってあげようか。うちの課でも、ちょっと話題になってるのよね、城戸坂君のこと。だって、彼の実家も大学も東京なのよ。なのに、何でよりによって、うちの市役所で働こうなんて考えたのか、不思議議じゃない」

もう少し自分の職場に誇りを持ったらどうだと思いもしたが、胸を張れる労働環境とは言いがたいところが確かにあった、特に港湾局は。

暁帆はハンドルを握る城戸坂にスマホを振ってみせた。

「同期の東原《ひがしばら》麻衣子ってのが、どうしても君に訊きたいことがあるんだって」

「はい、何でしょうか」

「なぜ東京じゃなくて、うちの役所の試験を受けたのか」

「面接の時にも訊かれました。もちろん、日米修好通商条約に基づく開港以来、世界に向けての窓として日本の産業基盤を支える役割を担うとともに、東京に次ぐ大都市として飛躍的な発展を遂げた横浜という街に、大いなる興味を抱いていたからです」

絵に描いたような模範回答だった。嘘臭いどころの話ではない。

麻衣子にも聞こえたようで、できの悪いジョークを聞かされたとでも言いたげな笑い声が返ってきた。

「ますます怪しく思えてきたわね。隠したい動機があったりして。たとえば、新市長が送りこんできたスパイだとか」

仕事が忙しすぎて妄想癖《もうそうへき》まで発症したとは、お気の毒だ。

「じゃあ、とにかく残業、頑張ってね」

あっさり電話は切れた。暁帆が席にいないのを見て、もう帰ったのかと嫌味を言うためにかけてきたのだ。少しは彼女の腹の虫も収まったろう。

午後七時八分。スマホをカーナビ代わりにして、目的地にたどり着いた。

「本当にここでいいんですかね？」

城戸坂が小首をかしげながらアパートを見上げた。暁帆も車を降りて何となく辺りを見回した。

私鉄の駅からかなり離れた立地で、背後には雑木林が見え、木造で築年数もかなりいってそうな建物だった。〝ハイツ〟という名称は、かなりの背伸びを感じさせる。

郵便受けを見ていくと、一階に「大久保」の表札が出ていたので、間違いはない。

海外に赴任した男と聞き、やり手のビジネスマンを思い浮かべていたが、東南アジア諸国には日本の中小企業も進出し、下請け工場を置いている。軍医になって留学した森鷗外のようなエリートではなかったらしい。

ここでも城戸坂は先輩に聞き役を譲るのが筋とばかりに、後ろへ一歩下がった。睨みつけてやりたいが、まだ配属されて二日の新人をこき使うこともできず、暁帆は洗濯機の並ぶ廊下を奥へ歩いた。

大久保の表札を確認してから、呼び鈴を押した。ドアの奥から乳児のものと思われる泣き声が聞こえている。

「……はいはい、どなたですか」

予想に反して男性の野太い声が聞こえた。

「夕方のお忙しい時間にお邪魔いたします。横浜市港湾局の者ですが、サリカさんはご在宅でしょうか」

「あ、はい……お待ちください」

鍵が外される音もなく、ドアが開いた。サンダルやスニーカーの散乱する狭い玄関先に、四十歳前後と見える髪の薄い小太りの男が、泣きじゃくる幼子を片手で抱いていた。

「サリカでしたら、ちょっとこの時間は働きに出てますが……。えーっと……」

子どもをあやすように軽く揺すり上げながら、暁帆たちの顔を不思議そうに見回した。

首から下げたＩＤカードを見せて、再び名乗りを上げてから、言葉を選んだ。

「奥様が日本に来て、横浜市に居住していた件で、確認させていただきたいことがあってまいりました」

「ああ……はい、そうでしたね。こっちに来て最初は、高田町の友人のところで世話になってましたけど。今年初めにぼくと結婚して、しっかり籍も入れてあるんで、何も問題はないと思いますが……」

不法滞在を疑われる謂《い》われはない、と言いたげに口元をゆがめた。その間、子どもはずっと泣き続けている。肌の色が少し濃く、鼻がやや横に広めで、生まれたばかりにしては髪も黒々と太く縮れ気味だ。一目で東南アジア系とのハーフだとわかる。

「その点は確認できています。うかがいたいのは別の人物に関することでして……。昨夜、アラナ・ソバットという二十五歳のカンボジア人男性がサリカさんを訪ねてきたと思うのですが、お聞きになってますでしょうか」

「いや、何も……。その人が不法滞在をしてるわけなんですか」

「いえ、そうでは――」

質問を続けようとすると、大久保がさえぎるように言った。

「――だとしても、ぼくたちは何も関係ありませんよ。彼女の友人たちは皆、外国人登録をしてると言ってましたし。そういった名前の知り合いがいるとも聞いたことはありません、嘘じゃありません」

急に目つきと態度が固くなり、語気も強くなった。

どう訊いていけばいいのか。言葉に迷っていると、後ろから城戸坂が言った。

「大久保さんはカンボジアに何年ぐらい行かれていたのでしょうか」

質問を向けられた瞬間、大久保の目がまたたき、口元が引きしめられた。

「いえ……彼女とは日本で知り合いましたが、それが何か……」

事実であれば、問題大ありだった。ビセス・サリカはカンボジアに赴任していた日本人を追いかけて来日したはずではなかったのか。

「そうでしたか、もちろん大久保さんご夫婦の婚姻届は確認できておりますので、何も問題はございません。お忙しいところをお邪魔いたしました。失礼いたします」

城戸坂が暁帆の肘《ひじ》をつかむや、後ろに引いた。わけもわからず、玄関の外へ連れ出された。城戸坂が役所の受付では滅多にお目にかかれない完璧な笑顔を浮かべ、深く一礼してからドアを閉めた。

「何なのよ、突然……」

「つまり、そういうことだったんですよ」

「だから、何がそういうことなの」

「じっくり話を聞いてみることにしましょうか」

「ビセス・サリカがどこに勤めてるのか、まだ訊いてないじゃない」

「彼女の勤め先を訪ねても無駄だと思います。話を聞きたい相手はアラナ・ソバットさんです」

8

本日、三度目の病院だった。面会時間は終わっていないが、港では夜の研修が行われているためルオン本部長の姿はなく、アラナ・ソバット一人が上半身を起こし、日本のTVニュースを眺めていた。

暁帆たちに気づくと、痛みをこらえるように顔をゆがめながら小さく頭を下げてきた。

「たった今、ビセス・サリカの夫に会ってきました」

城戸坂が英語で話しかけると、アラナ・ソバットが慌てたように目をそらした。

その後は、どう話しかけようと、彼は何も答えず、申し訳なさそうにただうつむいていた。予想はできていたので、城戸坂はいたずらに彼を追いつめないよう、丁寧な説得を試みていった。

暁帆は英語での呼びかけをすべて理解できたわけではなかった。が、こちらが事を荒立てようとする気がないのは伝わったはずだ。それなのに、アラナ・ソバットは目をそらしたまま静かに首を横に振り続けた。

態度に変化が出たのは、城戸坂が「トーキョーポリス」という単語を口にした時だった。視線を宙にすえてから盗み見るような目を向けてきた。

「トーキョーポリスに確認を取りました。その男性の名は、タカシ・シマウチ。そうですよね」

暁帆のほうが驚かされて、視線をからめ合う二人を見比べた。いつ東京の警視庁に確認を取ったというのか。寝耳に水とはこのことだった。

アラナ・ソバットは一度目を硬く閉じ、天井を見上げてから城戸坂に視線をすえ直した。暁帆にもかろうじてわかる英語だった。

「イエス……。わたしも彼を殴りました、何度も強く……。彼も怪我を負って病院に運ばれていたとは知りませんでした」

「待ってよ、どういうことなの。シマウチタカシって何者よ。もしかして――」

ここまでの流れを見ていけば、暁帆にもおおよそ見当はつけられた。

もう一人の日本人男性――。

「そのシマウチって男が……森鷗外なのね」

「はい。カンボジアに赴任して、ビセス・サリカを妊娠させておいて帰国した男です」

暁帆は記憶をたどった。城戸坂の質問に大久保健一は言っていた。彼女とは日本で知り合った、と……。

つまり、そういうことだったのだ。

大久保が抱いていた子の父親は、彼ではなかった。ビセス・サリカはシマウチを追いかけて日本に来たが、一人で帰国したシマウチには彼女と結婚する意思はもとよりなかった。あるいは何かしらの修羅場があったのかもしれない。ビセス・サリカは結婚を断念するしかなかった。が、お腹の子は失いたくないと思いつめた。その直後に、運よく大久保健一という男と知り合った……。

「じゃあ、もしかして大久保さんは、あの子のこと――」

暁帆の問いかけに、城戸坂は何も言わず、視線を床に落とした。

大久保健一は何も知らないのだ。ビセス・サリカは自分と出会い、子を身ごもったのだと信じている。子を愛おしく見る彼の様子と話しぶりから確信を得て、城戸坂は慌てたように頭を下げてドアを閉めたのだった。

ビセス・サリカを追いつめたところで、彼女は絶対に真相を打ち明けはしない。すれば、大久保との結婚がどうなるかはわからない。悪くすると、子どもと二人、慣れない国で路頭に迷うことに――。

でも、大久保の気持ちはどうなるのだ。

目で問いかけると、城戸坂がスマホを取り出してどこかへ電話をかけ始めた。ルオン本部長へだろうと思えたが、意外にも日本語で言った。

「……城戸坂です。大変お待たせいたしました。今、ソバットさんが認めました。……

はい、シマウチタカシと会って殴り合いになったことを……。そうです、はい……わかりました。では、お待ちしています、市長」

耳を疑い、首をひねった。どうして彼が市長に報告するのか。

状況を飲みこめずにいる暁帆を見て、城戸坂が小さく頭を下げた。

「市長は弁護士でもあり、長くキャスターを務められてましたので、警視庁に相談できる知り合いがいるんじゃないかと思いまして……」

「いつ市長に連絡したのよ……」

まったく気づかなかった。昼すぎからずっと二人で行動していた。

まさか、その前に、なのか……。

「ソバットさんが発見されたのは、丸子橋に近い河川敷の草むらでした。橋を渡ったその先は東京で、警察の管轄が違ってます」

この病院で待っていた警察官は、外国人の喧嘩騒ぎは起きていないと言っていた。彼らは当然ながら神奈川県警の者たちだ。が、丸子橋を渡った先は、東京都大田区――高級住宅街として名高い田園調布――の一角に当たる。

仮に東京都下で何か騒ぎがあったとしても、神奈川県警にまで情報は入っていなかった、と思われる。

アラナ・ソバットは川崎駅の近くで酒を飲んだと言っていたので、酔い覚ましに川沿いの土手を一人で歩いたとしてもおかしくはなかった。が、彼のあごと手には打撲のあとが残り、単に土手から転がり落ちたのではない可能性があった。さらに、大田区とつながる橋の近くで倒れていた事実から、城戸坂は念のために東京で何か起きていなかったかを確かめたほうがいいと考えた。神村佐智子であれば、警視庁の幹部を知っているはずだ。

市長に相談して紹介された警察官から、隣接する所轄でも同じように怪我を負って病院に搬送された男がいたことを教えられた。そこに、本国からの報告を受けたルオン本部長が、城戸坂に電話をしてきた、というわけだったのだろう。

「ねえ、そのシマウチって人の怪我はどうだったの」

「あるマンションの裏の植えこみで発見された時は、意識を失ってたそうです。でも、脳波に異常はなかったみたいで、骨折もなし。彼は、二人組の若者に襲われて金を奪われたと警察に言っているそうです」

シマウチも認めてはいないのだった。事実を語ったのでは、自分の経歴に傷がつく。あるいは、昔のどこかの軍医のように、日本人女性との結婚が決まっていたのかもしれない。だから、彼は口をつぐんでシラを切り通すしかないと心を決めた。

アラナ・ソバットも、シマウチと会って殴り合いになった事実を隠さねば、と考えた。真相が広まろうものなら、大久保と結婚したビセス・サリカが窮地に立たされてしまう。だから、彼も口をつぐむと決めた。ビセス・サリカも同じだろう。

「でも……」

晩帆は迂闊《うかつ》に言いかけて、口を閉ざした。

でも……ビセス・サリカとの結婚を選び、子どもを愛しげにあやしていた大久保健一の気持ちはどうなるのだ。

晩帆たちのやり取りを見ていたアラナ・ソバットが、城戸坂に英語で何かを伝えた。すべての単語を理解できずとも、晩帆にも推測はできた。

お願いだから、昨夜のことは内密にしてもらえないか。シマウチも怪我を負っていたのなら、痛み分けも同じだ。事件が表面化して彼の名前が出てしまうと、彼女に迷惑がかかる。

何度も頭を下げるソバットの前で、城戸坂は悩ましげに吐息を洩らすと、晩帆を誘って病室を出た。

「あとは市長の判断ね」

晩帆の言葉に、彼もうなだれるように大きくうなずき返した。


二十分後、廊下に甲高いヒールの音が聞こえて振り返ると、神村佐智子が足早に歩いてきた。病院に到着したことを電話で晩帆たちにも告げず、お供の職員も連れずに一人で病棟へ上がってきたのだった。

「お疲れ様。彼は中よね」

そう言って病室に足を踏み入れると、晩帆たちを手で制して、一人で十分近くアラナ・ソバットと話し合っていた。

廊下へ戻ってくると、神村市長は声をひそめて言った。

「わたしはあなたたち二人を信じています。彼は酔って土手から落ちてしまった。明日の定例会見でわたしがあらためて報告します」

いいんですか、と暁帆は目で問い返した。

「シマウチって男は確かに許せないわね。でも、彼が言うには、ビセス・サリカの結婚相手は、自分の子どもじゃないことを承知のうえで彼女を受け入れたそうなの」

「本当ですか……？」

疑問が口をついて出た。

市長は大久保健一と会ってはいない。あの時の彼は、子どもに偽りない慈しみの目をそそいでいた。もちろん、愛する人の子を心から愛しいと思える人もいるだろう。しかし、彼がその事実を承知で結婚していたのなら、アラナ・ソバットとシマウチの喧嘩を隠す必要はない気がしてならない。その事実を隠したほうが、役所と市長にとって、爆弾まがいの秘密を抱えることになりはしないか。

不祥事を隠蔽《いんぺい》するとともに、子の父親を隠す片棒を役所が担いでいいのか。真相が明らかになった場合、そういう批判が出るように思えてならなかった。

確かに、外国人女性のプライベートを役所が暴き立てるのでは、やりすぎだろう。が、カンボジア側から発表するのであれば、市に責任は降りかかってこない。

「あとは彼らに任せましょう。このことはわたしたちの胸にしまっておく。いい？」

「はい、わかりました」

城戸坂が我先にと応じて、後ろ手に暁帆の背をつついてきた。ここは市長の判断に委ねるべきなのだ、と。だから、言った。

「承知しました」

「ありがとう。武田課長にはうまく言っておいてね」

そう真顔で言うと、神村市長は踵《きびす》を返し、病棟の廊下をまた足早に去っていった。

「さっき市長が一人で病室に入っていった時――」

市長の背を見送りながら、城戸坂が小声で言った。

「ソバットさんの声が聞こえてきました」

「何を言ってたの？」

「彼女は今も、あの男をかばおうとしている。だから、黙っているしかない。彼女を優しく受け入れてくれた人のためにも……」

「待ってよ。じゃあ、それって――」

胸の奥に痛みが走りぬけた。

何てことなのだ……。ビセス・サリカは自分と子どもを受け入れずに冷たく捨てた男のことを、今もかばいたがっている。そこまでされたにもかかわらず、シマウチタカシへの気持ちを捨てきれずにいるのだろう。

「あの人は悪い人じゃない……。家族や友人に説得されて、やむなく自分との将来をあきらめるしかなくなった。本当は優しい人だ。そうビセス・サリカは言ったそうで……」

「わかるもんですか。言葉では何とでも言えるもの……」

認めたくない気持ちが、胸の奥に根を張っていた。

親族と友人に説得されて、ドイツへ帰国する船の中でエリーゼ・ヴィーゲルトがどれほど傷ついていたか。なぜ鷗外は、今度は自分が彼女を追ってドイツへ向かおうとしなかったのか。つまり、その程度の気持ちしか最初からなかったのだろう。

傷ついてもなお、男を信じようとする女。その女を受け入れて、結婚を決めた男。

暁帆はある一瞬の表情を思い出した。カンボジアに何年ぐらい行っていたのか。そう質問した城戸坂を見つめた大久保の顔。虚をつかれたような表情になったあと、口元がわずかにゆがんだように見えた。何を言いだすのか、怖れと敵意のようなものを感じ、瞬時に気持ちを隠そうとしたのではなかったか。

彼も、妻の本心を察していた。それでも、彼女と子どもを受け入れようと努めた。彼にとっても、やっと手にした小さな幸福だったのかもしれない。知っていても、黙っていることのほうが、互いの幸せにつながる。

だから、ビセス・サリカも黙っている。アラナ・ソバットも口をつぐもうと決めた。シマウチタカシもしかり……。

だから神村佐智子も、アラナ・ソバットの懇願を聞き入れて、口をつぐんでいようと決めた。そしておそらく、彼に伝えたはずだ。今回の決断をビセス・サリカに伝えてほしい、と。でなければ、あとは彼らに任せましょう、とは言わなかっただろう。すべてを受け入れてくれた男に、あなたも愛情をそそがなくてどうするのだ。そういうメッセージを託したのだった。

口をつぐむようであっても、これは隠蔽ではない。未来のために種を蒔いて、芽が出るのを見守る時間が必要なのだ。

晩帆には思えた。

「もしかしたら市長も、舞姫を読んでいたのかしらね」

「ぼくもそう思いました」

時には過去の名作に触れてみるのも悪くないかもしれない。明日にでも本屋に寄って文庫本を探してみよう。

「船津さん。課長への報告はお願いします」

城戸坂があらたまって晩帆に頭を下げてきた。こういう時だけ先輩を頼ってくる。

晩帆はひと睨みをくれてから、スマホを取り出しながら、課長を煙に巻く言葉を考え始めた。

第二章　夜のカメラマン

1

タイムリミットまで十分を切った。

でも、間に合う。港湾局の入る産業貿易センタービルから横浜スタジアム横の本庁舎まで、およそ八百メートル。大桟橋通りをダッシュすれば、六分弱で到着できる。

暁帆《あきほ》はプリントし終えた用紙をつかむや、席を立った。こんなに手間取るなら、ぜんぶ城戸坂《きどさか》に押しつければよかった。担当する資料を先にまとめ上げた彼は、武田《たけだ》課長とすでに出発していた。

港のイベントなのだから、本来は港湾局で会議を開ければいいのだ。が、関係者五十余名の集える部屋がなかった。市長が出席する会議のたびに、港湾局の職員は本庁舎まで往復する。お願いだから、せめて駐輪場でも作ってくれ。

形振《なりふ》りかまわず必死に歩道を走った。横浜公園からのラスト三百メートルは、日ごろの不摂生がたたって散歩のようなスピードに落ちた。が、ぎりぎり二分前にたどり着けた。

こういう時に限って、どうして呼び止める声がかかるのか。

「船津《ふなつ》さーん、お疲れ様ですぅ」

語尾を跳ね上げる甘ったるい声に驚いてエレベーター前で振り返ると、目に眩しいほど赤い口紅を塗りたくった若い女が手を振りながら駆け寄ってきた。市のＩＤカードを提げているので職員だとわかるが、顔に見覚えがない。

「大変ですよね、港湾局の人は。いつも走って往復だなんて」

「ごめんなさい、今急いでるの」

「またいつでも遠慮なく来てくださいね。喜んでお手伝いさせていただきます。そう城戸坂さんにお伝えください」

新人君の名前を出されて、ようやく記憶のピントが合った。二ヶ月ほど前、カンボジア人の外国人登録を調べるため、市民情報室の手を借りた。あの時に対応してくれた若い職員だった。名前は……。

暁帆の視線がＩＤカードに落ちたのを見て、女の子が笑った。

「柳本《やなぎもと》です。船津さんは一度しかお見えになってませんものね。自己紹介もろくにしてませんでしたっけ。柳本三奈美《みなみ》でぇす」

舌足らずな言い方と作り笑顔でぺこりと頭を下げられた。

こちらも笑みを返したかったが、聞き捨てならない台詞に思えて、柳本三奈美を見返した。すると、彼女が慌てたようにまた胸の前で両手を激しく振った。

「あ——おかしな言い方してすみません。城戸坂さんからいつも話を聞かされていたもので、船津さんの。もちろん悪い話じゃないんです。優しい先輩がいてくれて助かってる。だからとっても仕事がしやすいって、城戸坂さん、いつも言ってます」

「いつも……？」

「はい。ホント大変ですよね、みなと振興課は。港関連の調査をすべて押しつけられるなんて。わたしどもでよければ、いつでもご協力させていただきます。では、失礼しまぁーすっ」

柳本三奈美はまた機敏にひょこりと一礼すると、つむじ風のように去っていった。

横でエレベーターのケージが開き、暁帆は慌てて中に乗りこんだ。そういうことか……。

あの新人、仕事だけでなく、手も早かったらしい。外国人登録でまた調べたいことができたと理由を作って、市民情報室に立ち寄っていたのだ。確かに彼女は若く元気がいいし、見場もそこそこ悪くはなかった。

よし。これでひとつ弱みを握れた。この情報をうまく使えば、もっと仕事を任せられそうだ。しめしめ。

遅れて大会議室に入ると、すでに席はほぼ埋まっていた。課長がわざとらしく眉と目をつり上げてきたので、プリントしたばかりの資料を慌てて各テーブルに配って回る。

「船津さん、半分ください」

すぐに城戸坂が駆け寄って、暁帆から資料を受け取るや見事なフットワークでテーブルの間を縫って走りだした。

本当にできた男だと感心する。が、生真面目そうに見えても、所内で早くも女の子に近づこうと図るのだから、それなりの野心くらいはあるのだろう。そう思うと、優秀すぎて扱いづらそうとの印象も少しは違ってくる。

最後の一枚を配り終えると、前方のドアが大きく開いた。市長一行の登場だ。慌てて後ろの席へと回る。城戸坂も横に駆けてきた。

今日はまた特に市長の取り巻き連中が多かった。その半分は、イベントを仕切ってもらう広告代理店の担当者で、残る半分が地元財界の重鎮たちだ。官民が協力していかないと、港のイベントは成功しない。

今日の会議は、十月に開催される〝横浜港大感謝祭〟の準備会議の二回目だった。開港祭が終わって息つくまもなく次のイベントを煮つめる作業にかからないと、スケジュールが回っていかない。特に今回は新市長の意向もあって、規模がさらに大きくなった。

「では、各コンベンションについてディベートを行います」

カタカナ言葉が好きな神村《かみむら》市長の影響で、催し物はコンベンションと呼ばれるようになった。多くの人が集まる催しという意味なので、本来の趣旨とも合致する。

商店街の代表者が赤レンガ倉庫前でのフリーマーケットを企画し、地元青年会が中高生の音楽祭を名目に、地元と縁のある歌手やバンドを呼びたいと提案した。どちらもSNSを使った告知アイディアまでが練られていた。

「次、みなと振興課の提案をお願いします」

司会の広報課長に話を振られて、武田課長と城戸坂が立ち上がった。

「我が横浜市には、官民合わせて港関連の博物館や資料館が多くございます。それぞれ施設ごとに感謝祭記念の特別企画展を開催し、一日共通入場券を発行したいと考えます」

課長が計画案を語っていった。学術的な企画展は、いくら中身に力を入れようと、集客の面では見劣りが出る。そこで、ひと月前から各施設で企画展を先行スタートさせ、大感謝祭を広くアピールする機会にも活かす狙いだ。

「アプローチとインフォメに使うというのは、面白いアイディアね」

神村市長が真っ先に興味を示してくれたので、課長はますます得意顔になって各施設から出された企画案を述べていった。その説明に合わせて、城戸坂がプロジェクターを使って施設の外観と企画にそった写真を映し出す。

昔の横浜港の地図、絵画、ゆかりの経済人に知識人の写真。短い間によく集めてまとめたものだと感心する。

そもそも今回の企画を発案したのは城戸坂だった。

――学生時代から横浜に興味を持っていたので、博物館や資料館はすべて足を運んでいます。せっかく素晴らしい展示物や資料がたくさんあるのに、どこも盛況とは言えず、非常にもったいなく感じてました。

課内の会議でも熱弁を振るい、ほぼ一人で各施設を回って今回の計画をまとめ上げたのだった。

「趣旨はわかるけど、個別の企画は、ちょっと問題ありですよね」

課長の説明が終わると、最前列から異論が出された。

「どこが気になりましたか、真野《まの》さん」

神村市長が地元財界人の一人を見て尋ね返した。

真野吉太郎《よしたろう》。横浜ハイラークホテルのオーナーであり、港湾運輸や貿易に建設など関連十八社を傘下に持つ企業グループの経営者だ。娘婿として先代の社業を引き継ぎ、今や輸出入協会など地元財団の理事も兼務する重鎮となっている。歳は六十代の半ばか。ロマンスグレーの髪を長く伸ばし、若作りに余念がない。

資料をテーブルに投げ出すように押しやりながら、真野は市長に向けて言った。

「見てください、開港資料館の企画展を」

横浜に貢献した外国人の系譜。城戸坂が資料館のキュレーターと相談を重ねた企画だ。

「確かに横浜は、昔から外国人が多く住む街で、異人館も残されているし、中華街もにぎわっている。しかし、ゆかりある外国人を紹介していけば、戦前の——あまり広めたくない話にもつながってしまう」

「お言葉ですが……」

城戸坂が遠慮がちに手を挙げ、発言した。

「横浜の繁栄に、多くの外国人によってもたらされた文化やその資金が貢献してきた事実は見逃せないと考えます。港に感謝するイベントであるなら、彼らへの感謝の意味もこめて、市の内外に広く紹介していく義務が、我々にはあるのではないでしょうか」

若い職員に真っ向から反論されて、真野吉太郎の頰に見下すような笑みが刻まれた。

「最近の若い者たちは戦争時代のことを学んでいないのかもしれんが……。この横浜でも、敵性外国人の資産を凍結したうえ、彼らを身内ともども抑留《よくりゅう》施設で拘束した過去がある」

「はい、資料館の方から話はうかがいました」

「ならば、わかるだろ。この横浜の財界人の中には、日本から脱出していった外国人の土地や会社を安く買いたたいて、自分の業績にしていった者もいる。かくいうわたしの義父も、似たようなことをしたと聞いた。ただし、その多くは戦後GHQによって没収されてはいるがね。つまり、そういった苦い記憶を多くの人に呼び覚ますことになるわけだよ。市民の皆さんに楽しんでもらうお祭りに相応《ふさわ》しい企画と言えますかね、市長さん」

一同を見回して演説をぶったあと、真野は神村市長に視線をすえた。

地元の財界は賛同できない。この企画を進める気が本当にあるのか。そう圧力をかけているも同じだった。

「では、外国人だけでなく、横浜に貢献してくださった日本の財界人も紹介していきましょう。戦争という苦難の時を乗り越え、今も国際都市として発展を続けている。その方面からの展示に集約することで、過去の苦い記憶の印象は消していけると思いますが」

市長がすぐに折衷《せっちゅう》案を出してみせたが、真野は隣に座る初老の男と目を見交わし、何もわかってないとばかりに首を振ってみせた。視線を市長に戻して言った。

「残念ながら、歴史認識が甘すぎはしないでしょうかな」

ばっさりと斬り捨てるような言葉を浴びせられても、市長は表情を変えなかった。どこがでしょうか、と目で真野たちに問い直す。

答えたのは真野とうなずき合っていた初老の男性だった。みなとみらい地区の再開発を手がけたゼネコンの元役員で、地元経済団体の代表幹事を務める人物だった。

「欧米人と日本人だけを取り上げたら、扱われなかった国の関連団体からクレームが来かねない」

「何しろ関東大震災のこともあるからね」

真野が物憂げに言い添えると、会議室に重い沈黙が張りつめた。

大正十二年に発生した関東大震災で、この横浜は壊滅的な被害を受けた。全市のほとんどが火災で焼失、または全半壊したうえ、その情報が政府に伝わらず、三日間も救援の手が差し伸べられなかった。　暁帆の曾祖父も火災に巻きこまれて命を落としたと聞いている。

さらに、震災によって根岸の刑務所が半壊し、収容されていた朝鮮人受刑者の数名が脱走した。その噂がたちまち尾ひれをつけて広がり、一部の市民が自警団を作って不審者の摘発を始めるにいたり、各地で朝鮮人と中国人の虐殺事件につながってしまった。その発端の地になったのが横浜だという指摘があるのだ。

が、事実は少し違っていたという。地震によって半壊した刑務所の所長が、受刑者の世話ができなくなると判断し、自主避難という名目で彼らを解放したのである。しかも、朝鮮人受刑者の中には、刑務所にとどまって復旧活動に手を貸す者もいたのだ。

さらに、当時の混乱を治めるために戒厳令を出した政府の責任者が、元朝鮮総督府の政務総監であり、混乱に乗じた反乱を極度に怖れ、意図的に噂を広めて取り締まりに利用したのではないか、との疑念も取りざたされていた。

横浜の外国人を大々的に取り上げた場合、触れてほしくない過去にまで注目が集まりかねない現実があるのだった。

「何も外国人を取り上げるなと言っているわけではなくてね。感謝祭というイベントに相応しいとは思いにくいだけで。もし取り上げるのであれば、別の機会に、外国人という大きなくくりをするのでなく、個別に人物紹介をしていけばいいのではないだろうか」

真野に続いて、また別の財界人が後押しの発言をした。

「昨今の市民団体は、とにかく実績作りに懸命で、やたらと重箱の隅をつつきたがる。市民あげてのお祭りに、リスクはさけておくべきですよ。違いますかね、神村市長」

「確かに言えますね。市民が楽しみにしてくれているイベントですから。見当違いの横槍が入ったのでは、多くの協賛団体にも迷惑をかけることになる。なあ……」

市長が口を開く前に副市長が言って、隣の幹部にも同意を求めた。

「残念ですが、今回は見送ったほうがいいでしょうね。城戸坂君、別の機会にしようじゃないか。資料館の人たちと次のアイディアを出してもらえるかな」

港湾局長に名指しされて、城戸坂が視線を落とした。答えたのは武田課長だった。

「わかりました。早急に代替案を出させましょう」

「では、次の提案に移ります――」

広報課長がすぐに議事を進めた。見事な連係プレーだった。

市長と城戸坂が口を開けば、また反論が出る。そう見て取った副市長と局長、さらに彼らの意を酌んだ武田課長が、無難な結論へと素早く導いていった。

隣で城戸坂が音を立てて着席した。市長は次の議題の資料を見るでもなく、宙に視線をすえたポーズのまま動かずにいる。

二人とも納得はしていない。が、市の大切なイベントと関係者に迷惑はかけられず、ほかの解決策も今は見出せない。だから、ここは黙るしかない。

「城戸坂君が熱心だったのは、誰もが知ってる。でも、こういうのも雑巾がけの仕事のうちなのよ。床を綺麗にしたあと、そこをどう歩いていくかが大切なんだからね」

少しは気の利いたことを言ったつもりだったが、冷ややかな目を向けられた。

「ぼくのことはどうでもいいんです。資料集めに奔走してくれたキュレーターの方々に申し訳なくて……」

悔しさを嚙み殺すような声を聞き、この会議室にいる職員の中、城戸坂と市長の二人のみが新人なのだと思い当たった。まだ役人の世界に染まっておらず、志を一義にしたいという理想を胸に秘めている。

もしかすると……。城戸坂をみなと振興課に配属した者も、彼の理想の高さを知って、危ぶみを覚えたのではなかったろうか。だから、便利屋に近い部署で苦労させたほうが彼のためになる。そう考えたとすれば、不可解な配属にも納得はできた。

理想はひとまず捨てろ——だなんてアドバイスは、役所に入ったばかりの彼に送るのは忍びない。市長にも同じことは言えそうで、だから幹部たちも議事をやや強引なまでに進めたがったようにも思えてくるのだった。

2

地元の名士と市の幹部による〝あうん〟の呼吸で、各コンベンションの詳細は無難なわされる。

結論に導かれて、予定の時間内に会議は終わった。事前の根回しができていたのだと思

「ま、これも勉強だよ。感謝祭を成功させて、ビッグイベントに育てていくに越したことはないんだからな」

武田課長が気楽そうに城戸坂の肩をたたいて励ました。

「では、資料館との打ち合わせに行ってまいります」

彼にも言いたいことはあったろうが、愚痴ひとつこぼさずに頭を下げると、無駄になった資料の束を手に立ち上がった。

暁帆と課長は急いで産業貿易センタービルに戻った。市では、横浜港産業振興協議会と組んで、年に一度の港客船フォトコンテストを開催している。

横浜には世界から豪華客船が入港する。そのアピールと港への集客を図るため、横浜港と客船をテーマにした写真を公募し、賞を贈呈する。優秀作は、大さん橋のターミナルをはじめとする施設で展示会を順次展開していき、さらなる港のPRにも活かす。昨年から高校生以下の新人部門も設けられ、応募作は年々増え、市民の注目を集めるイベントになっていた。

その審査会が夕刻に開かれるため、協議会の事務局と準備に入るのだった。

各審査員が選んだ予選通過作は、全五十点。各写真のデータはＤＶＤにまとめて配付してある。そのすべてに点数をつけながら討議を重ね、優秀作を選んでいく。中には自

分の推薦作に固執するカメラマンもいて、審査は長引くケースが多かった。

午後四時。港湾局長と協議会の代表理事も出席して審査会がスタートした。

暁帆は、昨年に続いて飲み物係を命じられた。討議の邪魔をしないように気配を消し、お茶やコーヒーをそそいで回る。

多少の論争はあったが、二時間後にめでたく各賞が決定した。本庁舎から神村市長も足を運んで感謝の言葉を述べ、審査会は終了した。

「お疲れ様でした」

中華街での慰労会に向かった審査員を送り出すと、神村市長がわざわざ職員一人一人にねぎらいの言葉をかけて回った。いつも慰労会に直行していた前市長とは大違いだ。

就任から八ヶ月。市長は公式な行事のほかは、民間団体の幹部と酒を飲む席に出ていないと聞いた。誘いは多いらしいが、特定業者と酒席をともにしたのでは市民に誤解を与える。そう選挙前から主張していた。

ただ、そういう市長の頑なさを不安視する者は、役所にもいた。民間の協力がなくては、多くのイベントが実施できない。元ニュースキャスターの有名人にただ近づきたい財界人も中にはいるだろうが、人づき合いも政治家の仕事のひとつなのだ。

「うちの城戸坂は、めげずに資料館との打ち合わせに走り回っております。必ず皆さんに納得していただける企画をまとめますから、ご安心ください」

武田課長がそれとなく市長に近づいて言った。ぬけ目なく振興課のアピールに努めたのではなかったろう。課も城戸坂も不満には思っていない。だから、市長もどうか全体を見ていってください。そういう期待をこめたニュアンスが感じられた。

市のトップに舵の取り方を提言するような度量が、この課長にあったとは驚きだ。内心はらはらさせられたが、神村市長は曇りを感じさせない笑みで応じた。

「次の企画を楽しみにしている。そう城戸坂君に伝えてください。では――あとはお願いしますね」

最後に市長は暁帆にも微笑みかけてから、局長たちと会議室を出ていった。

これで帰宅できればいいが、まだ仕事は残っていた。各優秀作には主催元の協議会から電話で連絡が入れられる。と同時に、港湾局のホームページでも発表する。展示の許可もあらためて文書で通知し、諾否《だくひ》を送り返してもらう必要がある。

ホームページ上での発表は雛形ができているので、今回の入賞作品と撮影者名を入れこんで、間違いがないかを課長と入念に確認したのち、ページを更新した。その時点で午後七時をすぎていた。

「じゃ、任せたぞ、船津君、よろしく」

例年どおりに丸投げして、課長は風の如く帰宅していった。本日もまた残業なり。

入賞作の発表は、地元のコミュニティ誌や業界広報誌にも掲載される。ついでに各メディアにも取り上げてもらおうと、メールの一斉送信で通知しておく。

「お先にごめんあそばせーっ」

午後七時三十分。わざわざ隣の課から麻衣子《まいこ》が顔を出し、わざとらしく手を振りながら帰っていった。友だち甲斐のないやつだ。

恨みがましく彼女を見送っていると、入れ違いに、疲れ果てた顔の城戸坂が戻ってきた。ここにも運のない公務員が一人。

「お疲れ様。市長も次の企画を楽しみにしてるって言ってたよ。話は進んだ？」

「はい、ひとまずは……。でも、市民団体に負けない突き上げが待ってましたけど」

「無理ないわね。キュレーターの人たち、予算が減らされる一方だって、ずっとカリカリしてたもの」

「みなさん、新しい市長に期待していたんですよ。なのに、財界関係者と市の幹部に押し切られたなんて言ったら大変なんで、すべて武田課長の責任にしておきました」

「君もかなりうちの仕事を覚えてきたじゃないの」

「はい、お陰様で。次のプランとしては、開港当時の古地図を集めて港の立体模型を作ろうって話になってきました。予算は石にかじりついても取ってこいって、痛いほど尻を蹴飛ばされました。結果が怖いですよ」

また難問を突きつけられたものだ。あの課長に新たな予算をかき集めてくる才覚があるかどうか。まだまだ城戸坂の苦難は続く。

「あ――そうか。昔の外国人を調べたくて、三奈美ちゃんのとこに通ってたわけね」

エレベーターホールで呼び止められた一件を思い出して言うと、城戸坂が闇夜で鼻をつままれたような顔になった。

「情報室の柳本三奈美ちゃん。あの子、今後も喜んでお手伝いさせてもらうって、きゃぴきゃぴしながら言ってたよ」

わざとらしく身をくねらせて目配せしたが、城戸坂は無理したように表情を消してみせた。

「ホント、あちこちに迷惑をかけてばかりですよ。で——審査のほうは順調でしたか」

急に話題を変えてくるとは、可愛いところがある。暁帆はパソコンのキーボードをたたいて、優秀作の写真を表示させた。

「アマチュアの参加者のほうが断然多いのに、どれもプロ並みの写真ばかりで驚かされますよね。いくら最近のカメラが高性能でも、技術がないと、こうはうまく——」

ディスプレイをのぞいた城戸坂が、ふいに声を途切れさせた。

「——ん、あれ？　どういうことだろ」

「何よ。腹いせで審査に難癖つける気なの」

ジョークで返したが、悪ふざけを批判する厳しい眼差しを突きつけられた。

「まずいかもしれませんね、これ。うちの職員は誰も気づかなかったわけなんですか」

「だから、何の話なの」

「この一枚を見てください」

城戸坂がディスプレイ上の写真を指でつついた。受付番号一六七番の応募作だ。

夜の横浜港に停泊する豪華客船を、左手前から右奥に続くフェンス越しにとらえた一枚だった。星明かりに周囲の照明が溶けこみ、客船の陰影をより強調した技術が素晴らしい、と評価されて振興協議会賞に選ばれていた。

「気づきませんか。この船、どう見ても、ロイヤルマリン・プリンセス号ですよね」

暁帆はディスプレイの写真を見つめて首をひねった。名前に覚えはあるものの、船の形までは記憶になかった。

「よくわかるわね、こんな夜の写真で」

「たぶん間違いないと思うんです。この屋上デッキの形状からして。ぼくの見立てが合ってるとなると、かなりまずいことになってきます」

「え？ じゃあ、もしかして……」

言われて暁帆はキーボードをたたいた。フォトコンテストは昨年度に入港した客船を対象としている。

横浜に入港した客船の一覧を急いで呼び出した。上から順に見ていく。が、やはりなかった。昨年度にロイヤルマリン・プリンセス号は一度も入港していないのだ。

一気に掌が汗ばんできた。暁帆は応募票の一覧を保存ファイルの中から呼び出した。撮影者の住所氏名と作品タイトル、撮影場所と年月日が記載されている。

「でも、見てよ。ここにちゃんと去年の六月二十五日に撮影したって書いてある」

横から城戸坂が手を伸ばしてキーボードを押し、入港船の一覧に表示を戻した。

「ああ、やっぱりだ……。同じ運航会社のロイヤルマリン・ビーナス号がその時期に入港してる。外観がよく似てるんで、間違えてもおかしくはないでしょうね」

晩帆は保存ファイルから資料写真を見つけだした。目を凝らして船の姿を比較していく。

確かにデザインは瓜ふたつだ。が、城戸坂の指摘どおり、屋上デッキの形が違っていた。船体のカラーリングも微妙に異なるが、夜の写真なので見分けがつきにくいのだ。

「どうしましょう。見る人が見たら、応募資格のない写真だってわかるんで、外部から指摘されてしまうかも……」

晩帆は床を小さく蹴りつけた。これは、まずい。入賞者にはもう電話で連絡が行き、ホームページでの発表も終えていた。下手をすれば、新聞の地方版にも結果が出てしまう。

「どうしてもっと早く気づいてくれなかったのよ！」

「無理ですよ。ぼくは担当じゃないんで」

応募票にわざわざ撮影場所と年月日を書く欄を設けてあるのは、規定に添った写真だと宣誓してもらう意味も兼ねていた。確かに間違えやすい船だが、どうして撮影者が気づかずに応募してきたのか……。

どれほど嘆《なげ》いたところで始まらない。晩帆は港湾局の低い天井を睨み上げた。尻ぬぐいの余分な仕事がまた増えてしまう。

3

翌日。武田課長が登庁してくると、課の片隅に身を寄せ合って、こそこそと緊急対策会議に入った。

「いやいや、よく気づいたなぁ、城戸坂君よ」

課長はまったく慌てるふうもなく悠然と感心してみせた。

上司に本気で誉められたと思ったのか、城戸坂はやたらと恐縮しつつ、屋上デッキの形状の違いについて、とくとくと解説を述べ始めたのだった。

「ほう……ふーむ、なるほどな、船会社が同じなのか。いや、今後も似たケースが出てくるかもしれんから、船津君、気をつけないとな」

「どういたしましょう、課長」

指示を仰げば丸投げされるとわかっていたが、尋ねないわけにもいかずに言った。

「どういたすも何も、わかりきったことじゃないか。応募要項には対象作品の期限を切ってあるし、違反が判明したら入賞後でも無効になると断ってあるんだ。取り消しにするしかないだろ。てことで、あとは頼むよ、船津君」

「しかし、過去にこういうケースはなかったもので……」

「まず主催側の事務局と審査員に事情を伝える。メディアには、手違いで発表ミスがあったと情報を訂正する。応募者には失格を告げる。ほかの入賞作も再チェックにかかる。念のため、何かあるとまずいんで、過去の入賞作一覧をホームページから削除しておく。そんなとこだろ」

息つくまもなく瞬時に万全の防衛策を並べ立てられるのだから、やはり課長のポテンシャルは侮《あなど》れなかった。

「わかってると思うが、一方的に失格の件を応募者に伝えるのは、なしだ。対応がひどすぎると気分を害されでもして、ＳＮＳ上やメディアなどに訴え出られても困る。事実確認をしてから、慎重に話を進める。いいね」

役人たるもの石橋をたたいて渡れ。長く勤めていれば自然と磨かれる技だろうが、暁帆は心に留めながら課長の指示をメモに取った。

「可及的速やかに取りかかってくれ。一人じゃ大変そうだから、悪いが城戸坂君、手を貸してあげたまえ。じゃ、あとは頼む」

軽やかに言って席に戻ると、課長はいつもの日課どおりに朝刊を広げ始めた。やる気があるのかないのか、見当もつかない人だ。

直ちに手分けして事後処理に当たった。暁帆は、大さん橋に近いビルの中に入る産業振興協議会の事務局へ走って、事情を伝えた。その間に城戸坂が入賞作をチェックし直しにかかる。

幸いにも、ほかに失格者はいなかった。次に電話で審査員に報告を入れる。連絡がつかない者には、経緯をまとめた文書をメールやファクシミリで送った。各メディアにも手違いを詫びる文書を流した。

ラストが最も気を遣う連絡だった。

こういう時に限って、城戸坂は決まって先輩を立ててくる。お願いしますと頭を下げられ、仕方なく暁帆は応募票にあった連絡先に電話を入れた。番号から携帯のものだとわかる。

「あ──ありがとうございました。家族の者も喜んでくれています」

開口一番、明るい声を聞かされて、どんよりと気持ちが重くなった。いきなり失格を告げるのは忍びなく、慎重に言葉を選んだ。

「えー、応募作の最終確認をさせていただきたいのですが、直接お目にかかって撮影時の詳しい様子をうかがわせていただくことはできますでしょうか」

「いつでもどうぞ。お待ちしています」

撮影者は保土ケ谷区月見台に住む村川紀孝《むらかわのりたか》という三十五歳の男性だった。午後七時には帰宅しているというので、コンビニ弁当で夕食をとりながら残業をこなしたのち、城戸坂と市の車を借りて出発した。

村川紀孝の自宅は、築三十年は超えていそうな集合住宅の一階だった。

ここでもまた、学生に毛の生えたような若い役人が理屈を唱えたのでは相手の気分を害する、との理由をつけられて、暁帆が説明役を担わされた。

「先輩、いつもの素敵な笑顔でお願いします」

歯の浮くような台詞を臆面もなく言いつのり、にっこりと笑みを向けてくる。この男、どこまでが計算なのか、つかみどころがない。

腹をすえてチャイムを押すと、すぐに返事があって金属製の玄関ドアが開いた。

現れたのは茶髪で髭が濃く、背丈も高い男性だった。年齢より若く見える。

どうぞ、お上がりください。笑顔で言われたが、半分逃げ腰の低姿勢で玄関先から動かずに名刺を渡した。

「あくまで確認のためにお邪魔させていただきましたので、どうか、ここで」

こちらの挙動不審ぶりを見て、村川紀孝の頰から笑みが消えた。温厚な性格であることを祈りながら、暁帆は用意してきた応募作のコピーと船の資料写真を取り出した。

「最初に確認をさせてください。昨年の六月二十五日に撮影されたもので間違いはございませんでしょうか」

下手な笑顔で尋ねた瞬間、村川ののど仏が大きく上下に動くのが見えた。

「あ……ええ、そうだったと思いますけど」

「大変失礼ですが、こちらの船の名前をご存じでしょうか」

「ロイヤルマリン・ビーナス号ですよね」

予期していたかのような速さで、かぶせ気味に答え返してきた。

「……実は、わたしどもで確認させていただいたところ、ちょっとした誤解があったように思えました。この写真をご覧ください」

明らかに相手の表情が張りつめた。何を訊かれるのか、心当たりが彼にはあったのだと感じられた。

「この屋上デッキの形状から見て、応募写真の船はロイヤルマリン・ビーナス号ではなく、同じ船会社のロイヤルマリン・プリンセス号ではないかと……」

「何が言いたいんですかね」

挑むような目つきで問われた。

「――はい、まことに申し上げにくいのですが、応募要項には昨年度に入港した客船を対象とすると記載しております。たとえ入賞後でも、資格のない写真と判明した場合は、無効にさせていただく規定もございます」

後ろから素早く城戸坂が募集要項のパンフレットを突き出し、但し書きを指で示した。

「ですので、この写真がロイヤルマリン・プリンセス号であるならば、募集の対象外とさせていただくしかなく、その確認にまいった次第なのです」

一気に告げて、表情をうかがった。

硬く引き結んだ唇が震えていた。辱《はずかし》めに耐えている顔だった。

「えー、よく似た形の船ですので、誤解されたのだとは思いますが、今回の振興協議会賞は、残念ながら――」

一番大事な台詞なのに、最後まで言えなかった。村川が突然その場にかがみこんだからだ。今にも飛びかかってきそうな動きに思えて、暁帆はとっさに身を引いた。その勢いで城戸坂をお尻で突き飛ばしてしまい、ドアとの衝突音が響き渡った。

「あイテテ……」

後ろで城戸坂がうずくまるのと同時に、目の前で村川が深々と頭を下げた。

「申し訳ありません。ですが、これには深い訳があるんです。お願いですから、おれの話を聞いてください」

4

村川紀孝は奥の部屋に駆け戻ると、一眼レフカメラとスケッチブックを持ってきた。

「これを見てください」

そう言って彼はスケッチブックを一枚ずつめくってみせた。

あまりうまいとは言えない水彩画が描かれていた。赤レンガ倉庫と街並木。コスモワールドの大観覧車。山下公園前に停泊する氷川丸。象の鼻パークらしき公園に咲く花……。横浜の名所をスケッチしたもので、絵の具の平坦なべた塗りが目立つ。その強いタッチが味わいになっていればまだいいが、技術の未熟さとしか受け取れない絵だった。

「祖母のスケッチブックです。趣味で水彩画のサークルに入っていて、ご覧のように横浜港の絵を描いてました。なので、写真を参考にするため、こういった上等なカメラを買ったのかも、と最初は思ったんです……」

今度はカメラを手にすると、背面の小型モニターに撮影ずみの写真を呼び出してみせた。

「すべて夜の港の写真で、スケッチブックの絵とは比べものにならないほど構図も決まっていて、圧倒的に素晴らしい出来なんです」

画面が次々と切り替わり、夜の港を切り取った写真が表示されていく。

水面に映るみなとみらいの夜景。灯りに彩られた臨港パーク。照明に浮かび上がるガントリークレーン……。似た構図が続くのは、露出やシャッタースピードを変えて何枚か撮ったためだと思われる。

「祖母が撮ったにしては、水彩画との違いがありすぎるし、一緒に暮らしてた両親も、こんな値の張るカメラをいつ買ったのか、まったく知らずにいたそうなんです」

「……と言われると、おばあ様は？」

話し向きから予想をつけて暁帆は尋ねた。

村川が腰のポケットから財布をぬき、中から一枚のスナップ写真を取り出した。

「五ヶ月前に突然、肺炎をこじらせて……」

小学生と初老の女性が並んで微笑む写真だった。顔形と目鼻立ちから、村川の幼いころだとわかる。祖母のほうも四角い顔と肩幅の広さが似ていて、女性にしては骨の太さを感じさせる体格に見えた。

　ご愁傷様です。二人で頭を下げた。が、自宅に帰ってきながら、財布を尻ポケットに入れたままにしておくものか、と疑問が浮かんだ。こちらの訪問意図を先読みして、写真を用意しておいたように思えないこともない。

「サークルの仲間にも訊いてみたんです。そしたら、写真を見ながら絵を描くことはある、と言われました。でも、祖母がこんなプロ仕様の高級カメラを持っていたなんて、見たり聞いたりした人はいなかったんです」

　コンテストに応募した写真は、カメラの中に残されていた一枚なのだという。

「どう考えても、祖母のカメラだとは思いにくい。写真の趣味もなかった祖母に、こんなプロ並みの写真が撮れたとも思えない。だとすると、何か事情があって、誰かから預かったのかもしれない。このカメラの持ち主を捜すことはできないか――そう考えていた時、フォトコンテストのポスターを見たんです」

　カメラの中に残されていた写真はどれも、プロ級の出来映えに見えた。もし入賞作に選ばれて写真が目に止まれば、持ち主が名乗り出てくるかもしれない。応募は昨年度に入港した船を写したものに限られていた。横浜港のホームページを見て写真と比べたところ、ロイヤルマリン・ビーナス号らしき船が見つかった。どこか少し違って見えるが、応募するしかないと決めた。

「入賞したからには、プロの審査員が認めるほどの写真だったわけですよね。でも、祖母の周りにプロ顔負けの写真の腕を持つ人は見当たらないんです。我々家族がこのカメラを持っていて本当にいいものなのか……」

隣で城戸坂が理解を示すかのように大きくうなずき返した。気持ちは暁帆もわかる。が、応募要項に反した作品を入賞させるわけにはいかないのだ。

間を置かずに村川が頭を下げて言った。

「そこで――許してもらえませんか。失格になるのは当然でも、やむにやまれぬ動機から応募したことなんです。なので、入賞が取り消された事実を発表してもいいですよね」

「はあ？」

暁帆は虚をつかれて、見返した。村川の言葉に熱がこもる。

「祖母が預かったこのカメラをぜひとも持ち主に返したい。そういう事情を伝えれば、興味を持って取り上げてくれるところがあると思うんです。ニュースになれば、カメラの持ち主にも伝わり、きっと名乗り出てくれる。入賞が取り消されたのは事実だから、そのことを発表しても別に問題はないですよね」

してやられた……。

カメラの中に残されていた写真を見て、賞を受ける可能性がかなりありそうだ、と最初から思っていたのだ。二隻の船は、見た目によく似ている。違いがわかりにくい写真なので、気づかれることはない。めでたく入賞が決まったならば、実は応募資格がないと自ら公表して話題を集める。そのほうがニュースに取り上げてもらえ、カメラの持ち主の耳に届く可能性も広がる。

健気に頭を下げてみせているが、最初から客船フォトコンテストを利用しようと考えていたのだ。

どうすべきなのか……。

入賞の取り消しは事実で、認めるしかないことだった。が、最初から計画された話となれば、事情は違ってくる。

外部から指摘を受けてミスが発覚するよりいくらかましでも、大々的にアピールされてしまうのでは、コンテストそのものの評判にもつながってきそうだ。港湾局長や協議会幹部の不機嫌そうな顔が脳裏をよぎる。

「お気持ちは大変よくわかりました。参考までに、そのカメラの中にどういった写真が残されていたのか、我々にも調べさせていただけないでしょうか」

城戸坂が真面目くさった顔で進み出た。おいおい、何を言いだすのだ。

「審査員の中には、十年近く応募作を見てきた方がおられます。この写真が昨年度に撮られたものでなかったとすると、過去の応募作と比べることで、何か撮影者につながる情報が得られるかもしれません。プロも応募可能なので、客船が入港した時には多くのカメラマンが集まってきます。中には顔馴染みの同業者もいるはずで、手がかりが得られる可能性はあると思うんです。メモリーカードを少しの間お貸しいただきたいのです」

暁帆は横目でそれとなく城戸坂をたしなめた。どうして市がそこまで調査に手をつくさねばならないのだ。

「プリントアウトしたものを応募されたのですから、すでに写真はパソコンに取りこんでおられる。そうですよね」

暁帆の心配などどこ吹く風で、城戸坂はカメラを受け取ると、上へ下へとひっくり返した。村川も勢いに呑まれたのか、されるがままに任せている。

「あ、ここだな……」

側面の小さなキャップを開けると、中からメモリーカードを引き出した。

「では、大切にお預かりさせていただきます。それと、おばあ様の水彩画仲間の連絡先をお教えくださ い。役所というのは面倒なものでして、いちいち確認を取れと言われますので、念のためです、お願いいたします」

「ちょっと、何を考えてるのよ」

古びたマンションを出て市の車に戻ると、暁帆は運転席の城戸坂に睨みを利かせた。

「先輩だって、おかしいと思いましたよね」

城戸坂は決めつけて言うと、車をスタートさせながら言葉を続けた。

「あの人のおばあさんが一眼レフカメラを持っていなかったのは本当なんでしょう。サークル仲間の連絡先も教えてくれましたから。でも、おばあさんが他人のカメラを預かっていたからといって、どうして最初から失格になるのを承知でフォトコンテストを利用しようと考えたのか、理由が解せませんよね」

「だから、カメラを返すためだって……」

「信じがたい話ですよ。コンテストに応募なんかせずに黙っていれば、何十万円もしそうな高性能カメラが一台、ただで手に入るんです」

「そりゃそうだけど、良心が痛むでしょ、普通は。ほら、水彩画の仲間にカメラのことを訊いて回ってたわけだし。あ——けど、捜して見つからなかったって言っとけば、さして咎《とが》め立てる人もいないか……」

「ですよね。わざわざサークル仲間の藪をつつかなければ、出てきた蛇にカメラを返さずにすむ。てことは、どうしてもカメラの持ち主を捜し出す必要があの人にはあった——ってことになってきます」

「だったら、どうして直接あの人に訊かなかったの」

「わざわざフォトコンテストに応募するなんて、手のかかった方法を採ってきたんです。プロ並みの写真の腕前から見て、地元のカメラ愛好サークルを当たるとか、つてをたどってカメラマンを紹介してもらうとか、ほかにも手はあったでしょう。けど、あの人は、おばあさんの友人に話を聞いたあと、なぜかフォトコンテストを利用しようと決めた」

晩帆は腕を組んで夜の街明かりが流れるフロントガラスを見つめた。祖母が預かったカメラを持ち主に返したい場合、フォトコンテストへの応募が近道になるとは、確かに思いにくい。応募の締め切りから昨日の発表まで二ヶ月も間があるのだ。その間、何もせずにただ待っていたわけなのか……。

「こうは考えられないでしょうか。通常の捜し方をしたのでは、持ち主が名乗り出てくれないおそれがあった。そこで、フォトコンテストを利用しようと考えた」

「そりゃ可能性はあるかもしれないけど」

「だとすると、彼に何を訊いても答えてくれそうにない気がしますよね。それに、十年以上も続けてきたフォトコンテストを利用されて、評判まで落とされるような発表をされたんじゃたまりませんよ。なので、押してもダメそうな時は引くしかないかな、って」

「引くって……何をするつもりよ」

「いったん引いて、周りから攻めてみましょう。あと少し残業につき合ってください」

5

城戸坂が車を走らせた先は、村川から聞き出した水彩画仲間の自宅だった。

午後八時というそう遅くない時間だったので、電話で了解を取りつけて訪ねると、進《しん》藤《どう》志《し》寿《ず》子《こ》は玄関先に出てきてくれた。

切り出しにくい話ではないとなれば、俄然、城戸坂が主導権を握りたがってくる。誠実そうにIDカードを提示して名乗り、事情を伝えたうえで、協力を願いたいと申し出た。村川初枝《はつえ》の孫がフォトコンテストに応募した作品に、違反の可能性が出てきてしまった。初枝のものとは考えにくいカメラに残されていた一枚で、孫の手によるものではなかったらしい。何か事情をご存じないか。

進藤志寿子は皺に囲まれた目をわずかに大きくすると、声をひそめて前かがみになった。

「実を言うと初枝さん……あのお孫さんのこと、とっても心配なさっていたんですのよ。お嫁さんが自由にさせすぎたとかで、お酒と賭け事ばかり好きになってしまい、ちっとも身を固めようとしないって。本当に自分の作品だって嘘をついて応募したんですか?」

「いえいえ、いろいろ事情があるんだと言っておられまして。ですので、その辺りのところを確認させていただきたいのです」

彼女たちのサークルでは写真を見ながら絵を描くことはあまりなく、村川初枝が一眼レフカメラを持っていたのを見たこともない、と断言された。カメラマンの知り合いが彼女の交友関係の中にいたとも考えられず、不思議な話だと仲間内では言い合っていたらしい。

「ちなみに、進藤さんたちにカメラのことを訊いてきたのは、村川紀孝さんだけでしたでしょうか」

「いいえ、お嫁さんからもわたしは何度か相談されましてね。初枝さんが誰と親しくしていたか。初枝さんあての年賀状を見せられて、この中に知ってる人がいれば教えてほしいと……」

どうやら孫だけでなく、家族でカメラの持ち主を気にしていたように見える。とすれば、ほかにも初枝の知り合いを手分けして聞き回っていた可能性はありそうだった。

「けれど、初枝さんは家族と一緒に暮らしておられたんでしたよね。ご友人に確認せずとも、年賀状の相手くらいはご存じだったのでは、と思えてしまうのですが」

城戸坂が細かいところを気にして訊くと、進藤志寿子がさらに声を落として言った。

「あまり人様のご家庭のことを言いたくはないんですけど……。ずっとお嫁さんとはそりが合わなかったようで。初枝さん、発作を起こすまでは、ずっと一人暮らしでね」

二年前の二月だったという。港の見える丘公園にて一人で絵を描いている時、心臓発作に見舞われた。幸いにも通りかかった人が救急車を呼んでくれたため、処置が早くできて、一命を取り留めた。

「自分の病気で同居することになってしまい、いろいろ気苦労もあったみたいで……」

そもそもの発作や肺炎をこじらせたことまで、家族との確執に原因があったのでは、と言いたそうな口ぶりだった。

「初枝さんは、夜の港を描かれたことはあったのでしょうか」

「描いてみたいとは言ってましたけど……。倒れてしまってから、夜はほとんど出歩かなくなってましたからね。心臓のほうはだいぶよくなったと言ってたのに……まさか肺炎だなんて。本当に急なことで、わたしたちも他人事とは思えなくて……」

「最後に、村川初枝さんの住所を確認させてください。保土ケ谷区月見台——」

城戸坂が孫の住所を告げると、当然ながら首を横に振られた。自然な話の流れで住所を訊き出しておきたかったらしい。

丁寧に礼を告げて、進藤家をあとにした。

「次は村川家に行くんでしょ」

「行ったほうがいいでしょうか」

城戸坂は運転席のドアを閉めたが、エンジンをかけずに暁帆を見た。

「だって、村川紀孝に実家の住所を訊かなかったでしょ。親に連絡を取られたら、口裏合わせをされかねない、そう考えたわけよね」

城戸坂ほど気の回る者が、訊き忘れという単純なミスをするわけがなかった。初枝の仲間に確認したのだから、孫から訊き出すのはやめておこうと判断したのだ。

つまり、村川紀孝の動機を疑っている。親子で嘘をつかれたのでは困る。そう考えたに決まっていた。

「どうやら君は、村川紀孝に会った時点で、おおよそ動機に見当をつけてたみたいね」

「いえいえ、そんなこと……」

「わたしが当てたら、少しは驚いてくれる？」

「驚くなんて、とんでもないです。筋道立てて考えれば、先輩なら楽に想像はできると思ってました」

彼らしい気遣いの美辞麗句だ。暁帆は進藤志寿子から話を聞き、やっとその可能性に思い当たったのだった。

「村川初枝は今年の初めに亡くなっている。その彼女の遺品を調べて、本人のものとは思えないカメラが出てきた。その持ち主を突きとめたいが、名乗り出てくれない可能性がある。となれば――遺産がらみってことよね」

「さすがは、先輩です」

初枝が亡くなったあとで、彼女の預金を調べたところ、家族も知らない不可解な出費が見つかったのだろう。さらに、彼女のものとは考えられないカメラが残されていた。メモリーカードに記録された写真を見ると、プロ並みの出来映えだった。

もしかすると初枝には、家族にも存在を隠していた大切な人がいて、その人物にまとまった金を渡していたのではなかったか……。

「お金がらみでカメラの持ち主を捜してるとなれば、家族も認めたがらないでしょうからね」

暁帆が低い鼻を自慢げに突き上げて指摘すると、城戸坂は踏ん切るようにエンジンをかけて車をスタートさせた。

「我々の推測が当たって金銭がらみだった場合、村川さんは必ずメディア各社に賞が無効になったと大々的に報告するでしょう。祖母が預かっていたカメラを持ち主に返したくて応募したと、美談めいた話にすり替えて」

「納得できないわよね。港の発展のために息長く続けてきたコンテストなのに」

「同感です。多くの関係者が今日まで大切に育ててきたイベントですから。けど、無効となったのは偽りない事実で、それをメディアに報告してくれるな、と我々に言う権利はなさそうにも思えてきます」

「だからメモリーカードを預かったわけね」

写真を調べて手がかりを見つけだす気なのだ。


午後九時。港湾局にはまだ仕事に追われる職員が何人も居残っていた。みなと振興課でも三人が港湾統計を表とグラフにまとめる作業の追いこみ中だった。

「おい、市長から課長に電話がきてたみたいだぞ。フォトコンテストで何があったんだ」

庶務の担当者が好奇心に目を光らせながら訊いてきた。

「よくある手違いなんです。尻ぬぐいが大変なんで、手伝ってくださいよ」

ごまかすために暁帆が冗談で混ぜ返すと、途端に首をすくめられた。

「市長まで確認したがるなんて、よほどのことだものな。触らぬ神に何とやらだよ。ま、せいぜい頑張ってくれ」

早くも局内で噂が立ち始めているようだった。

よその部署のミスを面白おかしくあおって、騒ぎを楽しみたい悪趣味な者はどこにでもいた。ついでに管理職が飛ばされでもしてポストが空けば、順送りの出世もいくらか早まる。きっと反市長派の連中が喜んでいるのだろう。

神村市長はメディアの怖さをよく知っている。発表の翌日早々に入賞を訂正することになったと聞き、経緯を確かめずにはいられなかったのだ。市長までが案じているとわかれば、全力で火消しにかかれと局長の厳命が下ってきそうで、ますます頭と胃が痛くなってくる。

城戸坂は預かってきたメモリーカードを早くも自分のパソコンに読みこませていた。

「やっぱりプロ並みのテクニックを持つ人ですね。画像データと同時に、生の出力データも保存されてました」

画像に変換する前のデータは、独自のソフトウェアを経由すると、使用目的にそった最適な画像処理が施せるのだという。

「ネガとかポジとかいったフィルムと同じく、様々な現像効果を存分に発揮できるってわけなんです。知識がないと、このデータはうまく使いこなせませんから」

画像処理の仕組みについてはまったくわからなかったが、城戸坂の博識ぶりはあらためて確認できた。暁帆は先をうながし、画像がディスプレイに表示されるのを待った。

カードの中には七十六枚の写真が保存されていた。そのすべてが、やはり夜の横浜港を写したものだった。

「凄いや。どれもうなりたくなる写真ですね」

城戸坂がスクロールの手を止めて言った。

みなとみらい地区、赤レンガ倉庫、くじらのせなか……。街明かりをわざと淡くにじませたものもあれば、ビルを黒いシルエットにして明暗を強調させた写真もある。素人目にもプロ級の腕前だとわかる。

「ありました。この辺りですね」

前半の二十数枚目に、応募作と同じ構図の写真が四枚ほど並んでいた。その後も最後の一枚まで夜の写真が続く。倉庫の間に輝く対岸の灯り。水面に浮かび上がるコンテナ船とクレーン。淡く光を跳ね返すフェンスの連なり……。

「先輩の分もコピーしておきます。何か手がかりになるものがあるか。明日までの宿題にしましょう」

城戸坂がキーボードをたたき、すべての写真を予備のＤＶＤにコピーした。

6

一人暮らしのワンルームマンションに帰ったあと、暁帆は写真を一枚ずつ吟味してみた。

気づいたことがあるとすれば、どの写真にも人の姿が写っていないことぐらいだった。あえて人物を排除したか。よほどの深夜に港を歩き回って撮ったものか。

もしかすると夜空に瞬く星座の位置から、写真を撮った季節とおおよその時間帯が判別できる気もしたが、知識の抽出《ひきだし》がないために見当もつけられなかった。

翌朝。城戸坂と報告かたがた武田課長を会議室へ連行し、タブレットに表示させた一連の写真を見せた。

「いやいや、何が預かってたカメラを持ち主に返したいだよ。そんな美談が世間にゴロゴロ転がってるものか。冗談じゃない」

課長は写真を斜めに見ながら毒づくと、あごの先を神経質そうに何度もつまんでみせた。

「でも、わたしたち職員でカメラの持ち主を捜すなんて、フォトコンテストを利用されたうえ、さらに掌の上で踊らされてるように思えて癪《しゃく》に障りますね」

暁帆が吐息まじりにぼやくと、課長が大きく舌打ちした。

「確かに、手はほかにないかもな。メディアに報告されたら、港湾局のミスだと言われかねない。主催元やうちの上層部が耳にしたら、絶対騒ぎになって、すべての責任を押しつけられるぞ」

カメラの持ち主を突きとめることができれば、ひとまず村川紀孝も考え直してくれるだろう。が、そううまく事が運ぶものか……。

「おい、どんな感触だった。その村川ってのは、いつまで待ってくれそうなんだ」

「とりあえず、審査員にもほかの写真を見せてみると言っておきましたので。せめて一両日くらいは……」

城戸坂が希望的観測を述べたものの、村川から言質《げんち》を取ったわけではないので、保証は一切なかった。

「で、何かわかったわけだよな。その落ち着きぶりからすると」

課長までが希望的観測を語って城戸坂を見すえた。あろうことか、大真面目なうなずきが返された。

「はい——。まだ確証はつかめてませんが、大筋は読めています。あと少し時間をください」

予想外の所信表明に肝をつぶし、まじまじと城戸坂を見つめた。課長がさらにあごの先を神経質そうにこすり上げる。

「その大筋というのを聞かせてくれ」

「注目したのは、この最後の一枚です」

城戸坂がタブレットを操って、該当する写真を大きく表示させた。

夜の水面に映る船の照明とそのシルエットをとらえたものだ。ラスト三枚が同じ構図になっていた。

「今のデジタルカメラはほぼもれなく、撮影時の詳細なデータも同時に書きこまれるようになっています」

言われて思い出すのだから、恥ずかしい。暁帆も以前に聞いた覚えがあった。自分で撮った写真をSNSにアップした場合、画像以外のデータを消しておかないと、ものによっては撮影日時のみでなく、経度や緯度の位置情報までが部外者に読み取られてしまうケースがあるというのだ。

城戸坂がタブレットをタップすると、写真の下に細かな文字が表示された。

「この最後の一枚は、二年前の十二月三日二十三時二十一分に撮影されています」

細かな文字の最初に日付と時刻が記録されていた。その後に続く数字や記号はシャッター速度や露出などのデータの一部だろう。

「もう一枚、この四十三番目の写真も気になりました」

こちらは二年前の十一月十一日。時刻は深夜の三時二分。黒いシルエットになった倉庫の間に、対岸の夜景が淡くにじんで見えている。

「ほう……。なかなか面白い写真だな」

「ええ、そうなんです。なので、これから確認に行ってみようと思います。よろしいでしょうか」

暁帆は、課長と城戸坂の間で視線を行き来させた。いったい何を確認するのか。その説明がまだ語られていないのに、課長は人差し指を二人に振り向けてきた。

「すぐに調べてくれ。早急にだ」

「ねえ、ちょっと、どういうことなの」

わけがわからないまま会議室を出ると、先に廊下を行く城戸坂を追いかけた。

「あれ、気づきませんでしたか」

エレベーターホールを通りすぎると、城戸坂は階段のほうへとさらに足を進めていく。

「あの写真、本牧埠頭の市営倉庫だと思うんです」

「だから、何なの」

暁帆も城戸坂に続いて階段を駆け下りた。こっちは細いヒールなんだから、少しは気遣ってほしい。

「あの写真の倉庫の間に、植物防疫所の建物が写ってましたよね。窓に明かりがひとつもなかった。なので、データにあったとおり撮影時刻が深夜だったことは間違いないんです」

防疫所が写っていたとは気づかなかった。暁帆と城戸坂は二ヶ月前、ともにカンボジアからの研修生につき添って、本牧埠頭でのコンテナ積み上げ訓練に同行した。市営倉庫の前を何度も通りすぎていたが、あの辺りの景観までは記憶に残っていなかった。どこに手がかりが隠されているのか……。

「とにかく急ぎましょう」

いつのまにか城戸坂の手には車のキーが握られていた。つまり、課長に報告する前から車で確認に行くつもりだったのだ。それほどの情報があの一枚に隠されていたらしい。

駐車場から車を出し、本牧埠頭に走らせた。山下橋を越えて港湾病院前を左折し、埠頭に入っていく。多くのヒントが出されたように思えはしたものの、暁帆にはまだ何を確認に向かっているのか見当もつかない。

「この辺りですね」

市営倉庫の前で車を停めた。午前の早い時間帯なので、周囲にコンテナトラックは見当たらず、背後に並ぶガントリークレーンもまだ動いてはいなかった。

「ああ、やっぱりそうだ……。見てください、この写真」

車を降りた城戸坂がタブレットの写真と見比べつつ声を上げた。

暁帆も横からのぞいた。確かにこの奥から写したものだとわかる。

ただし、夜と昼のほかに大きな違いがひとつあった。写真は夜の水面が見通せている。

だが、路上からの眺めでは、倉庫前に続くフェンス越しに港と防疫所が見えているのだ。

つまり……。

「ちょっと待って。この写真、フェンスが写ってない。てことは、夜中にそこのフェンスを乗り越えて中に入ったってわけよね」

防疫所が仕事を終えた真夜中の午前三時に、市営倉庫で荷物の搬入が行われていたとは考えられない。暁帆が疑問を投げかけると、城戸坂の視線が足元に落ちた。

「あるいは――手引きする者がいたか、でしょうね」

ようやく事態が呑みこめた。この写真は、深夜に一般の人では出入りのできない場所から撮られた一枚なのだ。

高さ二メートルほどのフェンスを乗り越えることは不可能ではない。が、城戸坂も武田課長も、別の可能性を思い浮かべたのだ。だから、すぐ確認すべきだと……。

「もしかして……城戸坂君、おかしなこと、考えてない？」

「課長に報告していただけますか。次に何をすべきか、相談したほうがよさそうなので」

そう言いながら城戸坂はタブレットを脇に抱え直し、自分のスマートフォンを取り出した。報告を暁帆に任せておき、誰かにメールでも送る気なのか。

蚊帳《かや》の外に置かれた気はするものの、課長に報告しないわけにはいかなかった。

「そうか……。やはりフェンスの中から撮った写真だったか」

課長の声は苦しげだった。

暁帆にも、ひとつの可能性が浮かんでくる。と同時に、城戸坂がスマホを取り出した理由も読めてきた。

「まさか課長まで、市の関係者が手を貸してたなんて……」

「とにかく市長に相談してみる。けど、警察ざたになるのは、ちょっとさけられないだろうな。あとのことは、それからだ。いいね」

言うなり電話は切れた。暁帆は城戸坂を振り返って訊いた。

「新聞記事は見つかったかしらね」

暁帆が核心に触れると、城戸坂がなぜかうつむきがちに髪をかき乱した。

「あ、いえ……実を言うと、昨夜のうちに何となく想像はついてたんで、記事のほうは先に見つけ出しておきました」

本当に仕事の早い男だ。

暁帆にも、そのニュースの記憶は鮮明にあった。何しろこの横浜港で、大量の覚醒剤を密輸しようと企てた一味が摘発されたのだ。しばらくは港湾局でも話題になった。

二年前の十二月――。ベイブリッジを渡った先の大黒埠頭で、コンテナに隠して密輸した覚醒剤を密かに運び出そうとした男四人が逮捕された。一年にわたる内偵捜査の結果、大黒埠頭に通じる一般道をすべて封鎖しての摘発が行われたのだ。

今さらながら暁帆は気づいた。密輸の摘発は二年前の十二月。メモリーカードに残されていた写真の最後の一枚が撮られたのも、二年前の十二月……。

「城戸坂君はまだ学生だったでしょ。よく事件のこと知ってたね」

「いえ……。まったく知りませんでした」

「じゃあ、どうして……」

「たいした理由じゃないんです。あの四十三番目の写真が、どう見てもフェンスの中から写されたものにしか思えなくて……。写真を撮るためだけに、人が入れない場所にこっそり忍びこんだわけなのか。それとも別の理由があって侵入したついでに、つい撮ってしまった写真だったのか。可能性を考えてみたんです」

「侵入したついでに……？」

「はい。港には多くの荷物が搬出入されます。夜中に忍びこむとなれば――密輸かなって」

「それで新聞記事を検索してみたと……」

「運よく見つけることができました。しかも、残されていた最後の一枚からほど遠くない日で、ちょうど一週間前に撮られた写真でした」

「そうか。……下見に来ていたのね」

暁帆は周囲の倉庫街を見回した。

カメラを持った見張り役が近くの路上に待機する。警備の者が近づいたら、直ちに携帯電話で仲間に連絡を入れ、逃走または身を隠す。

「深夜に人気《ひとけ》のない港を歩き回っていても、カメラを手にしていれば、夜景の撮影に来たと言い訳をすることができます。つまり、カメラの持ち主は見張り役を命じられていた」

それで合点がいった。だから、メモリーカードに残されていた写真がすべて港の夜景だったのだ。

ところが、最後の写真を撮った一週間後、一般道をすべて封鎖しての摘発が行われた。見張りは役に立たなかったものと思われる。

「新聞記事を見ていくと、見張り役の共犯者が二日後に逮捕されてました。これです」

城戸坂がスマホを見せた。新聞記事の一部が表示されていた。

松崎信彦《まつざきのぶひこ》、無職、五十三歳。顔写真はなく、短い後追い記事だった。

「単に趣味で写真を撮っている者より、プロであれば、たとえ警察官に職務質問されても、夜の港を撮る必要があったと言い張れる。なので、試しにこの松崎信彦という名で検索をかけてみました。そしたら、出てきたんです、彼の写真が……」

指がスライドして、画面が切り替えられた。

ある温泉旅館のホームページだった。緑に囲まれた露天風呂の写真が掲載され、その右下に「撮影・松崎信彦」との表記があった。

「なぜ密輸グループに加わったのかはわかりません。けれど、彼は一味に手を貸した」

ところが、道路を封鎖しての摘発が行われてしまい、密輸グループは逃げ道を失って逮捕された。彼らの携帯電話が調べられ、共犯者の名前も芋づる式に判明したのだろう。

「でも、どうして松崎って人のカメラが、村川初枝の手に渡ったのかしらね」

「それが謎なんで、この温泉に問い合わせを入れたんです。松崎さんの連絡先がわかるだろうかって。その返事のメールが、たった今届きました」

そこまで手を打っていたとは……。どこまで仕事が早いのだ。

「で、どうだったの？」

「驚きました……。松崎さんに連絡を取りたい。そういう問い合わせが以前にも一度あったというんです」

村川初枝だ。ほかには考えられない。

城戸坂は何かぶつぶつ数字を読み上げながら、スマホをタップしてから言った。

「家族に連絡を取ってみます」

7

　午後一時二分。指定された厚木市内のファミリーレストランに足を運ぶと、入り口に近い席で胸板の厚い三十代の男が立ち上がった。薄いブルーの作業服を着こみ、その胸には〝河西板金工業〟と社名のぬい取りが入っていた。少し遅れて五十歳前後とおぼしき女性も腰を折るようにしながら席を立った。

「どうぞ頭をお上げください。電話でもお知らせしましたように、我々は横浜市港湾局の者ですが、密輸事件の再調査に来たわけではありません」

　暁帆は首から提げたＩＤカードを示した。すでに港湾局の電話番号も伝えて、課長から事情を聞いたはずなのに、作業着の男は食い入るようにカードの顔写真と暁帆を見比べる念の入れようだった。

「申し訳ありません。でも、事情をお察しください。去年まで、二人が怖ろしい目に何度もあっていたというのは本当なんです」

「主人がご迷惑をおかけして、お詫びのしようもありません……」

　女性がまた深々と頭を下げた。

「我々はあくまで確認にうかがったまでで……。すでに判決が出て服役中のご主人の行動を、さらに調査しようという意図はなく……。どうか、誤解なさらないでください」

ひたすら身を縮める女性を前に、もっと気の利いた言い回しができないものか。二十六歳にもなって言葉につまる自分が恥ずかしい。と同時に、またも先輩を立てて一歩引いた城戸坂の態度にも、腹が立つ。家族に話を聞くべきだと、渋る課長を説得したのは彼のほうなのだった。

ほら、と小声で告げながら暁帆はあごを振ってうながした。ようやく横に進み出てきた城戸坂が言った。

「確認と申しましても、ご主人の経済状態を把握したうえで、税金を徴収しようというのでもありませんので、ご安心ください」

二人の目が大きくなった。やはり彼女たちは誤解していたのだ。

突然、市役所から話を聞きたいと言われれば、警戒心を抱くのは無理もなかった。元夫は三年の実刑判決を受けて服役中で、税金も滞納していたであろうことは予測がついた。

城戸坂が電話で事情を告げた時、田之倉恵子《たのくらけいこ》は取り乱してまともな返答ができなかった。彼女の態度に驚いた職場の上司が代わって電話に出た。いくら横浜市港湾局の者だと言っても信用してくれず、ついには再び田之倉恵子が電話口に出て涙声で言ったのだった。

「——わかりました。お目にかかって話は聞きます。ですから、どうか娘にだけは近づかないでやってください、お願いです……」

涙ながらに懇願されたと聞いて、暁帆にも多くのことが想像できた。だから、女性も一緒に行くべきだと意見がまとまったのだった。

伝票を別にしてもらうように伝えてコーヒーふたつを注文してから、城戸坂が二人に切り出した。

「電話でも概略はお伝えしましたが、田之倉さんのもとに、村川初枝さんから連絡がありましたよね」

「――はい、主人に命を救われたと言われて……」

逮捕される前に離婚していたと聞いたが、彼女はまだ〝主人〟と呼んだ。ここでも予測は当たっていたようだった。

「村川さんは心臓にご病気があったとかで……。二年ほど前、横浜の公園で気分が悪くなって倒れられた時、主人が救急車を呼んで……。それで命拾いをしたということでした」

初枝はその日、自分の下手な絵を散歩中の人に見られたくないと思い、あまり人が通らない場所の、さらに植えこみの緑が伸びた、ちょっとした死角のような場所で港のスケッチをしていたという。ところが、急に気分が悪くなり、声を出すこともできなくなった。そこに、たまたま松崎信彦が通りかかった。

ところが、彼は携帯電話で救急車を呼ぶと、なぜか急にその場を立ち去ってしまった。あとで消防に連絡を取り、お礼を言いたいから通報者を教えてほしいと頼んだが、その電話番号はすでに使われなくなっていた。

おそらく、密輸グループの仲間から渡された電話を使ったのだろう。発作を起こして苦しむ村川初枝を見つけて、親切心からつい通報してしまった。その直後に、電話番号が消防の記録に残った危険性があると気づき、慌てて電話を処分したと考えられる。

あと数分、救急車の到着が遅れていたら、命がどうなっていたかはわからない。そう彼女は医師に言われた。救急車を呼んでくれた人に、ぜひお礼が言いたい。

連絡先がつかめず、あきらめかけた時、彼女はテレビのニュースで恩人の顔を見つけた。密輸グループの一人として逮捕された男だった。

そのニュース映像は、主犯格の男に判決が言い渡された時のもので、すでに松崎は服役していて、会うことが叶わなかった。

「主人は、売れないカメラマンを長く続けていたので……村川さんを助けた時もカメラと大きなバッグを持っていたそうなんです」

しかも、人を待たせているように見えた。撮影の仕事があるために、きっと姿を消したのだろう……。そう考えた村川初枝は、試しに松崎の名をネットで検索してみた。すると、あの温泉旅館のページがヒットした。電話を入れると、松崎の学生時代の友人の実家で、家族の連絡先ならわかると言われた。

「本当に申し訳ありません……」

田之倉恵子はまた頭を下げながら、しぼり出すような細い声で言った。

「……娘は、悪気があって言ったんじゃないんです。偽装離婚は許さない。おまえらにも借金を返済する義務があると、毎日しつこく男たちがやって来ては言われてたので……」

最初は二百万円ほどの額だったらしい。悪質な業者に引っかかり、借り換えをしたのが運のつきで、利息が雪だるま式にふくれ上がっていった。松崎は妻子に迷惑が及ぶのを怖れて離婚し、家を出た。が、返済を迫る男たちは田之倉母娘の前にも現れたのだった。

「わざわざ、わたしたちの住まいを探して、お礼を言いに来てくれた村川さんに、大変失礼なことを……」

彼女は手土産を持って二人のアパートを訪ねてきた。別れた夫が人助けをしていたと知り、田之倉恵子は救われた思いになった。が、娘は菓子折を初枝に投げ返して言った。

――命が助かったっていうのに、こんなお礼で足りるもんか。今度はわたしたちの命を、あんたが助けてよ、お願いだから。

やむにやまれぬ悲痛な叫びだったのだろう。それほど彼女たちは追いつめられていた。

初枝は投げ返された手土産を拾い、背を丸めて帰っていった。ところが、まるでその日を境にしたかのように、彼女たちのもとに返済を迫る男たちが現れなくなった。

不思議なこともある。もしかすると……。そう思いはしたが、やっと訪れた安息の日々に感謝し、何も気づかなかったふうを彼女たち親子は装ってきた。

「ずっと黙っていて……本当に申し訳ありませんでした」

「あの――」

黙って話を聞いていた作業着の男が横から言った。

「こんな言い方をしたら、ずいぶんと身勝手だと思われるでしょうが……」

「はい、何でもおっしゃってください」

城戸坂が生真面目に応じると、男は一度視線をそらしてから、先を続けた。

「田之倉さんは三年も前に離婚してるんです。たとえ前のご主人の借金を誰かが肩代わりしてくれていたとしても、二人とはもう……」

その先をさえぎるように、田之倉恵子が顔を振り上げて言った。

「ダメですよ、そんなこと……。主人はわたしたちを守るために離婚を選んだんです。わたしとミヤコには家族としての責任が……」

暁帆には知識がないため、法律上の判断はつかなかった。個人の借金でも、親族に支払う義務が生じるのか。言葉をはさめずにいると、城戸坂が即座に告げた。

「連帯保証人になっていなければ、たとえ婚姻関係が継続する者の借金であっても、家族に返済する義務はありません。それに、貸金業法では、妻や両親や子どもなど、たとえ親族であろうと、本人以外への取り立てや請求を禁じています。ですから、田之倉さん親子には、そもそも最初から支払い義務はなかったんです。弁護士に相談はされなかったのですね」

田之倉恵子と作業着の男が驚いたように目を見交わした。

「相手が弁護士を連れてきていたので……わたしたちにも支払う義務があるとばかり」

本物の弁護士かどうか、怪しいものだ。法律上も逃げ道はない。そう脅すことで、家族から金を毟《むし》り取ろうと企てたに決まっていた。

「間違いはありません。田之倉さんたちに借金返済の義務はなかったんです」

城戸坂が重ねて言った。その悔しげな言葉の中には、どうして弁護士に相談しなかったのだと、彼女たち母子の無知を詰《なじ》るようなニュアンスさえ感じられた。

気持ちはわかる。でも、暁帆も法律の知識がなく、家族にも何らかの返済義務が生じそうに思えていた。しかも相手は、弁護士までついているような演技をして、彼女たちを追いつめたのだ。誰もが城戸坂のように冷静な判断ができるわけではなかった。

それに……手土産を投げ返されたから、村川初枝は恩返しができた、とも言える気がするのだった。

彼女たち母子のもとに返済を迫る男たちが現れなくなったのは、村川初枝が肩代わりしたからに違いなかった。男たちは何度も田之倉親子のアパートを訪ねてきたというのだから、その近くで待っていれば彼らと会うことはできる。もしかしたら興信所か何かを雇って調べたのかもしれない。

村川初枝は命を救ってくれた恩人に感謝の意を表しておきたかったのだろう。当の本人は罪を償うために服役中だった。追いつめられた娘の姿に接し、自分が〝足長おばさん〟になろうと決めた。幸いにも彼女には、老後に備えた幾ばくかの蓄えがあった……。

「松崎さんが逮捕されて、持っていたカメラがどうなったのか、ご存じでしょうか」

村川初枝のもとに残されていたカメラのことを、城戸坂が訊いた。

「面会には何度か二人で行きましたが……カメラのことは……何も……」

「松崎さんのご両親はご存命ですね」

「いえ……お父様はずいぶん前に亡くなられていて。お母様とは裁判の時に……」

城戸坂が暁帆に小さくうなずいてきた。村川初枝は松崎の母親にも会ったのだ。もしかすると、老いた母のもとにも返済を迫る男たちがやって来ていたかもしれない。初枝は借金を全額肩代わりして返済し、その代わりに松崎のカメラを母親から譲り受けたのだろう。そうとしか思えなかった。

「初枝さんはきっと、カメラを持って迎えに行くつもりだったんでしょうね……」

二人に礼を言ってファミリーレストランを出たあと、車へ歩きながら城戸坂がしんみりとつぶやいた。

暁帆も同じことを考えていた。救急車を呼んで人の命を救ったあなたなのだから、まだやり直すことが絶対にできる。そう言ってカメラを渡してやりたかったのではなかったろうか。

けれど、彼女の願いは叶わなくなった。

そして、カメラだけが初枝の家族に残された。

「不思議だとは思いませんか」

車に戻ると、城戸坂が言った。暁帆は目で問いかけた。

「どうして村川初枝さんは、一緒に暮らす家族にも、救急車を呼んでくれた人が松崎だったと告げずにいたんでしょうか」

暁帆もその点は気になっていた。が、何となく想像できた。

普通の親子関係であれば、命の恩人が判明したことを家族に話さないわけはなかった。あるいは、子や孫たちに打ち明けたのかもしれない。けれどその時、家族が見せた反応は、彼女が期待していたものとはかけ離れていた。母親の命を救ってくれた恩人に礼を言いに行こう。当然出るべき言葉が、家族の誰からも聞けなかったとすれば……。

だから、彼女は一人で松崎信彦を捜してみようと考えた。たとえ道を踏み外して罪を犯した者でも、苦しむ老人を見つけて救急車を呼べる、人としてごく当たり前の感覚を持っているのだから、根っからの悪人であるわけがない。

さらに彼女は、田之倉母子の追いつめられた事情を知り、惜しげもなく貯金を使おうと決めた。自分の家族には一切告げずに……。

「実の親子の間でも、いろいろあったって不思議はないわよ」

「……かもしれませんね」

「さらに言えば、だからって、わたしたちが村川家の親子関係に口出ししていいって理由はないでしょうね」

「はい、わかっています……」

悔しそうに口をすぼめて言うと、城戸坂はやっとエンジンをかけた。暁帆はスマートフォンを取り出した。

「課長への報告ですね」

「それもあるけど。まずは、カメラの持ち主がわかったんだから、伝えておかないとね」

城戸坂が真意を問うような視線を向けてきた。

「元カメラマンで今は服役中。事実を伝えるほかはないでしょ」

課長に報告しても同じことを言うはずだ。相手に借金があり、村川初枝が返済していた。そう予想はつけられても、事実の確認はできていない。ゆえに、みだりに予断を与えたのではまずい。あとは家族の問題なのだ。

けれど……と暁帆は思う。服役中と聞けば、きっと村川紀孝は怖じ気づき、本人にカメラを返そうとは考えないだろう。そのほうが、少なくとも初枝の遺志を尊重することにもつながりそうに思えるのだった。

「ま、あとはわたしに任せなさいって」

先輩ぶって城戸坂に微笑んでみせた。損な役回りには慣れている。

それに、我々市の職員には、もっと難しい問題もひかえていた。密輸グループを市営倉庫に招き入れた者がいたのではなかったか。あの事件が摘発された際、市の職員に捜査の手は及んでいない。が、松崎のカメラに残されていた写真を見ると、あってほしくない可能性も浮かんできてしまう。

嫌な予感を振り払ってスマホを握り直した。あとは市長たち幹部の仕事だ。自分たちは、与えられた仕事をひとつひとつ果たしていくほかはない。

暁帆は応募票のコピーを取り出すと、どう説明するかを考えながら電話番号を押していった。

第三章　港の心霊スポット

1

暁帆《あきほ》は拳を固く握りしめた。いよいよ決戦の時は来た。

敵は三人。戦いを少しでも有利に運ぶため、目の前に立つ城戸坂《きどさか》を睨みつける。

「ちょっとぅ、どうして辞退しないのよ。君はまだ青二才の新人でしょうが」

「関係ありませんよ。ぼくは絶対負けませんからね」

「いつまでもガタガタ騒いでないの。覚悟はいいわね」

担当係長の山室京香《やまむろきょうか》までが拳を胸の前でかまえながら言った。いつもは課の動向をクールに見やっているのに、今は闘志みなぎる眼差しを隠そうともしない。

「あ、ちょっと待ってください。何だか心臓が痛くなってきた……」

振興策担当の箕輪《みのわ》昌人《まさと》が息荒く言い、両手を広げてみせた。山室係長がにべもなく言う。

「だらしない。城戸坂君を見習いなさいよ。堂々としてるじゃないの」

「彼には失うものがないからですよ。ぼくはもう五回連続で煮え湯を飲まされてきてるんですから」

「当然よ。気持ちで負けてるから勝利を手にできないの。いいわね。恨みっこなしよ。ジャンケン――」

目をつぶって暁帆はグーを出した。悲鳴と嘆きが交錯する。

恐るおそる目を開くと、パーが一人。箕輪がガクリとその場に膝をつき、山室係長が無念そうに天を見上げた。一人にんまりと笑う城戸坂が高らかに両手を突き上げた。

「よっしゃーっ。では、若輩ながら全力を挙げて務めさせていただきます。やったぜ！」

また負けた……。ため息しか出ない。

箕輪に負けず、暁帆も連戦連敗だった。どうして希望者によるジャンケンで係を決めるだなんてルールが作られたのだ。

横浜市では客船の誘致に力を入れ、世界の船会社と交渉している。名だたる豪華客船の寄港地に選ばれたなら、セレブな乗客はもちろん、見学目当ての観光客も港を訪れ、横浜にお金を落としてくれる。一挙両得《いっきょりょうとく》なのだ。

そこで、客船を呼び寄せたアピールもかねて、市では様々な入港イベントを仕掛けていた。その中に、旅行会社の協力を得て行う豪華客船の見学会がある。市の内外から希望者を募り、水上バスで海上から船の大きさを実感してもらい、滅多に入れないリッチな船内をめぐることもできる人気抜群のイベントだった。

今月末、世界に冠たる豪華客船ダイアモンド・テレジア号が初入港する。

暁帆はこの三年で、絢爛《けんらん》たる船の写真を厳選しつつ見学イベントの案内状を何度も作ってきた。が、肝心の船内アテンド役を任されたことは一度もなかった。せっかく便利屋まがいの課で働いているのだから、豪華客船の中に一度ぐらいは入ってみたい。特に今回は、ゴージャス極まりないラウンジでのティータイムもスケジュールに組まれていた。

その栄えある任務を、よりによって配属されたばかりの新人に奪われるとは、どういう因果《いんが》なのだと天を呪いたくなる。

「メディアからの取材依頼もたくさん入るでしょうし、こりゃ忙しくなるなぁ、頑張らないと」

「言っとくけど、君には感謝祭の特別企画展もあるんだからね」

無邪気なはしゃぎぶりが癪《しゃく》にさわり、暁帆は冷ややかに指摘してやった。

「あ、そっちのほうでしたら、何とかなると思うんです。予算の目処もつきましたし」

「え、いつのまにだよ」

肩を落として席に戻った箕輪が椅子ごと反転して、目をむいた。暁帆も初めて聞く話だった。

「あれ？　言ってませんでしたっけか。地元大学の模型サークルに協力を依頼したんです。要はプラモデル好きの集まりなんですけど、ジオラマ作りなら任せてくれ、って頼もしい返事をもらえました。彼らの大学祭のパンフレットも同時に配っていいことにしたら、トントン拍子に話が進みまして」

誇らしげな素振りも見せず、また無邪気に笑顔を振りまいた。

畏《おそ》るべきプランニング力。大学生を巻きこんだお祭りにすることで、予算の削減を軽々と実現してみせたのだった。もうため息しか出ない。

たぶん、今まで黙っていたのも、自慢に受け取られたくなかったからだ。先輩たちへの配慮も完璧。このぶんだと、本当に五年で課長を追い越しかねない。よくぞ、うちのような課に来てくれたものだ。

嬉々として入港歓迎セレモニーの資料作りを始めた城戸坂を横目に、暁帆は海の日に開催されるイベントの最終チェックに忙殺された。地元高校生のブラスバンド部を招いて、赤レンガパークで演奏会を開く。ＦＭ局と連携して野外スタジオを設置し、生中継を行う。船内見学会のアテンド役を城戸坂が射止めたことで、すべて暁帆が走り回るしかなくなった。本当に運がないったらありゃしない。

さらに、夕方になると予想もしなかった新たな仕事が、みなと振興課にもたらされた。

本庁舎に呼び出された武田《たけだ》課長が足取り重く帰ってきたのを見て、嫌な予感はあった。客船誘致係をのぞく七名を隣の会議室に集めると、課長は一枚のペーパーをひらひらと振りながら言った。

「いやー、驚いたよ。本日の連絡会議で、なぜか急に横浜港大感謝祭の新たなイベントが発表された」

「待ってください。先週の合同会議でイベントの骨子はすべて固まったはずですが」

山室係長が異を唱えて表情を固めた。いつものクールな物言いに、たっぷり棘《とげ》がふくまれている。

「そう、山室君の言うとおりだよ。我々市側と各協賛団体のイベントは決定し、すべて了承ずみだ。ところがそこに、我々にも一枚嚙ませろと、ありがたい提案が持ちこまれた。驚くなよ――国土交通省関東運輸局からだ」

横浜市が主催するイベントに、中央官庁から直々に依頼が入るとは珍しい。

武田課長がペーパーをまた振った。

「横浜港の未来を語りつくすシンポジウム、という仮タイトルがつけられてる。港に感謝するイベントなら、横浜港のさらなる発展を有識者とともに展望してしかるべきではないか、という有益かつ貴重な意見が出されたわけだ」

ペーパーが暁帆たちにも回された。仮タイトルの下には、ご丁寧にもパネリストの候補者が記されていた。

経済評論家、運輸関連企業家、海運学者、横浜市長、地元選出の国会議員。

「これですか……。だから国交省から話が来たんですね」

山室係長がペーパーを射貫《いぬ》くかのように指でつついた。示した先はもちろん〝地元選出の国会議員〟だ。

ご明察、と褒め称えんばかりに、課長がにんまりと口の端をつり上げてみせた。

「喜びたまえ。パネリストの出演料は運輸局が負担する方向で話が進んでる。人選、会場の確保、メディアへの告知を、横浜市港湾局が担当する。市長も出席するシンポジウムになるので、それなりの会場に人を集めてもらいたい、とのリクエストも仰せつかった」

「市長もこの提案を受け入れたんですか」

暁帆はたまらず質問した。が、その答えは聞くまでもなかった。課長がますます皮肉の笑みを頰に広げた。

「祭りをさらに盛り上げようというありがたい提案に、誰が水をさせると思う。この決定は、誰が何をどう叫ぼうと覆《くつがえ》りようがない。我々職員は与えられた仕事をつつがなく果たし、汗を流す。それが務めだからね」

「パネリストの人選は、当然、運輸局の意見を聞きながら決めていくわけですよね」

さらに係長が食い下がって訊いた。

課長はあくまで笑みを崩そうとしない。

「さすがは山室君だ、先がしっかりと読めてるじゃないか。――てなわけで、早急に取りかからないと、会場とパネリストのスケジュールが確保できなくなる。明日までに、人選とそれに即したテーマのアイディアをそれぞれ知恵をしぼって考えてきてくれたまえ。このイベントの成否は、我々みなと振興課にかかっている。いいね」

言うだけ言って課長がそそくさと会議室から出ていくと、互いの顔を見交わす沈黙がしばし続いた。

「……んー、さすがは政治家ですね。市民の祭りは根こそぎ票集めに利用する」

珍しくも城戸坂が不服を声ににじませ、言わずもがなのことを口にした。

その場の誰もが、唐突に押しつけられたシンポジウムのからくりを見ぬいていた。

地元選出の国会議員を呼ぶとなれば、何よりまず馬場《ばば》周造《しゅうぞう》の名を挙げないわけにはいかなかった。旧運輸省の官僚から、父親の地盤を継いで衆議院議員に転身し、前政権では国交省の副大臣を務めた与党の大物だった。

横浜港大感謝祭のイベントが本決まりになったと聞き、国交省の役人をあごで動かしてシンポジウムの企画を立てさせたのだ。せっかく集客の期待できるイベントがあるのだから、自分の実績と政策信条をアピールする場に利用しなくてどうする。町内会の夏祭りに地元の政治家がこぞって参加し、名前と顔を売りたがるのと同じ感覚なのだ。

国交省からの提案となれば、多くの補助金を得ている横浜市が断れるわけはない。運営は市に丸投げするので、官僚たちの手を煩《わずら》わすことなく、大々的なシンポジウムが確実に開催できる。メディアを集めて全国ニュースに取り上げてもらえれば、万々歳。

どこから見ても完璧な計画だ。馬場周造にはよほど優秀なブレーンがいるらしい。

「このクソ忙しい時期に、冗談じゃない。あたしらは地元担当の秘書じゃないんだからね」

　暁帆も毒づかずにはいられなかった。

　市民に喜んでもらい、地元のためになる仕事であれば、汗水流して働くのは当然だ。けれど、一政治家のPR活動にこき使われるのでは、気力など湧いてくるはずもなかった。

「……さあ、早く取りかからないと時間がないわよ。船津《ふなつ》さんと城戸坂君でまずは使えそうな会場をリストアップしてくれる」

　山室係長が気を取り直すように言い、すぐさま難題を振り当てられた。小さな会議室では国交省の役人が納得しないだろうし、あまりに大きなホールを押さえたのでは当日の集客が難しくなる。

「業界団体に話を通して、水面下での動員をお願いするしかないわね。箕輪君、スケジュールが決まり次第、相談に回りましょう」

　係長の決断は早かった。そもそも市の職員の側に断るという選択肢はないのだった。

2

「甘いわね、暁帆はホント人がよすぎるよ」

　早速シンポジウムの一件を愚痴ると、麻衣子《まいこ》が手にしたフォークを大きく左右に振りながら言った。彼女の提案でわざわざ港湾局から遠い元町の喫茶店まで足を伸ばしたのだから、周りを気にしないで堂々と持論を語りたかったのだろう。

「いい？　うちの局長は前市長とべったりだったのよ。密かに次の副市長の座を狙ってるんだからね」

「なるほど。局長が点数稼ぎに馬場周造の事務所に注進して、すべてのシナリオを書き上げた、ってわけね」

　言われてみると、感謝祭の準備会議でも、神村《かみむら》市長が関心を示した資料館の企画展示を、好ましくないとごねた地元財界人の意を酌んで強引に廃案へ導く発言をしたのも局長だった。その言動は首尾一貫している。

「ま、当然よね。市長だけに花を持たせるわけには絶対いかないもの。どこかで失点させて、職員が汗水流してカバーしてるんだというアピールをもくろんでるんでしょうよ」

「しまったなあ……。そうとわかってたら、前市長派の麻衣子に打ち明けるんじゃなかった」

「本当にそのとおりよ。だから暁帆は甘いって言ったの」

　ジョークのつもりで言ったのに、彼女の目は笑っていなかった。サラダをつついたフォークをさらに振る。

「そろそろ白状なさい。あんたの課が手がけたカンボジア人研修生とフォトコンテスト。ふたつともあきれるほど小さな仕事なのに、どうして市長が介入してくるわけ？」

ズブリと鋭いところを突き刺してくる。さすが港湾局ＣＩＡを名乗るだけはある。

が、どちらも真相は語れなかった。特にフォトコンテストの一件は、市長直々に口止めされていた。二年前に摘発された密輸グループに、もしかしたら市の職員が手を貸していたかもしれない疑念が出てきたのだ。市長自ら県警に相談を入れたとかで、今は捜査の行方を見守るしかなかった。

「変な勘違いしないでよ。どっちもミスがあったわけでしょ。あの市長、就任したばかりなんで、やたらミスに目を光らせてるの。メディアに突かれたくないからね」

「ふーん。口を割ろうとしないってことは、とうとう市長派に取りこまれたか」

いちいち言うことが大げさだ。暁帆たちのような末端の職員では、もとより出世は望めないのだから、そもそも派閥にすり寄る意味などなかった。

「仕方ないな。じゃあ……とっておきの情報をひとつ、暁帆に教えたげる」

「いいの？　あたしは市長派なんでしょ」

「だから、あえて教えるの。――あんたの可愛い部下、やっぱ港湾局に回されたのは訳ありよ」

可愛いかどうかは人の判断に委ねるとして、そこそこ気を引かれる話ではあった。が、さして興味なしといった体《てい》を装い、紅茶を口に運んだ。演技は無駄だとばかりに麻衣子が蔑《さげす》みの笑みを浮かべながら言う。

「うちの局長も、城戸坂君の配属を知ってかなり驚いたみたいなのよね。で、学閥を使って人事課に探りを入れたらしいわけよ。そしたら、みなと振興課でバリバリ仕事をしたいって、最終面接の時に猛アピールしたんだって、彼」

謎だ。わけがわからない。誰が好きこのんで便利屋まがいの課で働きたがるのか。

そもそも東京育ちの城戸坂が、みなと振興課なんてマイナー極まりない部署をよくぞ知っていたものだと感心する。

麻衣子は残ったパスタをすべて一気にすすりこむと、人差し指を突きつけてきた。

「そこで船津君、今回の君の使命は、さらにもまして城戸坂泰成《やすなり》に接近し、東京出身でありながら、よりによって横浜市港湾局みなと振興課なんていう、ろくでもない部署でなぜ働きたいと考えたのか、その理由を探り出すことにある。よろしく頼むわよ。さて、そろそろ戻らなきゃね」

一人で悦に入って言うなり、珍しくも麻衣子が伝票をつかんで立ち上がった。買収工作を仕掛けてくるのだから、かなりの入れこみようだ。

慌てて財布を取り出し、ランチの代金をレジ前で無理やり押しつけてから、店を出た。

麻衣子の極秘情報に好奇心をそそられはしたが、面接でアピールしたからといって新人の希望がそのまま通るものだろうか。役所の人事はそれほど甘くはなかった。機を見て本人に訊く手はあるものの、麻衣子の狙いどおりに動かされるのは癪だ。さて、どうしたものか。

こういう日に限って、なぜか城戸坂は夕方になっても課に戻ってこなかった。どこで何をしているのやら。

幸か不幸か、こちらも仕事は山ほど抱えている。感謝祭の準備状況を確認して、各種パンフレットを印刷に回す手配に追われた。

今日も定時には帰れそうもない。キーボードに八つ当たりしながら広報資料をまとめていると、打ち合わせから戻ってきた客船誘致担当課長に呼ばれた。

「船津君、ちょっといいかな」

寺島良一《てらしまりょういち》、三十五歳。今日もダークスーツを着こなし、時計も靴も見るからに値の張る品で固めている。元商社マンで、前市長が客船誘致のセールスにと引きぬいた人材だ。フロアの片隅に置かれたソファへ誘われた。いつにもまして渋すぎる表情から見て、いい話ではなさそうだった。

「船内見学会の打ち合わせから戻ってきたところでね。実は……ちょっとした行き違いがあって、城戸坂君にはアテンド役を降りてもらうことになった」

「何をしでかしたんですか、彼は」

「ちょっとした行き違いだよ。で、君にアテンド役を頼みたい。山室君と箕輪君は、例のシンポジウムの打ち合わせで身動きが取れそうもない。君も仕事をたくさん抱えているのは知ってるけれど、手伝ってもらえるとありがたい。大丈夫かな」

かねてから希望していた仕事だったが、軽々しく諸手《もろて》を挙げてうなずくわけにはいかなかった。

「あの……行き違いの内容をうかがってはいけないのでしょうか」

暁帆が姿勢を正して言うと、寺島はひざの上で組んでいた両手に視線を落とした。

「実は、ぼくもよくわからなくて驚いてる。城戸坂君が何か大きなミスをしたわけじゃないのは、今日まで一緒に仕事をしてきたぼくが間近で見て知っている。けれど、上のほうから適任ではないと言われてしまった。でも、民間企業の協力を得て行うイベントなので、その意向に合わせる必要がどうしても出てきてしまう」

「船会社からのクレームなんですね」

「ぼくも少しは抵抗したんだ。でも、彼の熱心すぎる態度が、誤解を与えたのかもしれない。市の担当者が一人で張り切りすぎるのは問題がある。そう言われたらしい」

確かに城戸坂は今回の仕事に入れこんでいた。打ち合わせの際、また独自のアイディアを並べ立て、相手側を手こずらせたのかもしれない。資料館の企画展示と似たケースになったとも考えられる。

「君なら各方面に気を遣いながら動けるんで、安心して任せられる。やってくれるかな」

「――わかりました。そこらの新人とは違って細心の注意を払いつつ、しかとお手伝いさせていただきます」

午後八時をすぎて、足音も消え入りそうな覇気のなさで城戸坂が港湾局に戻ってきた。

「正直に言いなさい。何やらかしたの」

暁帆はわざと腕組みをしつつ、明るい調子を心がけて訊いた。

「そう言われても……まったくもって心当たりがないんです。準備はすべて順調で、あとは当日を待つだけだったのに。寺島さんにも同情されました」

担当者二人ともに首をかしげるのでは、ミスを犯したわけではなさそうだった。やはり寺島が言っていたように、ちょっとした行き違いがあったのだろうか。

「公務員風情はやたらと目立つなってことなんでしょうかね……。頑張って働いてたつもりなんですけど」

「そのとおりよ。わかってるじゃないの」

「え……？」

「あくまで市民を陰から支える。裏方や黒子がいなかったら、どんな大きな舞台も幕は上がらないでしょ。豪華客船の中も同じだと思うよ」

「トップに船長がいて、支える乗組員がいる、ってことですか」

「そのとおり。三百七十万人もが乗ってる横浜市という船を想像してみなさい。そりゃ厄介な仕事が多くなっても仕方ないって、少しは思えてくるでしょ」

城戸坂が目を閉じ、うつむいていた顔を無理したように振り上げた。本気で三百七十万人乗りの船を想像しているのか。案外と素直なところもある。

「そういえば君、最終面接の時、みなと振興課で働きたいって力説したんだって、幹部の前で」

話題を変えるためにもいいと思って、暁帆は気安い口調で尋ねてみた。

城戸坂が驚き顔になって目を見開いた。

「いいえ、別にみなと振興課で働きたいと言った覚えはありませんけど。ただ……横浜市で働きたい、そう主張はさせてもらいましたが、そのことが誤解されたんでしょうかね」

何てことはない。こちらもちょっとした行き違いのようだ。

横浜は、修好通商条約が結ばれて開港するまで、神奈川宿とは比べものにならない田舎町だったという。それが百六十年の時を経て、日本随一の港街として発展を遂げた。その点に興味があった、と城戸坂は前にも言っていた。面接でも彼なりの動機を生真面目に力説したのだろう。

人事は役所最大の関心事なので、あらぬところに噂が立ちやすい。港湾局ＣＩＡを自任する麻衣子の情報網も万全ではなかったようだ。

「何だかすみません。余計な仕事を増やしてしまって……」

「おかげで贅を極めたラウンジで、ゆっくりお茶が飲めるんだもの。役得、役得。ま、次の機会があったら、譲ってあげるよ」

「はい、ぜひともお願いします！」

城戸坂は生真面目にも席を立ち、覇気を取り戻すような勢いのよさで一礼した。

3

間近に仰ぎ見るダイアモンド・テレジア号はゴージャスな巨大ホテルそのものだった。

全長三百四十メートル。全幅三十七メートル。桟橋から屋上デッキまでの高さは三十メートルを超える。乗客定員は二千三百名。総トン数は十二万トン。

初入港となった今回は、この横浜から北海道とサハリンをめぐる十日間のクルーズに出発する。よって、入港した時点では乗客がいない。その出港までの準備期間を利用して、船内見学会を行うのだ。

千五百を超える応募者から、抽選で九十二人が選ばれていた。が、こういう見学会のイベントは通常、当日までに一割ほどが欠席となる。本日の参加者は八十一名。

保安上の理由によって、乗船する際にパスポートか運転免許証を預からせてもらう。船内はあきれるほどに広く、大人でも迷子になるスケールだ。海に転落する事故が起きても困る。あってはならない万一の事態に備え、身元を慎重に確認する決まりなのだ。

さらに船内では、常に団体行動を取ってもらう。見学者の数を絶えず把握しておく必要もあり、今回は三つのグループに分けて順次船内をめぐり歩いていく。暁帆は二班の担当だった。

「皆さん、ご覧のように船はとてつもなく大きく、中はホテルとレジャーランドが一緒になったようなもので、そこらの遊園地に負けない広さがあります。なので絶対、わたしたちアテンダントの指示にしたがってください。もし一人でも迷子が発生した場合は、その段階で見学会は中止になってしまいます。皆さん、そろって最後まで豪華客船内での貴重なひと時を楽しみましょう」

しつこく何度も言葉を変えて参加者に警告を与えておく。

一番危ないのは、子どもだ。暁帆が担当する二班にも三人の小学生が参加している。彼らから片時も目を離してはならなかった。

午後一時、集合場所の客船ターミナルで、まず簡単なセレモニーが行われる。

三日前に予定表を渡されて、暁帆は真っ先に気づいた。セレモニーの出席者の中に、馬場周造の名前があったのだ。例のシンポジウムを企画させた張本人、と暁帆たちが睨む地元の衆議院議員である。

「どうしてセレモニーに馬場周造が出席するんです？」

打ち合わせの際、誘致担当課長の寺島に疑問を投げかけてみた。

「彼だけじゃない。当日は真野《まの》さんも出席する予定だ」

またも真野吉太郎《よしたろう》が登場してきた。横浜の老舗ホテルのオーナーで、地元財団の理事をいくつも務める名士の一人だ。

「今回のクルーズは、前市長と馬場先生の呼びかけによって、真野さんが動いてくれたから実現した、という経緯があってね。真野さんの旅行会社が横浜発の運航経費をすべて引き受けることで話がようやくまとまったんだ」

　昨年の選挙で敗れた前市長も、就任当初から大型客船の誘致に力を入れていた。が、世界の船会社に話を持ちかけたからといって、すぐさま寄港地に選んでもらえるわけではなかった。特に日本発のクルーズでは、乗客の確保がどこまで見こめるか、が重要になる。

　近年、日本の大手旅行会社もクルーズ船の運航を企画しているが、日本船籍の客船を使うケースが圧倒的に多かった。世界に名高い豪華客船を新たに呼ぶため、真野の会社が独自に企画を立て、乗客の確保に責任を持つことで実現したクルーズなのだ。

　セレモニーの時間が近づいたので、暁帆は出席者を迎えるべく控え室へ向かった。すると、通路の先から早々と、多くのお供を引き連れた紳士が足早に歩いてきた。

「おお、見たことあるな、君。市の職員だよな、おはようさん」

　真野吉太郎が足を止めて、長く伸ばした髪をかき上げつつ見つめてきた。

　まさか顔を覚えられていたとは思わなかった。会議で何度か同席したが、主賓と末席なので遠くから眺めていたにすぎなかった。

「頼むぞ、君。とにかくテレビクルーに便宜を図ってやれよ。何としても定期クルーズに発展させろと、馬場先生からも言われてるんだ。横浜のためだからな」

「あ、はい……」

直接の部下でもないのに、馴れ馴れしくも押しつけがましい口調に圧倒された。

「寺島君にも言ったが、宣伝や告知を受け持つのは君たち振興課だったよな」

「はい……そうです」

「市はもっと客船の宣伝に力を入れるべきなんだよ。各旅行会社のページに直接リンクを張って、何が悪い。一部の企業の宣伝活動はまずいだなんて、ちまちましたこと気にしてるから、神戸に追い上げられるんだ。君だって、そう思うだろ。役所の連中は頭が固すぎるよな」

暗に市の幹部を批判されたようなもので、軽々しくうなずくわけにはいかず、笑ってごまかすしかなかった。

「振興課ってのは、港の宣伝が最大の任務なんだ。わかるだろ」

「ええ、はい……」

「だったら、もっと効果的で市民の目を引くPR方法があるはずだ。職員総出で知恵をしぼって、直ちに実行してくれよ、頼んだからな」

最後は笑顔を作ってみせたが、目つきは怖いほどに真剣そのものだった。

暁帆のような下っ端にまで、次々と強引なリクエストを一気にまくし立ててくる。このパワーがあるから、関連十八社を率いていけるのだろう。

圧倒されて見送るうちに、今度は馬場周造が目の前を通りすぎていった。こちらは路傍の石になど目もくれず、ふくよかな腹を揺すって男たちと笑い合っていた。最後に寺島が控え室から出てきて、暁帆に駆け寄るなり耳打ちしてきた。

「悪いが、君の二班に急遽三名が追加になった」

「え？　どういうことです」

「その三名は、パスポートや運転免許の預かりはない。なので、通常の参加者に気づかれないよう、君がうまくカバーしてくれ」

言われて事態が呑みこめた。馬場周造なのだ。当日の今日になって、親戚か知人を参加させてやってくれ、と無理難題をふっかけてきたと見える。たぶん、寺島が担当する一班にも数名が増員されている。

「……ったく。ただで便利に使える臨時の秘書だと思われてますね、絶対」

「ぼやきはあとだ。さあ、直ちに参加リストを訂正して、船会社に申告しないと。急ごう」

シンポジウムの件といい、この土壇場になって仕事を増やしてくれるとは、迷惑このうえない。市民の代表者である政治家は、行政の監視役も務める。だからといって、一方的に彼らが偉いわけではないはずだが、滞りなく予算を確保しておきたい幹部たちは、政治家たちの顔色をいつもうかがっている。だから、ごり押しのしわ寄せが、現場を苦しめるのだ。

手書きで参加リストを修正して、船会社の担当者と大慌てで打ち合わせをすませた。遅れて見学会のセレモニー会場に入ると、ちょうど馬場周造の挨拶が始まるところだった。

「——前市長の前原《まえはら》さんに相談されて、地元横浜のためにならと、わたしも腹をすえて関係各所を飛び回らせていただきましたよ、ええ。地元のためになるのであれば、この馬場周造、いくらでも汗をかかせてもらう覚悟でおりますからね。おかげさまをもちまして、この横浜港からスタートする豪華な船旅がまたひとつ実現でき、本当に喜ばしく、また誇りに思っています」

七十歳をすぎているはずだが、聴衆に広く視線を配り、エネルギッシュな話し方で自慢話が延々と続く。

この見学会も、地元のお祭りに顔を出すのと同じで、名前と顔をアピールする場なのだから当然だった。真野の会社の関係者に港湾団体の理事たちも出席する。いざ選挙になれば、彼らが手足となって票集めに動いてもくれる。政官財のトライアングル。その一角に暁帆たち市の職員もいる。そう思い知らされる光景だ。

関係者の挨拶がすべて終わると、一班がダイアモンド・テレジア号に乗船する。暁帆の担当する二班はその場に残り、世界の豪華クルーズ船を紹介するビデオ鑑賞に移る。三班が水上バスでの湾内クルーズ。すべて無料で、テレジア号のラウンジではドリンクのサービスまでつく。

その先々に、メディアの取材クルーが待っている。旅行会社や水上バスのＰＲにも一役買ってもらう狙いだ。業界の利権が見え隠れするイベントであろうと、港に人を集めることができれば、少なくとも市の財政に貢献してくれる。

ビデオ鑑賞が終わると、暁帆は見学者をダイアモンド・テレジア号に案内した。急に増員となった三人の家族につきしたがい、乗船ゲートへ歩く。

岸壁には、港のイベントのために作られた横浜市の新たなゆるキャラの〝ガルクン〟が待ちかまえ、大きく手を振っている。子どもたちが歓声を上げて、早くも記念撮影が始まった。

ガル——カモメ——というより、足が短く胴がたっぷりしているので、見た目は白いペンギンだ。今後は港での各イベントにガルクンが花を添える予定になっている。子どもが抱きつき、ガルクンが危うく倒れそうになった。着ぐるみの中には学生アルバイトが入っている。いちいちオーバーアクションを取らねばならず、体力がなくては務まらない仕事だった。

暁帆はシャッターを押す係を務めながらも、子どもたちの動きぶりを目で追っていく。

「さあ、並んでください。いよいよ乗船時刻ですよ」

ガルクンを先頭にして、タラップを上がっていくと、制服に身を包んだ男女の外国人スタッフが迎えてくれる。

「ようこそ、ダイアモンド・テレジア号へ」

一人ずつ船内の地図が入ったパンフレットを渡してくれる。念を入れて名前をもう一度確認してから、エントランスゲートをくぐる。

赤い絨毯がしかれた先が、メインロビーになっていた。まず金色の大きな地球儀が目に飛びこんでくる。見上げるほど高い天井にはクリスタルの大シャンデリアが輝きを放つ。

写真では見ていたが、暁帆も内装のゴージャスさに目を奪われた。慌てて自分の役目を思い出し、叫び回る子どもたちに監視の目をそそぐ。

日本人の美人船内コンシェルジュがガイドを始め、カメラのシャッター音が鳴りやまない。と、早くも八歳ぐらいの男の子が一人、親から離れてラウンジ方面へ走りだした。

「ほら、君、走っちゃダメよ。待ちなさい」

目をつり上げないよう気をつけながら、暁帆は走った。ガルクンも一緒に追いかけてくれる。アルバイトなのに大変だ。

どうにか先回りして行く手をはばみ、親のもとへと連れ戻した。が、その親たちもスマホのカメラを操るのに忙しく、我が子をまったく見ていない。何てこった……。

このぶんでは今日一日、着ぐるみのガルクンと同じく体力勝負になりそうだった。

4

翌月曜日の代休は、部屋でほぼ丸一日寝てすごすはめになった。

こういう時に外へ出ていかないと出会いのチャンスは訪れないが、買い物に出る気力もわいてこないほど疲れ果てていた。横浜市民のために自分の青春はあるのかと一人で嘆くうちに、いつものように陽は暮れた。

我が身を恥じながらまた爆睡《ばくすい》したのち、翌朝は気を取り直して仕事に出た。感謝祭の準備は残っているし、通常の統計発表の資料も市のホームページにアップしないといけない。誰かに手伝ってもらいたくても、唯一の部下と言えそうな城戸坂もオーバーワークが続き、ほっそりした貧相な顔にさらなる磨きがかかっていた。

「何よ、そのしおれた顔は。企画展のほうは大学のサークルを担ぎ出せたはずよね」

「見こみが甘すぎました。彼らの熱の入れようが尋常じゃなくて……。年代ごとの船や建物の資料を徹底して集めろって譲らないので、県立図書館はもちろん国会図書館まで行ったり、彼らに差し入れを運んだり……。昨日はほぼ使いっ走りで一日が吹っ飛びました」

「待ってよ。じゃあ、横浜港フィッシング・カップの手配は何も進んでないわけ？」

「そっちは青年会の大会本部に丸投げしときました。あとで確認には行ってきます」

大きなイベントは広告代理店が入るので、役人側の負担は少ない。広告収入が見こめそうにもない企画をどう動かしていくか、みなと振興課の手腕が問われるのだ。

予算は限られているうえ、局内だけで配分を決められないので、役所内の折衝にも手間がかかる。また今月も休日返上で走り回ることになるのだろうか。嫌な予感しかしない。

午後七時四十分。局内の様子を気にしながら、こそこそ帰り支度に取りかかると、麻衣子がデスクに走ってきた。お気に入りのバッグが手にないので、まだ仕事は残っているみたいだ。何の用かと目で難詰すると、彼女は葵《あおい》のご紋が入った印籠まがいにスマートフォンを突きつけてきた。

「ちょっと大変な騒ぎになってるわよ。見なさい、これを」

はた迷惑も考えずに、声を張り上げて言った。あちこちから非難の視線が集まる。

「日曜日に船内見学会をやったわよね」

ドキリと心臓がうずいた。が、問題になるような事案は発生していなかったはずだ。見学者は皆ラウンジでお茶を楽しみ、ファイルケースのお土産をもらい、笑顔で帰っていった。馬場周造の縁故で急に参加した家族も、ガルクンと屋上デッキで記念写真に収まり、満足そうだった。

「これよ、ここ。船内で撮った写真が早くもアップされてるの。それも――心霊写真のサイトだからね」

耳を疑い、腰を浮かした。目を見開き、前のめりにスマホの画面を凝視する。

暁帆も記憶にある場所の写真だった。船内に二ヶ所あるシアターのステージが写されていた。赤っぽい刺繍《ししゅう》の緞帳《どんちょう》から見て、小さいほうの第二シアターだとわかる。

客席からステージのほうを撮った写真で、下手側の緞帳の端に小さな人影が半分ほど写りこんでいる。ベイスターズのファンなのか、青い野球帽に青シャツを着た小学五年生くらいの男の子だ。顔が緞帳で隠れているし、ピントも合ってはいない。

写真の下に、短い書きこみがあった。

《――こんなことってあるでしょうか。わたしたちの見学グループには、野球帽をかぶった男の子はいなかったんです。なのに、こんな人影が写ってました。これって……？》

「ねえ、暁帆。アテンド役を仰せつかったんでしょ。参加者の中に、こういった子がいなかったかどうか、覚えてない？」

「こんなサイト、よく見つけたわね」

暁帆は半分あきれながら笑い返した。

「あたしが見つけたんじゃないの。港湾局に勤めてるからって、問い合わせが来たの、幼なじみの悪友から」

「人騒がせな合成写真に決まってるでしょ。今は写真を細工するアプリがたくさん出回ってるじゃない。小学生にだって楽に加工できるってば」

通常は高い旅費を払わないと決して乗れない豪華客船なので、参加者は皆スマホで内部の写真を撮りまくっていた。暁帆もどれほど記念写真のシャッターを押したかわからなかった。

「じゃあ、ベイスターズの帽子をかぶった男の子は参加者の中にいなかったのね」

「どうなんですか、先輩」

城戸坂までが横から首を突っこみ、暁帆を見つめてきた。

「残念ながら、ベイスターズファンの子はいなかったわね。何せ半分以上が、都民だったもの。今時恥ずかしげもなくジャイアンツ帽をかぶった子が一人いただけ」

思い返すまでもなかった。小学五年生くらいの男の子は何人か参加していた。が、写真にあるような青い帽子はかぶっていなかったし、青シャツの子もいなかった。

「そうなると、本当に謎ね」

麻衣子はまだ深刻そうな顔を崩さなかった。面白がるのもいい加減にしてほしい。

「だって、ほかにも目撃者がいるのよ。見なさい、この写真にコメントがたくさん寄せられてるでしょ。ほかの参加者からも書きこみがあるのよ」

「え――どこですか？」

城戸坂が食いつくように素早くスマホに顔を近づけた。

麻衣子の細い指が素早く動き、画面がスクロールされた。短い書きこみが次々と表示されていき、ある場所で画面が止まった。

《――日曜日の参加者です。実は、息子が同じ歳くらいの男の子と船のトイレで会った、と言ってました。でも、わたしたちのグループには、息子のほかに男の子の参加者はいなかったので、ちょっと変だなと思ってたんです。この写真を見て驚き、息子に訊いたら、青いシャツの男の子だった、と……。息子と二人、お祓《はら》いに行くことに決めました》

まったく人騒がせな話だ。不謹慎にも投稿された写真に乗っかり、世間の注目を集めたがる連中がいる。こういったサイトでは、騒いで楽しんだ者勝ちなのだ。

「先輩……。これ、ちょっとまずくはないですかね」

城戸坂までが乗せられたのか、深刻ぶった目になって言った。

「たちの悪いデマに決まってるでしょ。騒ぎに乗っかって、どうするのよ」

「ええ、たぶんデマだとは思います。けど、船会社と旅行会社の協力があって実現したイベントです。こんな写真が話題になって、幽霊が出る船だとおかしな評判が立ったりしたら……」

営業妨害になりかねない。ありもしない噂のせいで、もし客足に影響が出たりすれば、もう二度と港湾局に協力などするものか――そう言いだす者が出るかもしれない。

ダイアモンド・テレジア号のクルージングは、地元財界のＶＩＰでもある真野吉太郎の会社が企画立案したものだった。馬場代議士までが誘致のために動いた経緯もある。

「確かにちょっとまずいわよね、暁帆」

麻衣子も思案顔に変わった。が、目は口ほどにものを言い、さらなる騒動への好奇心に爛々と光を放っていた。

暁帆は視線を転じて言った。

「城戸坂君、早速このサイトに書きこんでよ。たちの悪い冗談はやめるべきだって」

「どうしてぼくが……」

「わたしはアテンドした直接の関係者よ。書きこんだのが担当職員だってもしわかったら、港湾局のサイトが炎上するでしょ」

「ぼくだって、港湾局の一員ですよ」

「だったら偽名を使いなさいよ。足取りをたぐられないよう、海外サーバーとかを経由して。わたしたちじゃできないもの、知識がないから。君だったら、やり方わかるでしょ」

「そうよ。港湾局のためにも火消しをしておきなさいよ」

麻衣子にもつめ寄られて、城戸坂が顔の前で両手を激しく振った。

「無茶なこと言わないでください！」

5

悪い予感というのは、大概当たる。

翌日の午後。昼食から戻ると、武田課長に不気味な笑顔で手招きされた。また仕事を新たに振られるのかと思って及び腰で近づくと、課長は自分のデスクに置かれたパソコンのモニターを指さした。

のぞきこんで、「あ」と声が出た。麻衣子が教えてくれた例のサイトの写真が映し出されていたのだ。

「知ってたのなら、話は早いね」

「あ、いえ、噂を耳にしただけでして……」

「ぼくはついたった今、局長から教えてもらってね。本当にたちの悪い合成写真だよ。しかし、ダイアモンド・テレジア号は八日後にまた横浜港に戻ってきて、二度目のクルーズへ出航する。つまり、多くのお客さんが次の船旅に期待しているわけだ」

「はい……」

例によって回りくどい言い方だ。話の先は読めたが、暁帆は相槌を返すに留めて言葉を待った。

「ところが、せっかく誘致したダイアモンド・テレジア号に幽霊が出たというありもしない噂を広めたがる者がいて、こういったおかしな写真を投稿してきた。このサイトの書きこみを見ると、本気で幽霊船だとか、勝手に盛り上がってる連中が多い。このまま興味本位の噂が広まったのでは、関係者が困惑する。そう局長がいたく心配されていた」

真野吉太郎の会社の者が噂を聞きつけるかして、どうにかならないのかと市の幹部に苦情を訴えでもしたのだろう。予想どおりの展開に、胃の奥がしくしくと痛みだしてくる。

「あの日の参加者が、本当に幽霊を見たと書きこんだのか、その辺りをまず確認したほうがいいかもしれないね。そう局長も言っておられた。なので、当たり障りのないよう、うまく話を聞いてみてくれないかね」

役所が街の噂に振り回されてどうするのか。そう思いはしたが、地元企業の有力者からクレームが寄せられたのでは、静観していられるわけがなかった。

「頼んだよ、船津君。君の仕事ぶりには、局長も大いに期待しておられるようだったからね」

見えすいたおだて文句に決まっていた。少しばかりほめてやれば喜んで木にも登る、と思われたらしい。

肩を落として席に戻ると、城戸坂が横目でそっと問いかけてきた。

「まさか、例の写真のことですか」

周囲の目もそれとなく暁帆に集まった。噂は早くも局内に広まっている。

「小学生の男の子の参加者は三名だけだったから、確認を取るのはそう難しくないと思うのよね。でも、正直に答えてくれるかどうか……それが問題よ」

「昨日も話題に出たように、海外のサーバーを経由するとかの凝った手口を使った場合でなければ、プロバイダーに情報を提供してもらう手は使えます。脅すような言い方にならないよう注意しつつ、その辺りのことをやんわりと指摘すれば、案外と素直に認めてくれるかもしれませんよ」

「簡単に言わないでよね。巧みな話術を駆使できるなら、損な役回りなんか最初からうまく逃げてるわよ」

応募者の個人情報は、市の条例によって、船内見学会以外の目的では使えないことになっていた。が、似た見学会が同じ人物に当たったのでは公平ではないため、この種のイベントに限って、二年間は同じ人が当選しないように課で配慮しており、つまり二年間は応募者の情報を保管しておく決まりがあった。よって、参加者のリストはまだ課のパソコンに残されている。

小学生男子の見学者は三名。サイトに書きこまれたメッセージを信用するなら、保護者にまず話を訊かねばならないだろう。

一班に参加していた男の子は一人。小学五年生の植田《うえだ》大雅《たいが》君。同行者は両親で、リストには連絡先として母親の携帯電話の番号が記載されていた。

どう切り出すかを頭の中で整理してから、ダイヤルナンバーを押していった。見覚えのない番号からの電話に出てくれない人も最近は多い。頼むから、出てくれ。念を送りながらコール音を聞いていると、幸いにも電話がつながった。

「こちら横浜市港湾局みなと振興課の船津です。先日は船内見学会にご参加いただき、ありがとうございました」

「あ、はい、何でしょうか……」

妙に返事が浮ついて聞こえた。これは一発目から〝当たり〟か、と手応えを感じながら言葉を続ける。

「お忙しいところ恐縮ですが、今後のイベントに役立てたいので、先日の船内見学会について、いくつかご質問をさせていただきたいのですが、よろしいでしょうか」

「あの……どういうことで……」

　ますます声がしどろもどろになってきた。が、強硬姿勢は見せず、あくまで丁寧かつ穏当な訊き方を心がける。

「実は見学会の際、ダイアモンド・テレジア号の船内に外部から小学生くらいの男の子が忍びこんだのではないか、という指摘が出ているのですが、もしかしたら先日、そういった人物をお見かけになってはいなかったでしょうか」

「ああ……何だ、本物の男の子だったんですね、安心しました」

　急に声が大きくなった。つられて暁帆も声が高くなる。

「では、本当に男の子を船内で目撃されたのですね」

「はい――あ、でも、わたしじゃないんです。うちの子がトイレに行った時、見かけない子がいた、って」

　相手は子どもだ。サイトにアップされた写真を見て、自分も目撃したと、人から注目を集めたくて言いだした可能性は残っている。

「そしたら、あの船内に幽霊が出たっていう噂を聞いて、びっくりして……。でも、幽霊じゃないとわかって、ホント安心しました」

「ちょっと待ってください。お子さんは、幽霊の写真を見てから、男の子を見かけたと言ったわけではないと……」

「ええ、あの日の帰りでした。見かけない子がいた、って言い張って。あの日はいくつかグループに分かれて見学したじゃないですか。だから、別のグループの子だろうって思ってたんですけど、わたしたち、最初に船の見学をした一班だったので、ちょっとおかしいなとは思ってたんです。それに、息子が見たシャツや帽子の色もあの写真と同じだったもので――」

心霊写真のサイトにコメントを書きこんだ言い訳を、相手はまだ電話口でくどくどと言い続けていた。

「気になる発言ですね。その参加者の言葉を信じるなら、目撃談のほうが先で、写真があとになるわけですから」

城戸坂は話を聞くなり、仕事そっちのけで向き直るや長い顔をななめに傾けた。

「でも、そんなことってある？　だって、一般の乗船口はひとつで、あの日は夜に出港するから、船内ではずっと乗務員が準備を続けてたのよ。部外者が乗りこむのは無理だし、そもそも子どもが出港前の船に忍びこめるわけないもの」

「起こりうるとすれば、その植田大雅君がすべてを計画し、実行したか――ですね」

トイレで人影を見たと言い、自分で撮った写真を細工してサイトにアップする。噂が広まれば、学校で話題の的になれる。今時の小学生は生半可な大人よりパソコンやネットの知識を持っていたりするから、始末に負えない。

「もしくは……船の関係者が専用口から密かに帽子の男の子を中に引き入れたか」

見学会のイベントがある日なので、知り合いをこっそり連れてきても、気づかれずにすむ。そう考えて船に乗せたところ、参加者の男の子にたまたま目撃されてしまった。

「その推理は、残念ながら外れね」

暁帆はすぐさま却下した。

「だって、緞帳に体半分が隠れた写真を、どうしておかしなサイトにアップするのよ。自分が働く船に幽霊が出るなんて噂を立てて、何の利益になるのかわからないでしょ」

「常識では、そうでしょうね。関係者なら、わざわざ身内を船に連れこまなくても、シアターの写真なんか簡単に撮れますから。さすがは先輩です」

参加者母子の話を信じるなら、サイトに写真をアップした人物はわざわざ男の子を船内に引き入れたことになる。

やはり、真犯人は参加者の男の子か……。

「仕方ない。面倒だけど直接ぶつかってみるしかないか」

6

午後六時。暁帆は早めに港湾局を出て、菊名二丁目の植田家に立ち寄った。

参考までに詳しい話を訊かせてほしい。そう電話で依頼したところ、サイトに目撃談を書きこんだ弱みがあるためか、迷惑そうな響きを匂わせながらも承諾してくれたのだった。

ところが——実際に男の子から話を聞いてみると、暁帆の読みはもろくも崩れた。今時の子には珍しく、彼はパソコンも携帯電話も持っていなかったのだ。

あっけらかんと植田大雅君は言った。

「でも、ぼく、見たんだよ、ホントに。トイレに走っていくと、廊下の先に一人で立ってたんだから。本物の幽霊だったらスゴいよね！」

結局、目撃したトイレの詳しい場所がわかったほかに収穫はなく、徒労感を引きずって家路についた。

もちろん、彼がパソコンとネットに強い友人と組んで、幽霊騒ぎをでっち上げた可能性はまだ残る。が、無邪気に幽霊を見たと話す男の子の顔は興奮と好奇心にあふれ、大人の前でまんまと嘘をつき通した小生意気な悪童には到底見えなかった。

あの子が真実を語っているのであれば、何者かが別の男の子を船内に引き入れたうえ、サイトに写真をアップしたことになる。けれど、その理由が——謎だ。

わざわざ幽霊騒ぎを起こすため、船の従業員が子どもを職場に連れていって騒ぎを捏造する意味がわからない。しかも、その船は今クルーズの真っ最中なのだから、出航前か仕事の合間に、大急ぎで写真をサイトに送らねばならないのだ。

船会社への怨恨。自分の仕事への不満。単なる悪戯……。

いくつか動機は思いつけるものの、わざわざ子どもを船に引き入れるという方法をなぜ選んだのか、疑問はつきない。

化粧も落とさずに遅い夕食をテレビ横目に一人でとっていると、スマホがメールを受信した。

麻衣子からだった。件名を読んで、食べたばかりの野菜炒めが胃の奥で暴れた。

――また出たわよ。

メールには、例の心霊写真を集めたサイトのアドレスが載っていた。慌ててスマホで確認する。

今度は〝象の鼻防波堤〟の夜の写真だった。大さん橋と接するたもとに植えこみがあり、その前に青い帽子に青シャツ姿の男の子が写っていた。下の書きこみ欄には「同じ子だよね。こわっ」とのコメントがあった。

缶ビールを一口飲んで気を落ち着かせてから、暁帆は麻衣子に電話をかけた。

「まさか、あんたが仕掛けてるんじゃないでしょうね」

「冗談言わないでよ。友だちが親切心からわたしに教えてくれてるの、迷惑だけどね。で――どうだったのよ、男の子の家に行ったんでしょ」

誰から話を仕入れたのか。港湾局ＣＩＡの情報網は伊達ではなかった。

「お手上げよ。嘘ついてるようには見えなかったから。でも、この写真でちょっと安心したわね」

「どうしてよ。ますます騒ぎが大きくなるでしょ」

「だって、もうダイアモンド・テレジア号とは関係なくなってくれそうだもの。船の外にも出没する。となれば、次のクルーズへの影響を心配しなくてすみそうだってことよ」

「あ――。まさかまさか、あの客船と心霊写真を引き離すために、暁帆が合成写真を投稿したんじゃないでしょうね」

ジョークとわかるが、笑えなかった。その可能性は確かに考えられなくもない。ベイスターズを連想させる青い帽子とシャツの男の子を一人用意すれば、写真は撮れる。顔はぼんやりとしか写っていないので、たとえ同一人物でなくとも、似た写真は作れるのだ。

疑いだせば、きりがなかった。あとは港湾局の上層部が、これで地元財界への余計な忖度をやめてくれることを祈るばかりだった。

翌日の朝一番、これでもう心霊写真をサイトにアップした者を突きとめなくてもよろしいですよね、とのニュアンスをこめながら、武田課長に新たな写真の件を報告した。

「船津君。念のために訊くけど……これは君が合成した写真じゃないだろうね」

課長までが疑ってくるとは予想もしていなかった。騒ぎを収めるために、誰がここまで面倒なことをするものか。

「心外です、課長。こんな手を自分で思いつけてたなら、最初からわざわざ菊名まで足を伸ばして参加者の自宅を訪ねたりはしません」

「そりゃそうだよな」

深い同意のうなずきを返された。暁帆にここまで気転がきくわけもないと考え直されたように思えなくもなく、胸中は複雑だ。

「ひとまずこれで、次のクルーズに影響が出なければ、申し分はないんだが……」

課長はまだ上層部の意向を案じているらしく、煮え切らない言い方をした。

「もし本気で犯人を突きとめたいのであれば、あとは旅行会社に営業妨害だと正式な被害届を出してもらい、プロバイダーから情報提供してもらうほかはないと思います」

「――だな。仕方ない。しばらくは様子を見よう。また事態に動きが出たら教えてくれたまえ。よろしく頼むよ」

ポンと気安く背中をたたかれた。まだ当分は、麻衣子の友人に例のサイトをチェックし続けてもらったほうがよさそうだった。

課長に一礼して席に戻った。隣でパソコンに向かっていた城戸坂が、それとなく身を寄せてきた。

「先輩。今日の夜は空いてますか？」

「何よ、ディナーでもご馳走してくれるわけ」

「場合によっては、そうなるかもしれません」

やけに深刻ぶった目を作る城戸坂をまじまじと見返した。

普通、女性をデートに誘おうとする場合、職場で堂々と、しかも訳あり顔で声をかけてはこないだろう。相手が城戸坂では、こちらも胸がきゅんとなったりもしない。

「ねえ、何を企んでるのよ」

「ちょっと思いついたことがあるんです。例の心霊写真の件で」

例によって午後七時半すぎまで残業をこなしていると、城戸坂からスマホのほうに電話がかかってきた。

「夕方からどこ行ってたのよ。ディナーの件はどうなったのかしらね」

「資料館との打ち合わせが延びてしまいまして。実は今、開港広場前にいるんです」

港湾局の入る産業貿易センタービルとは目と鼻の先だ。海岸通りと大桟橋通りの交差点が、ちょっとした広場のようになっている。

「先輩もすぐ来てください。一緒にコーヒーでも飲みましょう」

「ちょっとう。ディナーじゃなかったの？」

「いいから早く出てきてください。大桟橋通りの交差点に立ってますから」

暁帆はわざとゆっくりとデスクの上を片づけてから、バッグを手に港湾局を出た。

夜の山下公園通りをのんびり歩いていくと、交差点の先にひょろりと背の高い男が頼りなげに立っていた。どうして暁帆がまだ来ないのか。腕時計を気にしたり、訳もなく大さん橋のほうを見たりと、あちこちへ心細そうに視線をめぐらせている。

高学歴の幹部候補生で仕事もできる男なのだから、もっと堂々としていればいいものを――。人を待つこういう姿に、案外と根っからの気質のようなものが表れる気がする。

暁帆の到着を今か今かと待つ姿が、意外にも可愛らしく思えて、もっと焦《じ》らしてやりたくなった。が、こちらの人格を疑われても困るので、暁帆は手を振りながら健気そうに小走りの演技を心がけて近づいた。

「お待たせーっ」

「ずいぶん遅かったじゃないですか。けど、おかげでかなりいい雰囲気になってきました」

何を言っているのか理解が及ばず、頭ひとつ上にある城戸坂の顔を見上げた。

「見てください。ほら。象の鼻防波堤のほうを……」

言われて夜の海へと視線を振った。陽もとっぷりと暮れ、対岸にはライトアップされた赤レンガ倉庫が見えている。さらなる奥には、みなとみらい地区の夜景が広がる。色とりどりに光を放つ景色を楽しもうというのだろう、防波堤の遊歩道は若い男女でにぎわっていた。三十……いや、五十人近くはいるかもしれない。かなりの賑わいぶりだ。

「カップルが多くて目障りだけど、港の夜景を楽しむには、ちょうどいい時間みたいね」

「呑気な感想、言わないでください。わからないんですか？ 平日の夜にしては、尋常じゃない人出ですよ。大さん橋のほうも、人だかりができてます」

見ると、国際客船ターミナルへ続く道にも、若い男女がひしめくほどに集まっていた。彼らは手にスマホを持ち、防波堤のほうを撮影しては黄色い声を上げていた。

「あ——まさか、この人たちって……」

回れ右して城戸坂に問いかけた。

「はい。——だと思います。幽霊が出ると評判になったから、こんなにも多くの人が集まってきてるんですよ」

7

ネットで噂になった心霊スポットを訪ね、肝試しの顚末をまたネットに書きこみ、話題がさらに拡散していく。中には人が集まりすぎたため、周辺にゴミが散乱して近隣住民が困るほどの場所も出てきている、と聞いたことがあった。

目の前で写真を撮り合う若い男女には、怖いもの見たさという感情は少なそうだ。夜景も綺麗で人の集まる場所だから、女性だけで足を運んでも安心して新たな心霊スポットを楽しめる。話題の場所に足を運んだ証拠写真を撮ってインスタグラムにでもアップし、またネット上で話題が広がっていく。

「もしかして城戸坂君、この人出が真犯人の動機じゃないか、って言いたいわけ?」

「まだわかりません。とにかく、お店に入りましょう」

城戸坂はやけに難しそうな顔で答えると、海岸通りを西へ歩きだした。そっちへ行くのでは、象の鼻防波堤からは離れてしまう。大さん橋へ向かう道にも飲食店はいくつも軒を連ねているのだ。が、迷いのない歩き方から見て、彼には思うところがあるらしい。

「先にちょっと辺りを偵察してみました。ここなら、そう混んではいません」

城戸坂は「ラ・グリッタ」という洋風居酒屋のドアを押して、暁帆を振り返った。そのままドアを支えてくれる。若いのにレディファーストが身についている。

店内は半分ほどの客の入りだった。象の鼻防波堤の人出からすると、少し淋しい数に思えてしまう。

城戸坂はカウンターの席を選ぶと、また暁帆のために椅子を引いた。ビールとソーセージのセットを注文すると、厨房の中で働く年配の男性に向けて砕けた口調で話しかけた。

「マスター、今日は大さん橋のほうがすごい人だったけど、何かイベントでもあったんですかね」

「あれれ、お客さん、知らないんですか？　防波堤のほうで男の子の幽霊が出たとかで、うちのアルバイトの子たちも大騒ぎしてましたよ。どこかのサイトに心霊写真がアップされてたらしいんで」

「えーっ、だったら、この辺りの店はしばらく大繁盛ですね」

「うちも、もうちょい象の鼻のほうに近ければ、ご利益に与《あずか》れたんだろうけどね」

エプロン姿のマスターは水を切ったレタスをガラスの大皿に盛りつけながら苦笑を振り向けた。

「あ――もしかして、客が来なくて困ってた店の人が、手当たり次第に人を集めたくて、心霊写真を合成でもしてサイトにアップしたのかな。ねえ」

城戸坂の板についた演技ぶりに驚きながら、暁帆もうなずく演技で返した。

「そうよ、きっと。なかなかいい目のつけどころじゃない」

「ねえねえ、マスター。ここだけの話、ちょっと苦しんでた店とか、この近くにあるんじゃないですかね」

「いやいや、一番苦しいのは――うちだったりしてね」

「やだ、マスター。冗談にならないでしょ」

ウエートレスの女の子までが話に加わって笑いだした。城戸坂が目敏く女の子に問いかける。

「ここらのお店は、どこもお客さん、入ってたのかな」

「だと思いますよ。新しい市長さんになってから、いろいろイベントを仕掛けてくれてるじゃないですか。港に近いお店にとっては、ホント願ったり叶ったりですから」

現場の貴重な意見が聞けて、暁帆はちょっと胸を張りたくなった。こうして地元の人が喜んでくれているとわかれば、仕事へのやり甲斐は増してくる。

けれど、利益が上がらずに切羽つまった店がないのでは、心霊写真を使ったPR戦術という城戸坂の読みは成立しなくなる。

「どうも空振りだったみたいね」

「いえ、この店を選んだのは正解でした。確かな情報を得られましたし、この自家製ソーセージもなかなかいけます」

城戸坂は笑顔でソーセージをひと囓《かじ》りしてみせた。ごまかし方が下手すぎる。暁帆は横目で見返しながら言った。

「いいこと？　写真を投稿した者は、ダイアモンド・テレジア号の中に男の子を一人、わざわざ引き入れて写真を撮ってるのよ。乗船ゲートには必ず係の人が立ってたから、関係者じゃないと、かなり難しいでしょ。人出を作るためだった――なんていう動機の面から真犯人に近づこうとするよりも、どこの誰が男の子を船に乗せられたのか、そっちの謎を解くほうが先に思えるんだけど」

「そっちのほうは、さして謎でもないと思いますよ」

自信に満ちた口ぶりに、暁帆はグラスへ伸ばした手を止めた。

「――ってことは、やっぱり船の従業員がこっそり引き入れた。そう言いたいわけね」

「いいえ。従業員じゃなくても、男の子一人ぐらいは中に連れて行けます」

「誰が。どうやってよ」

美味しそうに黒ビールを口に運んだ城戸坂を睨んで問いつめる。

「実は……ちょっと職権を濫用して、その手がかりを仕入れておきました」

城戸坂は言って、恥ずかしそうな笑みを見せながら自分のスマホを取り出した。

「今ここで電話を入れてみますね」

「だから、誰なの」

「先輩もあの見学会の当日に会ってた人物です。と言っても、彼は顔を人目にさらしてはいませんでしたが」

顔をさらしていない、となると……。

思い当たる人物が一人だけ――いた。

あの日、暁帆たちと一緒にいながら、顔をさらさずにダイアモンド・テレジア号に足を踏み入れた者がいたではないか。

大感謝祭を機に作られた〝ゆるキャラ〟――ガルクンだ。

相手が電話に出たらしく、城戸坂が仕事用の優しい声音で言った。

「もしもし、こちらみなと振興課の者ですが、突然お電話してすみません。実は折り入って相談したいことができました。……はい、次のスケジュールに関してです。ちょっとこみ入ったイベントで、至急詳しい説明をさせていただきたいのです。今からどこかで会えないでしょうか、お願いします」

阿久津幸正《あくつゆきまさ》、二十一歳、地元国立大学の三年生。月水金の週三日、大手学習塾で講師のアルバイトをしているという。

南太田駅に近い雑居ビルの二階と三階に、その学習塾はあった。一階がコーヒーチェーン店になっていて、午後九時をすぎたところで約束どおりに阿久津幸正がドアをぬけてやって来た。

彼は暁帆も同席しているのに気づくと、急ごしらえしたとは思えない笑顔になった。

「先日はお疲れ様でした。船津さんもご一緒でしたか」

「塾講師のアルバイトもしてたんですね。でも、こちらの生徒じゃありませんよね、例の青い帽子の男の子は」

城戸坂が笑顔のまま唐突に斬りこんだ。

向かいの席に腰を下ろそうとした阿久津の動きが止まった。中腰のまま暁帆たちを見つめてくる。

「……何のことでしょうか、青い帽子って」

「認めてもらえないとなれば、仕方ないですね。クルーズを企画した旅行会社に正式な被害届を出してもらい、プロバイダーからあの写真をアップした者の情報をすべて警察に提供してもらうしかありませんね。もちろん、あの子は小学生で十四歳未満だから、刑法の規定によって罪に問われることはないでしょう。でも、警察から家庭裁判所に通報されて、親御さんともども呼び出されることになる。たとえ正式な審判にならなくとも、教育的処遇が科せられてしまいかねない。大学生なら、それくらいはわかると思うけど」

一気に理屈で攻め落とす気のようだった。

暁帆は隣で話を聞きながら、少しはらはらした。城戸坂は、計画を立案実行した真犯人が、あの青い帽子の男の子だと言っていたからだ。

「君が協力したんだから、もっともな動機があるんだろうと想像はしてる。でも、例の心霊写真を目にした人が、本当に彼の願うとおりの結果を出すかはわからない気がしてならないんだ。そのあたりのことも、もちろん彼から聞いてるよね、君は」

阿久津は唇をへの字に曲げて視線をそらし、暗い窓の外を見やった。

「正直に教えてくれないかな。君はガルクンのたっぷりした着ぐるみの中に男の子を隠し入れたまま、見学者と一緒にダイアモンド・テレジア号に乗船した。そうだよね」

「違います。何か証拠があるんですか」

暁帆たちに向けられた目には、はっきりと敵意が漂って見えた。

「証拠を見せろというなら、我々は職権を使って横浜港から旅立つすべての船の管理会社に連絡を取って、そちらで働く日本人従業員の中に、過去に小学生の男の子を亡くした者がいないかどうかを尋ねるしかなくなってしまう。そういう強引なことはしたくないんだ。意味はわかるよね」

幽霊を自ら演じる。その理由は——身内の中に幼くして命を落とした者がいたからではないのか。納得のできる推論だった。

阿久津が敵意を漂わせた目のまま言った。

「船会社が、従業員の個人情報を役所に教えますかね」

「最初に言ったはずだよ。その場合は、明らかな営業妨害だと被害届を出してもらうしかない。警察であれば、我々にも協力はしてくれる」

「市役所の人が、民間の旅行会社の手先となって、一市民におかしな嫌疑をかけるわけですか」

「嫌疑なんか、かけていない。なぜなら、疑いなどどこにもなく、君が共犯者だと断言できる。でもね、ぼくは本当の犯人の名をさらしたくない。君と同じで、彼の味方になりたいと考えてる。自分を幽霊にするなんて、あまりにもせつなすぎる。だから君も、手助けしようと決めたんだよね。気持ちはぼくらも同じなんだ」

自分が幽霊になる。たぶん亡くなった身内は、彼の兄だ。

死んだ兄を船の中に登場させることで、男の子は何かしらの願いを叶えようとしたのだ。

暁帆は控えめに言葉を添えた。

「わたしたちは市の職員にすぎません。でも、あなたは違う。彼の友人の一人と言える。今、彼に寄りそってあげられるのは、あなたしかいないんじゃないかしらね」

阿久津が驚いたように目を向けた。

「横浜市民を勇気づけるガルクンとしてじゃなく、男の子を卒業した一人前の大人の一人として、その子にアドバイスできることが、あなたにならあるんじゃないかな」

彼は男の子の動機に共感したから、手を貸そうと決意したのだろう。塾の講師をしながら、着ぐるみのアルバイトまでして、大学に通っている。恵まれた暮らしをしてきた若者とは言えない気がした。だから、身内を亡くした子に手を貸してやろうとしたのではなかったか。

両親に恵まれて、苦労知らずに育ってきたような自分に、偉そうなことは言えなかった。けれど、共犯者になってあげることが、本当に男の子のためだったのだろうか。

そう思えたが、強くは言えなかった。だから、阿久津を真正面から見つめ続けた。

彼は再び夜の路上へと目をそらした。二分近くも遠くを見ていた。

城戸坂もそれ以上は問いつめず、黙って彼の答えを待っていた。

ようやく阿久津が、思いつめたような顔を暁帆たちに戻して言った。

「――彼と相談する時間をください」

「そうだよね、そのほうがいいと思う。何らかの結論が出るまで、わたしたちだけの胸にしまっておくことにする。ね、城戸坂君」

「はい。どうかじっくりと話をしてあげてください」

8

幽霊騒ぎの人出は翌週まで続いた。

麻衣子の情報によれば、心霊写真のサイトには横浜港のページが追加されて、さらに続々と新規の投稿が寄せられているのだという。

そのおかげもあるのか、ダイアモンド・テレジア号の写真だけが注目されることはなくなり、上から真相究明を催促されることはなかった。

暁帆は仕事に集中した。感謝祭の準備に駆け回り、広報資料を山ほど作ってメディア各社に配布した。城戸坂も忙しそうにあちこち走り回っていた。

クルーズ期間の十日がすぎて、大さん橋にダイアモンド・テレジア号が戻ってきた翌日のことだった。また城戸坂に、今夜は空いているかと問われた。

麻衣子の目が光っていると怖いので、時間差をつけて港湾局を出ると、暁帆はあの日も訪ねた洋風居酒屋「ラ・グリッタ」へ急いだ。

「いらっしゃい」

マスターが笑顔で出迎え、奥のテーブルを示してくれた。

城戸坂が小さく手を振ってくる。彼の向かいに座っていた男性が席を立ち、振り返った。四十代の前半だろう。短髪で白いシャツのボタンを胸元まで閉めていた。

「このたびは、息子が大変ご迷惑をおかけいたしました……」

男が名刺を差し出し、深く頭を下げた。児玉公夫《こだまきみお》。名前の左上には、〝斑鳩《いかるが》号チーフシェフ〟の肩書きとともに、豪華客船の写真が小さくプリントされていた。

「ダイアモンド・テレジア号の営業妨害になりかねないことをしでかしたというのに、あの子の将来を考えてくださり、本当に感謝の言葉もありません。ありがとうございました」

「どうか頭をお上げください。我々みなと振興課は、横浜港に多くの人を集めるために日々働いているようなものなんです。極論を言うと、多くの若者が大さん橋の周辺に集まってくれて、胸の中では密かに拍手してるくらいなんですから。ねえ、先輩」

城戸坂の発言は、いくら何でも極論すぎた。が、児玉公夫と息子への配慮であるのは間違いなく、暁帆も真顔でうなずいた。

「一昨日、香港へのクルーズから帰ってきたところです。うちのやつから話があると聞かされたんで、覚悟して家に帰りました。そしたら、まったく予想もしなかった話で……。息子ももう十一歳ですから、両親の仲が気まずくなってるのは、とっくにわかっていたとは思います。でも、あんな実力行使に出るとは……。例の写真を妻から見せられて、言葉が出てきませんでした」

息子の名前は、和恭《かずゆき》。次男だという。長男は、三年前に病で帰らぬ人となっていた。野球が好きで、熱烈なベイスターズのファンだったという。

「あの子から話を聞いて、胸が張り裂ける思いでした。横浜から出航する船の中に入るため、阿久津さんというアルバイトの人をつけていったなんて……。あの子なりに、思いつめた結果だったんだと思います」

児玉和恭は一人で悩みあぐねた末、死んだ兄の姿を船の中に出すしかないと考えた。児童館に張ってあった船内見学会のポスターを見て、たっぷりと胴回りのあるガルクンも一緒に乗船することを知り、今回の計画を思いついたのだという。

彼は大感謝祭の告知イベントに登場したガルクンのあとをつけて、会場となっていた市民会館の控え室まで行き、近くに身をひそめた。イベント終了後、その部屋から出てきた阿久津を尾行し、彼を呼び止めたのだ。

「あの子は泣いて頼んだというんです。自分が勉強もスポーツもお兄ちゃんみたいにできないから、両親はいつも喧嘩してばかりだ、と……。死んだお兄ちゃんが天国で悲しんでる。お兄ちゃんが幽霊になって出てきてくれたら、両親は絶対に仲直りをしてくれる」

それでも阿久津は最初、首を縦に振らなかったらしい。

「和恭がどこまで本気で言ったのかはわかりません。でも、あの子は阿久津さんを説得した。お兄ちゃんではなく、自分のほうが死んでいたなら、両親は絶対に喧嘩なんかしなかった。だから、協力してください、と……」

兄ではなく自分のほうが……。

十一歳の子に泣きつかれて、ついに阿久津は心を動かされた。彼を着ぐるみの中に隠し入れてダイアモンド・テレジア号へ乗船し、休憩時間に写真を撮った。

たぶん、船の中に出た幽霊の真実味を増すため、わざとトイレの近くで見学者の男の子とすれ違うことを計画したのだろう。

さらに、象の鼻防波堤から夜の海を見つめる写真も撮って、サイトにアップした。父と母の目に止まれば、必ず離婚を思いとどまってくれる。死んだ兄が悲しみ、船と港に出てきたのだから……。

「お父さんが働いてる船に、家族で乗りたい……。長男はずっと言ってたのに、一度も叶えてやることができませんでした……」

児玉公夫の背が丸まり、肩が震えた。その姿を見ていられずに、暁帆は手にしたワイングラスの中に視線を落とした。

「本当なら、うちのやつも一緒に来てお礼と謝罪を言うべきだとは思いますが、あいつはまだわたしのことを許してくれず、一人で行けとしか……。本当に申し訳ありません」

仲違いの理由は、夫の側にあったのだろう。予想はできたが、詳しい事情を暁帆たちが訊くわけにはいかなかった。あとは夫婦の——家族の——問題なのだ。

「ご迷惑をおかけしたダイアモンド・テレジア号の運航会社にも、頭を下げに行くつもりです。なので、これ以上はもう皆さんに絶対ご迷惑はおかけいたしません。本当に色々ご配慮いただき、ありがとうございました」

児玉公夫は謝罪と簡単な経緯のみを話し終えると、最後にまた深々と頭を下げてから伝票をつかんで席を立った。

その背中がドアの向こうに消えて見えなくなると、城戸坂がためていた息を吐くように言った。

「気持ちはわかるけど……一人で頭を下げに行かせるなんて。そういう性格にも一因があったのかもしれませんね」

「ん？　ちょっと待った。奥さんのことを言ってるわけ」

聞き捨てならない台詞に思えて、暁帆は横目で見た。

「だって、自分たちの子どもがしでかした不始末じゃないですか。旦那一人にすべての責任を押しつけてるようにしか思えませんよ」

「何寝ぼけたこと言ってんのよ。旦那が浮気したに決まってるもの。見たでしょ、胸元に趣味の悪い金のネックレスがぶら下がってたのを。普段からやたら女を意識してる男としか思えないわね」

会ってもいない妻の弁護をするつもりはなかったが、この勘は十中八九当たっている。

だから妻は、夫一人で頭を下げに行かせたのだ。

そしてたぶん、残念ながら児玉和恭少年の願いは叶わないのだろう。二人の仲が修復される見こみが少しでもあったのなら、夫が一人で頭を下げに来ることはなかったはずなのだから。

「まったく、男ってやつは……」

暁帆は夜の街明かりを映す窓に目を向けた。海は暗く沈んでいた。ビルの間に対岸の夜景がにじむように見えている。

「んー、何か納得がいかないな」

城戸坂がむきになったように首を左右に振ってみせた。

「たとえ旦那の側に離婚の理由があったとしたって、自分たちの子どもじゃないですか。一人で謝りに行けなんて、どうして言えるのか……。絶対、性格のキツい人なんですよ」

まだ城戸坂はこだわっていた。何か女性への先入観でもあるわけか。

「へえー。君も男の端くれだから、あくまで旦那のほうの肩を持ちたがるわけね」

「そうじゃありませんよ。ぼくはただ可能性の問題を言っただけで――」

「マスター、お代わり、ちょうだい。あ、上等なやつにしてくれる」

暁帆はワインを飲み干すと、グラスを掲げて言った。隣で石頭の新人も、受けて立つとばかりにグラスを突き上げてみせた。

「ボトルでください！」

マスターが笑いながらワインボトルを手に近づいてきた。

「やけにしんみりした顔をしてたと思ったら、もうケンカかい？　仲がいいねえ」

「誤解しないでください。こいつは単なる同僚です」

「そうですよ、口うるさい先輩に対抗するため、酒の力を借りるんです」

二人で否定の声を連ねると、マスターがさらに目を細め、大きな声で笑いだした。

第四章　氷川丸の恩人

1

第二応接室のドアを開けると、ビルの間から港がわずかにのぞく窓前に、ダークブルーのスーツを着た神村《かみむら》市長が立っていた。

「ごめんなさいね。急に呼び出したりして」

ソファに手を向けられたが、市のトップより先に座るわけにもいかず、武田《たけだ》課長は落ち着きなく進み出て一礼した。暁帆《あきほ》も城戸坂《きどさか》とともに課長の後ろで立ち止まる。

「電話だと詳しい話ができないので、わざわざ都合をつけてもらいました。本当ならわたしが港湾局へ行くべきでしょうけれど、三時から予算編成の予備会議があって、この時間しか空いてなかったんです」

市長が壁際を回り、一人がけのソファに腰を下ろした。それを見届けてから課長が奥へ歩き、暁帆たちに向かいへ座れと目でうながしてきた。

「電話をいただき、用件はわかりましたので、予算にかこつけた理由を作って、財政局にも顔を出してきたところです」

課長が腰を下ろして言った。カンボジア港湾庁とのパートナーシップ協定に基づく次回の人材育成事業について説明を得たいので、本庁舎に来てもらいたい。そう秘書室から電話が入り、暁帆と城戸坂まで指名されたとなれば、課長でなくとも予測はついた。が、本庁舎を訪れる別の理由まで作ってみせたのには、少し感心させられた。ついでがあったので市長とも話をしてきた。そういう理屈を局内にそれとなく振っておき、本当の理由を探られないように図ったのだった。

市長があらたまるように暁帆たちを見回し、声を低めた。

「何かしらの結果が出るまで、この件は今後も慎重に扱っていきましょう。今はわたしたち四人しか関知していない案件ですから」

暁帆は微妙な言い回しが気になった。

我々四人しか知らない。だから、もし話が洩れた場合、この中の誰かが口外したことになる。あなたたちを信じていますよ。今後も内密に。そういう意が感じられた。

「昨日、主犯格の男が服役する刑務所に、県警の人が足を運んで聴取を行ったそうです。しかし、倉庫の出入りは、輸入食品の搬出を担当していた共犯者に任せていた。新たな密輸の計画を立てて、本牧埠頭の市営倉庫を下見になどは行ってもいない。そう証言したというんです」

共犯者の一人として逮捕された松崎信彦《まつざきのぶひこ》のカメラに写されていた例の市営倉庫は、主にコンテナでの輸入が難しい建材や大型家具などの保管場所だった。中に何かを隠すには打ってつけの輸入品に思われる。

「証拠品として押収した携帯電話に、市の職員と同じ名前は登録されていなかったそうです。もちろん、松崎信彦と同じく、別名義の電話を渡されていて、押収もされずにいたのであれば、話は違ってくるでしょうが」

「とすると……一緒に逮捕されたほかの共犯者からは、すでに話を聞き終えたのですね」

武田課長が慎重な言い回しで確認した。警察から連絡があったのは、逮捕された密輸グループすべての者の聴取が終わったからだと考えられる。

つまり、先に共犯者の口を割らせて、主犯の暴力団員を追いつめる気でいた。が、彼らは口をそろえて、密輸に市営倉庫を使ったことはなく、今後の予定もなかった、と証言したのだろう。

「写真が撮られたのは深夜だったため、当時のアリバイ捜査は難しいみたいで……」

「松崎という男は単なる見張り役だったわけで、市の職員が手を貸していたのかどうか、深い事情までは知らされていなかったとも考えられるでしょうからね」

課長が無難な読みを語ると、城戸坂が遠慮がちに発言した。

「犯人たちが何も語らなかったのは、当然だと思えます。もし市営倉庫を使った密輸が実行、または計画されていたなら、共犯者を隠し通すことで、今後も協力関係を保っていけるんです。彼らとすれば、その存在は絶対に隠しておきたい。さらなる密輸を実行していくためにも」

「理屈ではそうなる。でも、だからといって、我々職員の中に手を貸した者がいる、と決まったわけではないぞ」

市営倉庫の管理運営は、港湾管財部の担当だ。が、計画の認可と管理がおもな仕事で、実質的には第三セクターが請け負っている。鍵の管理は、契約する警備会社も関係し、合い鍵を作れた搬送業者がいた可能性もあるのだった。

「今のところ、市の職員が密輸グループに荷担していた証拠は出てきていません。この先は、鍵の管理状況から捜査を進めていくそうだけれど、関係者が多いので時間がかかりそうだと県警の人も見通しを語ってました。だからといって、おかしな誤解はしてほしくないの」

そこで市長は言葉遣いを和らげて、なぜか城戸坂だけを見つめた。

課長があとを引き受けるようにうなずき、暁帆にも目を向けてきた。

「市長のおっしゃるとおりだ。県警は捜査を断念したわけではない。今も水面下で進めている。だから、我々が下手に動いたのでは問題になってくる」

「そうでしょうか……」

城戸坂がひかえめに言いながらも、課長を見返した。

「警察には次の一手が見つかっていないようにも思えてしまいます。でしたら、我々職員の側で、関係者の絞りこみなどをしてみる手はあるんじゃないでしょうか」

「ばかを言うな。暴力団が関係してる事件なんだぞ。もしおまえが捜査の真似事をして、密輸グループの総元締めに情報が流れでもしてみろ。どうなると思うんだ」

　暁帆は急に背中が薄ら寒くなった。呼び出された真の理由がやっと読めた。

　課長の声に力がこもる。

「いいか、城戸坂。市の職員による不正を許してはならない、そう考える気持ちは誰もが同じだ。けれど、もしおまえの身に何かあったのでは、我々役所の大きな損失になる。それだけじゃないぞ。おまえは船津《ふなつ》君と組んで、カンボジア人研修生が消えた謎や、フォトコンテストの不正応募に、心霊写真が投稿された顛末までを解決に導いてきた。港湾局の中には、難題を巧みに処理する名コンビだっていう噂まで立ってるんだ」

　麻衣子《まいこ》からも言われていた。港湾局で何か問題が生じると必ず暁帆たちが密かに動き、いつのまにか騒動が収まってしまう。しかも、決まって市長が気にして報告を上げさせている。まるで市長の特命を帯びた内部調査官みたいじゃないか、と。

　彼女の大げさすぎる指摘には、笑うしかなかった。けれど、噂はいつしか一人歩きを始めていたらしい。

　市長がまた城戸坂を見つめて言った。

「わかるわよね、城戸坂君。あなたの正義感は誇っていいものでもあるし、調査能力と冷静な分析力には、わたしも武田課長も目を見張らされています。でも、刑事事件の捜査はプロに任せなくては、絶対にダメ。自分が調査に動くことで、一味が何かボロを出すのではないか。そういう甘い考え方はしないでほしいの」

城戸坂が視線を足元へ落とした。自分にできることがあれば試みてみよう、と考えていたのだ。その気持ちを市長と課長が悟っていたから、この場に呼び出されたとわかる。

「なあ、城戸坂。市長の前で、正直に答えてくれるかな」

暁帆は二人の上司を交互に見つめた。

これではまるで刑事による取り調べみたいではないか。市長が優しく諭し、課長が強面《こわもて》に問いつめる。二人の間では、すでに打ち合わせができていたみたいだ。

「例の横浜に貢献してきた外国人を紹介しようという企画展がボツになったあとも、君は市民情報室を訪れては、何事かを熱心に調べていたよな」

城戸坂は視線を上げずにいる。その様子を見て、課長がさらに続けた。

「職員の中には、いろいろ言いたがる者もいるんだよ。もちろん、法令の定める職務を遂行するためであれば、我々公務員が市民の個人情報を閲覧、利用することは許されている。とはいえ、戦前の外国人登録は旧内務省が管理していたんだ。その血縁者が今も市内に住んでいれば、確かに連絡先がつかめることもあるかもしれない。しかし、もう企画展は白紙に戻されている。なあ、城戸坂、情報室のパソコンを使って君は何を調べていたんだろうか」

暁帆は迷った。問われているのは城戸坂なのだ。自分はあくまで第三者にすぎず、代わりに答え返す権利はない。けれど、上司の前では言いにくいこともあった。

どうしたものか迷っていると、城戸坂が踏ん切りをつけるように視線を上げた。

「誤解されるような行動を取ってすみませんでした。実は……情報室の女性とせっかく知り合えたので、いろいろ理由をつけて、顔を出すようにしてました。申し訳ありません」

課長と市長が胸をなで下ろすような表情を見せ、目を見交わした。市長が苦笑を作る。

「ごめんなさいね、おかしなことを言わせてしまって。でも、もしあなたが二年前の職員録を密かに調査していたとなったら、ちょっと問題でしょ」

「ほら、うちの局は外部に置かれてるだろ。本庁舎のサーバーにアクセスした場合は、細かく記録が残ってしまう。だから、わざわざ情報室の女の子に取り入って、密かに本庁内の何かを調べていたんじゃないか。そう疑ってしまったわけだ。こっちこそ、申し訳ない」

課長が真顔に戻って、部下に頭を下げた。そこまで疑っていたとは驚かされる。

「もし城戸坂君が独自に密輸の件を調べていて、何かあったのでは本当に困ります。だから、その時は今すぐにでも船津さんを異動させたほうがいい、と考えてました」

市長が再び言葉遣いをあらためて、暁帆に視線を向けた。

「え……わたしを、ですか」

「そうよ。港湾局の中には、船津さんの指示で城戸坂君が動いているんじゃないか。そう勝手な憶測を口にする人もいるみたいだから……」

とんだ見こみ違いだ。噂とは怖ろしい。面白半分に鯨《くじら》並みの大きな尾ひれがついている。

暁帆が苦笑をこらえていると、課長が目でとがめてきた。

「ごまかさなくたっていい。同期の東原《ひがしばら》君と局内の動向を探り合ってるじゃないか」

「えーっ、とんでもない誤解ですよ、麻衣子が噂好きなだけでして。探りを入れるだなんて、わたしは毛頭考えてもいません」

とばっちりにもほどがあった。麻衣子のスタンドプレーにイエローカードを突きつけてやりたい。

神村市長が頰をゆるませた。

「そんなことだろうとは思ってたわ。でも、さっきの武田課長の台詞じゃないけど、いろいろ言いたがる人はいるんです。あなたは仕事もできるし、若くてもはっきりものを言うタイプの人だから、誤解を受けやすいのかもしれないわね」

仕事ができると言われて、心底から驚いた。ずっと地味な下働きをしてきたにすぎず、胸を張って自慢できる実績はひとつもなかった。もちろん、下働きをこなすことも役所の中では大切な仕事なのだが……。

「本当にあなたたちは名コンビなんでしょうね。だから、今後は特に誤解を受けかねない行動はひかえてもらいたいの」

「いいか、ことは物騒な刑事事件なんだ。もし君たちのうち、どちらかが異動することになったら、みなと振興課はすぐさま立ちゆかなくなる。ぼくは君たちを手放したくはない。なのに市長は、どちらか一人を異動させたほうが二人のためだなんて言われるから、こういう席を設けさせてもらった。頼むから、おとなしく仕事にだけ全力を傾けてほしい」

「もし何か気になることがあれば、どんな些細なことでもかまわないから、遠慮なくわたしか武田課長に連絡してください、すぐに。わかるわよね」

2

応接室を出ると、待ち受けていた秘書とともに市長は颯爽《さっそう》と会議室へ消えていった。

課長は港湾局へ戻る道すがら暁帆たちに釘をさらに刺そうとはしなかった。仕事の話を振ってきたので、二人で事務的に答えを返した。こういう気遣いも、この課長はできる人だったのだと、またも感心させられた。

すでに密輸の主犯と目される男は逮捕されている。が、本当の黒幕がほかにいた可能性は残る。だから、警察にすべてを任せろ、という理屈はもっともだった。

覚醒剤の密輸事件など、暁帆には遠い世界の話に思えた。今も実感がともなっていない。が、もし本当に市の職員が手を貸し、まだ司直の手が及んでいなかったとすれば……。

暴力団に内通する者が同じフロアにいるのかもしれない。

横浜市の動かす予算は巨額だ。時に、役所内の立場を利用し、汚職に手を染めてしまう職員がいる。そういう者は、いつ同僚に気づかれるか、絶えず怖れながら日々の仕事を続けていると思われる。疑いの目が向けられたとわかった場合、動転のあまりに自暴自棄な行動を取るかもしれない。

暁帆には初めて重く実感できた。扱う予算と権限が大きいと、その甘い蜜に引かれる者も近づいてくる。だから公務員には強い自覚と自制が求められるのだ。

港湾局のフロアに戻ると、密輸事件のことを考えないように努めて、仕事を進めた。LNGを燃料とする新規タグボートをさらに増やしていくことを告知するメディア用の報告書に集中する。

午後七時。仕上げた文書をコピーし、デスクを整理した。城戸坂は打ち合わせに出たらしく、夕方から姿が見えなくなっている。

「お先に失礼します」

四半期運営計画のデータ整理を続ける係長と箕輪《みのわ》に挨拶してから、エレベーターへ歩いた。その一歩を待っていたかのようなタイミングのよさで、そそくさと立ち上がる人影が視界をかすめた。港湾局CIAがまた何かの情報を嗅ぎつけ、動き出したみたいだ。

つかまったら面倒なので、急いでルートを変更した。奥の階段へ逃げて、一階まで駆け下りる。

地下鉄の駅には向かわずに、南の水町通りへ走り出た。これで追跡されずにすむだろう。

さて、夕食をどうするか。そう気持ちを切り替えつつ、歩幅を落とした時だった。後ろから呼び止められた。

「船津さん、ちょっとよろしいでしょうか」

警戒していた麻衣子の声ではなかった。意外な思いで振り返ると、ダークブラウンに髪を染めた女性が小走りに近づいてきた。市民情報室の柳本《やなぎもと》三奈美《みなみ》だった。

「あら、どうしたの、こんなところで」

「すみません、これからお約束でもあるんでしょうか」

「え？　今日は何も予定ないけど……」

柳本三奈美の目に、穏やかならざる雰囲気を感じ取り、暁帆は首をかしげた。

「あの、こんなことを訊いて驚かれるかもしれませんが……。城戸坂さんは何を一人で調査されているんでしょうか。わたしが訊いても笑うばかりで、まったく答えてくれないんです」

産業貿易センターの下で暁帆の帰りを待っていたのであれば、路上の立ち話ですむとは思えなかった。近くのコーヒーチェーン店に入り、窓際のカウンター席に彼女を誘った。城戸坂に関することらしいので、向き合うより並んで座ったほうが彼女も少しは話しやすいだろう。

「もしかして城戸坂君、まだ情報室に顔を出しているの？」

「いいえ、最近はちっとも……」

柳本三奈美はいかにも悲しげに眉の端を下げてみせたが、暁帆はいくらか安堵した。少なくとも城戸坂は、密輸グループと内通する職員を探り出そうとはしていないようだ。

「調査の目的を話してくれないと言ったけど、情報室で管理するデータに理由もなくアクセスはできないわよね」

「はい。横浜に貢献してくれた外国人と、できればその縁者を探したい、そう城戸坂さんは言ってました。けれど、戦前の外国人登録について調べるのは、かなり難しいんです。昔は警察が外国人登録を管理してたみたいで、市には古い記録が残っていません。ただ、今も市内にその外国人の血縁が住んでいた場合、同じ名前を捜して当たりをつけていくことはできるのかもしれません」

「すると城戸坂君は、名前から親戚筋をたどろうとしてたわけね」

「でも、うまく見つけられなかったみたいで。業務に関する調査なら、正式に法務省へ依頼して、古い記録を調べてもらうことはできると思いますけど、イベントの企画展に利用したいという理由ではまず認められないものと……。うちの室長もそう判断するしかなかったみたいで、城戸坂さんは残念そうにしてました」

そこまでの事情は理解できた。わからないのは、わざわざ暁帆の帰りを彼女が待ち伏せしていた理由だ。

「えーと、城戸坂君は一応、調査の理由を告げていたわけでしょ。でも、あなたはそこに疑問を感じた、と？」

「驚いたんです、わたし。企画展のテーマはもう二ヶ月も前に変更されたと聞いたので。それに……」

柳本三奈美が上目遣いになり、いわくありげな間をとってから続けた。

「――実は、昨日のことなんです。神村市長がわざわざ情報室を訪ねてきました。例のカンボジア人研修生の件で調査に協力してもらったお礼を伝えていなかった、そう言われたんです。たまたま室長は席を外してまして。……その時わたし、びっくりするような質問を受けたんです」

彼女はまた暁帆の胸の内をのぞき見るような目を向け、言葉を切った。カラーコンタクトを入れているらしき大きな黒目を左右に揺らして言った。

「……昔の外国人登録を調べるにはどうしたらいいのか。そう訊かれたんです」

城戸坂の質問とほぼ同じだ。

なぜ市長までが……。そう疑問を抱くのは当然だった。

「でも、ちょっとおかしいんです。研修生の件で外国人登録を調べた時、市長から内線で室長もお礼を言われてたはずで……。なのに、またあらたまってねぎらいの言葉をかけに来るなんて、ちょっと不自然かな、と」

つまり、古い外国人登録を調べるにはどうしたらいいか、その方法を訊きに来るための口実が必要だった。そう彼女は考えているのだ。

「城戸坂さんに続いて市長まで同じことを訊いてくるなんて、不思議でなりません。しかも、うちの室長は、城戸坂さんが何のために戦前の外国人登録を調べようとしたのか、ずっと気にしてたみたいで。もう一度それとなく確かめておいてくれ、と言われてしまい……」

どうやら室長も、尾ひれのついた所内の噂を耳にしたようだった。みなと振興課の新人たちが何かを嗅ぎ回っている。が、室長自ら面と向かって尋ねたのでは、警戒されるだけ。そう考えて、若い女の子を使おうとしたのだ。小狡《こずる》いオヤジらしい発想だ。

「で、彼に訊いてみたのね？」

「はい。電話してみたんですけど……。企画展がつぶされたことに納得できない。キュレーターの人たちと次の企画展に備えた準備を今からしてる、と言われました。でも、資料館の人たちは、城戸坂さんとそんな話はしてないって……」

柳本三奈美の目がわずかに潤《うる》んで見えた。彼女は心底から城戸坂の身を案じているのだろう。この件をそのまま上司に報告していいものか。だから、暁帆の帰りを待っていた。

城戸坂は明らかな嘘をついて、市の持つ情報を個人的に利用しようと考えたのではなかったか。もし事実であれば、職権濫用に当たってしまう……。

彼女を安心させるために、暁帆は無理して笑みを作った。

「彼は、ちょっと意固地で偏屈なところがあるのよね。キュレーターの人たちはいつも忙しくしてるでしょ。だから、自分にできることを先にやっておこうとしたんだと思うな。彼の横浜への執着は本物なのよ。じゃないと、東京出身の彼が、わざわざ就職先に横浜市を選ぶわけないでしょ」

「船津さんは、城戸坂さんのこと、本当によく知ってるんですね」

「みなと振興課の下っ端同士だからね」

「その言葉、信じていいんですよね」

思いのほか力のこもった声だった。

かなり心が傾いているらしい。彼は学歴があるし仕事もできて身長も高いうえ、そこそこ優しい性格でもあった。

「当たり前でしょ。それに彼、わたしたちの前で言ってたもの。気立てのいい女の子と親しくなりたいから、情報室に顔を出していたんだって」

「本当ですか！」

急に目が輝き、胸の前で両手が握られた。その動きにつられて、彼女の胸が大きく揺れた。どこかの誰かとは比べものにならない見事なスタイルの持ち主でもあるのだった。

弾むような声を出したかと思うと、今度は急に両肩と視線を落として言った。

「でも……最近は顔を出してくれなくなってたし。電話でもどこか迷惑そうで……」

「いろいろあって彼も忙しいのよ。あなたに関心を持ってるのは間違いないと思うけど」

いつのまにか、体のいい恋愛相談になっていた。なぜ自分が、よその部署の女の子と城戸坂の仲を取り持つような台詞を口にしなければならないのか。ちょっぴり腹立たしく思えてくる。

「船津さんに相談できて、本当によかったです。室長には、適当な報告をしておきます」

そう言ったあと、彼女はまた願い事を託すような目で無言の圧力を寄せてきた。仕方ないので、暁帆は言った。

「じゃ、わたしからも城戸坂君に、それとなくアドバイスしておこうかしらね」

「お願いします。船津さんが優しいかたで助かりました。ありがとうございます」

また表情をほころばせるなり、胸に手を当て折り目正しく頭を下げてきた。

この女、かなりのやり手のようだった。

3

こういう日の朝に限って、城戸坂の出勤が遅い。いつもは一番乗りなのに、始業時間が近づいてもまだ姿を見せずにいる。

風邪でも引いたかと案じながら仕事の準備にかかると、山室《やまむろ》係長に呼ばれた。

「船津さん、少し面倒な話で悪いんだけど……」

うちの課に面倒ではない仕事があるなら教えてもらいたいが、部下を気遣う言葉をかけてくれただけでもありがたいと思わなければいけなかった。

「はい、何かありましたか」

「本当に手間を増やして悪いんだけど、局長からの指示が降りてきたの――」

こちらも困っているのだ。その本音をにじませ、山室係長は口元を引きしめてみせた。

「わたしにはそういうふうに見えないんだけど、感謝祭の準備状況を耳にした局長が、例の特別企画展に不安を覚えたっていうのよね。告知をかねて一月前からスタートするイベントに、遅れを出しては絶対ならない。なので、城戸坂君はしばらく企画展に専念すべきだと言いだしたらしくて――」

みなと振興課の一員として当然ながら、彼はほかにも仕事を抱えていた。話の先が見えてきて、どっと胃の奥が重たくなる。

「あなたも忙しいのはわかってるけど、彼には企画展に専念してもらうしかなさそうで……。悪いけど、シンポジウムの会場準備を引き継いでもらいたいの」

だから城戸坂の姿がなかったのか……。各博物館や資料館と準備を急ぐべく、朝から走り回っているのだろう。

横浜の未来を語るという、どこから見てもガチガチにお堅いシンポジウムでは、広告代理店が入ってくれないため、市が運営一切を仕切る予定だ。会場として市民文化会館をすでに押さえてある。

「メディア担当は箕輪君に引き継いでもらったので、当日の警備の手配と各スケジュールの管理を担当してほしいの。打ち合わせも多くなるけど、船津さんなら大丈夫よね」

無理だと言いたくても、課の誰もがすでにオーバーワークになっている。課長自ら企画展の共通チケットの手配と販売ルートの折衝に動いているほどなのだ。遠くなりそうな目を現実に引き戻して、言うしかなかった。

「――わかりました、何とかします」

「もし困ったことがあれば、いつでも相談して。船津さんなら心配いらないと思うけど。じゃ、頼みます」

席に戻って密かに吐息をついた。

秋の重要なイベントだとわかるが、そもそもシンポジウムは地元代議士のごり押しで急に決まったのだった。

この先は何があろうと絶対、馬場周造《ばばしゅうぞう》に投票などするものか、と胸で固く誓いを立てながらパソコンに向かった。課の共通ファイルからシンポジウムの計画表を見つけて、進行状況をチェックする。予定表と関係各所の連絡先をプリントして、シンポジウム用の新たなファイルを作った。

会場とパネリストは確定していたが、告知ポスターやチラシの手配はこれからだった。待ち受ける仕事の山を知り、暗澹《あんたん》たる思いに襲われる。

感謝祭に使う印刷物の発注先は、入札によって決定ずみだ。枚数は過去のイベントを参考にして暫定数を出し、印刷会社にデザインを依頼する。細かい数字は上のチェックをもらってから決めていくことになる。

資料に目を通してから、印刷会社に電話を入れた。担当者と話しながら、何気なくパネリストの欄を眺めると、ある名前が目に飛びこんできた。

胸騒ぎを抑えながら印刷所との電話を終えた。あらためて資料を見つめ直す。パネリストの一番下に、見逃すわけにはいかない名前があった。

「箕輪さん、シンポジウムのパネリストは、いつ決定したんですか」

向かいの席に座る箕輪昌人《まさと》に小声で呼びかけた。

「すったもんだがあって、ようやくおととい、すべての承諾が得られたんだけど。それがどうかしたかな」

「少しメンバーが変更になってるので、何かあったのかな、と思いまして」

「ああ……よくあることだよ。最初は三菱の関係者を呼ぼうという意見があったんだけど、みなとみらい地区に限定した話題になりかねないって心配する人がいてね」

みなとみらい地区は、三菱重工業横浜造船所の跡地と新たな埋め立て地を中心にした臨海部の大規模な再開発計画なのだ。大地主でもあったために、三菱は今なお計画整備の中核となる企業グループである。その代表者を呼ぶのでは、話題が偏《かたよ》りかねない、と注文をつけた者がいたらしい。

もちろん、単なる難癖であり、地元財界を代表するパネリストとして、その人物を出席させたい者が陰で動いたからだろう。

新たにパネリストとして決まった人物——真野吉太郎《まのよしたろう》。

誰もが知る地元財界の重鎮で、彼が選ばれたとしても不思議はどこにもなかった。

けれど、一昨日に真野の出席が確定し、その翌日に城戸坂がシンポジウムの担当から外される。それも局長の指示で——だ。

これを単なる偶然と片づけていいものか。

城戸坂が発案した資料館の企画展は、真野が最初に難色を示して、実現が見送られた。真野の旅行会社が横浜港に呼んだ豪華客船の見学会でも、なぜか城戸坂はアテンド役を降ろされている。

ここまで続くと、本当に偶然なのか。

けれど、地元企業グループのトップが、市役所の一新人職員をなぜ冷遇したがるのか、理由がまったくもって想像できなかった。接点すら思いつけないため、山室係長も箕輪も、これで三度目の因縁になる事実に気づいてもいないのだろう。

それとも、たまたま自分が城戸坂の尻ぬぐいを割り振られたため、ありもしない俗な想像をかき立てているのだろうか……。

暁帆はトイレに立つ振りをして席を離れると、非常階段の前まで歩いて城戸坂に電話を入れた。二度のコールでつながった。

「――はい、何かありましたでしょうか」

「朝から走り回らされてるみたいね、お疲れ様。いろいろ相談したいことがあるから、お昼にでもどこかで会えないかしら」

「わかりました。振興課の中だと話しにくい件、ですよね」

城戸坂は理由をまったく訊き返すことなく、驚くほど素直に暁帆の提案を受け入れたのだった。


十二時前に人目を盗んで港湾局のフロアをぬけ出した。コンビニでサンドイッチと缶コーヒーを買い、県庁の斜向かいにある横浜市開港記念会館へ急いだ。

国の重要文化財にも指定された由緒ある建物で、煉瓦造りの時計塔は〝ジャック〟との愛称で市民に親しまれている。

国の有形文化財でもある県庁本庁舎が〝キング〟で、イスラム風のドーム屋根を持つ税関ビルが〝クイーン〟と称されており、横浜にはレトロでクラシカルな建造物が多い。

石の階段を駆け上がり、ステンドガラスに彩られたロビーに入った。平日の昼でも、見学者の姿がちらほらとある。歩を進めていくと、高い天井を見上げるようにして城戸坂が奥の壁際で待っていた。暁帆に気づき、すぐ表情を引きしめて向き直った。

「午後から打ち合わせがあるので、部屋を使う許可をもらっておきました」

そう言って、立ち入り禁止と書かれたドアの奥へ誘った。

古めかしい木のテーブルが置かれた十畳ほどの部屋だった。棚には年代物の書籍類が並び、保管庫でもあるのだろう。

「さて、何から問いつめようかな」

明るい口調を心がけながらも、目に気合いをこめて城戸坂を見すえた。

「昨日の帰りに、情報室の三奈美ちゃんが深刻な顔してわたしを待ってたの。何を言われたのかは想像つくでしょ」

「いえ……」

城戸坂はごまかすのが下手すぎる。視線がぐらぐらと左右に泳ぎ、小学生にでも嘘だと見ぬかれる表情に変わる。

「正直に答えなさいよね。昨日、市長に呼び出された時、情報室に顔を出してたのは彼女に近づきたかったからだ、そう答えておきながら、彼女からの電話に迷惑そうな言い回しをしたみたいじゃないの。女心をもてあそぶつもりなのかしらね」

「そんなことまで言ったんですか、彼女は……」

「悲嘆に暮れた涙声で泣きつかれたわよ。最近は情報室に顔を出してもくれないって。つまり、君は彼女に取り入って、昔の外国人登録を調べたかっただけ。だから、資料館の人を巻きこんで、横浜に貢献した外国人を紹介するなんていう聞こえのいい企画展のテーマを練り上げたんでしょ。違うかしらね」

とっておきの持論を展開してみせると、城戸坂が口元をほころばせるようにしながら首を横に振った。

「いいえ……本当に資料館の方々との話し合いから出てきたプランなんです。けど、残念ながら今回は見送られてしまったので、ぼく一人でも先に調べられることはしておこうか、と――」

「あのね、城戸坂君。感謝祭の準備に誰もが忙しい中、ボツになった企画展の下調べを、念のために進めておこうなんて考える奇特な人が本当にいるかなあ。そもそも、誰が提案したプランなのかは、キュレーターの人たちに訊いたらすぐわかるのよ。ちょっと調べられたらばれるような嘘をつくなんて、君らしくもないね」

半分は山勘だった。が、また目を白黒させた彼の態度から、手応えは充分だった。

暁帆はサンドイッチの包みを開けながら、さらに核心へと斬りこんだ。

「もしかすると君、その横浜に縁の深い外国人を調べるために、わざわざ横浜市役所を就職先に選んだのかしらね」

決して突飛な発想ではない。個人の力で外国人の消息を調べるには限界がある。個人情報保護法によって、戸籍や外国人登録などは血縁者でなければ閲覧できなくなっている。

ただし、調べ出したい理由を作って弁護士に依頼すれば、個人情報を開示してもらえるケースはあった。もしかすると、すでに彼は弁護士に相談したのかもしれない。が、正当な理由と見なされずに、開示は難しそうだと言われてしまった。そこで彼は横浜市に就職して、自分の力で調べだしてやろうと企てたのではなかったか。

「また、とんでもないことを考えますね」

城戸坂が苦笑とともに髪をかき乱した。

「だって、そうとでも邪推しないと、理解できないことだらけだもの。突然、君を企画展の準備に専念させるよう局長が言いつけてきたおかげで、わたしがシンポジウムの担当にご指名されたんだからね」

「ご迷惑をおかけして、すみません」

「何言ってるの、君のせいじゃないでしょ。だって、局のトップが直々に各イベントの担当にまで口を出してくるなんて、うちの局長がいくら出しゃばりの点数稼ぎでも、滅多にないもの。誰でもおかしいって思うわよ。その疑問を抱きながら準備を進めてたら、つい一昨日になって新たなパネリストが決まったっていうでしょ」

そこまで指摘すれば、城戸坂にも話の先は読めたようだった。つまり、彼も自分がシンポジウムの担当から降ろされた理由には裏がある、と確信しているのだ。

「さらに言うと――横浜に貢献した外国人を紹介するという君の企画を聞いて、真っ先に難癖をつけてきた人がいたでしょ。その人の会社がクルーズの企画を立てて誘致した豪華客船の見学会でも、なぜか君はアテンド役を降ろされてる。しかも、またその人がパネリストに決まったとたん、ほかの仕事に専念しろ――という局長命令が下される。すべて偶然だなんて信じるお人好しがいると思うのかしらね？」

城戸坂が真顔であごを引き、じっと暁帆を見つめ返してきた。

「さすがは船津先輩です」

「よしてよ。いくらおだてたって、君を追及する手をゆるめたりしないわよ」

「おだててなんかいません。心から、さすがだなって感心してたんです。カンボジア人研修生やフォトコンテストにダイアモンド・テレジア号の幽霊騒ぎでも、一緒に後始末を担当しながら、いつも先輩の確かな物の見方にうならされてました」

「冗談言わないで。すべて君が解決したようなものじゃない」

「そんなことありませんよ。先輩だって、ぼくと変わらず事件の真相をほとんど見ぬいていたじゃないですか」

「君が、これでもかってばかりにヒントをたくさん与えてくれたからよ」

「いいえ、先輩は役所の中で多くの人を見て、苦労もたくさんしてきたから、真実を見ぬく目が磨かれたんですよ、きっと」

おしりの辺りがむずがゆくなってきた。だまされてはならない。気を引きしめ直して、暁帆はサンドイッチをかじり、なおも問いつめた。

「正直に自白しなさい。君は――真野吉太郎とどういう関係があるわけ？」

「それがわからなくて困ってるんです」

城戸坂が下を向いて首を傾け、また盛大に髪をかき乱した。

「実は……うちの母にも、真野吉太郎っていう横浜では有名なホテルの社長を知ってるかって訊いたんです。まったく心当たりはない、と言われました」

「お母さんに訊いたってことは――つまり、横浜と関係があったのは、君じゃなくて、お母さんのほうだったわけね」

当然の質問をぶつけると、城戸坂は首を大きく振った。

「いえいえ、母は生まれも育ちも大田区本門寺で、父は三年前に亡くなってます。一人娘だった母と結婚して婿に入ったんですけど、父のほうも千葉市花見川の出身で、横浜とは縁がなかったと聞いてます」

「嘘言わないでよね。だったら、どうして真野吉太郎が君を排除しようと、うちの局長にねじこんでくるのよ」

「だから、ぼくにもその理由がさっぱりわからなくて困ってるんです……」

「あ、そうか！ ご両親じゃなかったとなれば、おじいちゃんたちなのね」

これまた当然の連想を口にすると、城戸坂があっけに取られたような表情を見せた。

「図星ね。顔つきが変わったわよ」

「あ、いえ、急におかしなことを言い出すから……」

「どこがおかしいのよ。三奈美ちゃんから聞いたんだからね。昔の外国人登録を調べようとしてたって。戦前の外国人登録までさかのぼろうとしたとなれば、君の両親より、祖父母と関係があったと考えたほうがいいじゃない。年代的には、そっちのほうがどんぴしゃりだもの」

どうだ、理屈は合っているだろ。ほとんど直感のようなもので、論拠のほうはあとから急いで考えてつけ足したにすぎなかった。

「本当にすごい人ですね、先輩は……」

「だったら、もう観念しなさい。この際すべて白状して、早く楽になったほうがいいよ」

テレビで見る刑事を真似て、古いテーブルを掌でペシリとたたいて迫った。

その音に城戸坂はわずかに身を震わせたあと、また視線を辺りにさまよわせた。

暁帆はサンドイッチを頰張り、じっと視線で自白をうながした。ホシが落ちそうだと手応えを得て、親身そうな目で見続ける。

テーブルに落としていた視線を上げて、城戸坂が吐息をついた。

「先輩には敵《かな》いませんね。実を言うと……ぼくの母方の祖父は昔、氷川丸に乗っていたんです」

4

山下公園の前に係留され、正午になると汽笛を鳴らす船。暁帆も中学生のころに、家族と船内を見学した記憶がある。

今はたまたま目の前の職場で働いているが、うろ覚えの知識しか持ち合わせていなかった。確か昭和の初めに建造されて、シアトルを往復する貨客船として活躍し、戦時中には病院船としても使われたと聞く。当時としては贅をつくした社交室も作られており、観光にも使えると見なされて、横浜港での係留が決まった。国の重要文化財にも指定されていたはずだった。

「祖父が若いころに船員をしてたのは、祖母や母から聞いて、ぼくも知ってました。命からがら戦争から戻ってきたあとも、しばらくは船で働いていたと……」

「ずっと氷川丸に乗っていたのね」

「いいえ、祖父は半年ほどしか氷川丸に乗っていなかったそうなんです」

たった半年とはちょっと短すぎる気もしたが、その辺りの事情がおそらく彼の志望動機と関係しているのだろう。

「しかも、祖父は氷川丸を降りたあと、もう二度と船の仕事に戻ることはなかったというんです」

「要するに、船を降りることになった理由に、横浜在住の外国人が関係していた。だから、その人の消息を探そうと――」

言いかけて暁帆は、はたと口を閉じた。

戦後も横浜に住んでいた人物であれば、市に保存された記録をたぐることで消息はつかめそうに思える。彼は、戦前の記録を調べたいと情報室の柳本三奈美に相談していたのだった。戦後、祖父が船から下りたこととは関係がない。

「あ――もしかすると、氷川丸の就航先が問題になってくるのかな」

晩帆が思いついて言うと、城戸坂がまた驚いたように目を何度もまたたかせた。

「だって、おじいさんは氷川丸で働いたあと、もう船の仕事は辞めたわけでしょ。つまり、その時点でおじいさんの目的は果たされた」

「いえいえ……。実はどうも、ちょっと違うようなんです」

自慢げに語った読みが外れて、晩帆は照れ隠しにサンドイッチを口に運んだ。そう簡単な事情ではなかったらしい。

「話がこみ入ってくるんですが……。先輩が言うように、祖父は氷川丸でぜひとも働きたいと考え、その念願が叶って乗ることができたようなんです。その理由は、戦前にもあったシアトルへの航路が復活し、かつてのように氷川丸が就航することになったからで……。どうも祖父はシアトルに渡って人を捜そうとしてたみたいなんです」

話を聞きながら、晩帆はスマホで氷川丸について検索してみた。いくつか紹介するサイトが見つかり、処女航海の渡航地がシアトルだと書いてあった。

その後、日本が大陸への侵略を始めたことで、日米の関係が悪化し、昭和十六年にシアトル航路は廃止された。

戦後、氷川丸がシアトル航路に復帰したのが、昭和二十八年。

「あ、ちょっと待って。これ——」

晩帆はサイトの年表を見ていき、ある記述に目を留めた。

昭和十六年にシアトル航路が廃止される際、氷川丸は日本政府の交換船として徴用され、日本に住むアメリカ人とカナダ人をシアトルまで届け、その帰路にアメリカ在住の日本人を横浜まで乗せているのだった。

感謝祭の準備会議で、城戸坂の提案が通らなかった時のことが思い出された。

――この横浜の財界人には、日本から脱出していった外国人の土地や会社を安く買いつけて、自分の業績にしていった者もいる。そういった苦い記憶を多くの人に呼び覚ますことにもなる――。それに近い発言があったはずだ。

日米開戦の火ぶたが切られる前、日本から脱出していった外国人の中には、氷川丸に乗って母国へ戻らざるをえなかった者もいたのである。

「祖母が亡くなる少し前のことでした。祖父の古い手帳を見せてくれたんです。その中には、祖父が恩人だと言う人の名前が書き留めてありました。何でも、言葉では言いつくせないほどの恩義を受けたとかで……。その一人がアレキサンダー・エバートン。住所はシアトル。もう一人は日本人の女性で、永友良江《ながともよしえ》。この人は名前しか書かれていませんでした」

「つまり、そのエバートンっていう外国人が、氷川丸でシアトルに帰国したと……」

「交換船でシアトルに帰った人だ、と祖父が言っていたそうなんです。でも、念願だった氷川丸に乗れるようになって、仕事でシアトルに渡った際、恩人を捜してみたけど、その住所にはもう別の人が住んでて……。残念ながら、行方はつかめなかったそうなんです」

「で、おじいちゃん思いの君が、代わりに恩人を捜そうとしたわけね」

優秀な大学を出た者だから実現できた計画なのだ。自分の成績をもってすれば、横浜市に就職は必ずできる、との目算があったわけだ。

「そんな……胸を張って言えるようなことじゃないんです。祖母が亡くなったあと、実は何度か横浜市に相談してみました。祖父の恩人を捜す方法はないだろうか、と。そしたら、けんもほろろの扱いばかりされて、まったく相手にしてもらえませんでした……」

無理もなかったと思われる。

本当に祖父の恩人なのか。祖母による伝聞のほかに証拠はなく、第三者である市の側に確認のしようはなかった。血縁でない者に、過去の外国人登録や戸籍を開示するわけにはいかない。そもそも戦前の外国人登録は旧内務省の管轄で、市の権限は及ばなかった。

「窓口の人の対応が、本当に冷たくて……。はなからぼくのことを疑ってて、しまいには警備員まで呼ばれて、つまみ出されたんです」

「なるほどね。そっちがその気なら、受けて立とうじゃないか。堂々と市役所に乗りこんでやる。そう闘志をかき立てたってわけね」

意地もあっただろう。固く閉ざされた役所の門を自分の力で開けさせてみせる。

「そうは思っても、採用試験に受かるかどうか不安もあったので、最終面接の時、祖父が氷川丸に乗ってたことを猛アピールしたんです」

優秀な大学を出ているし、横浜との縁もあった。それならば、と考えた人事課が、港湾局への配属を決めたと思われる。

が、戸籍課や市民情報室への配属ではなかったため、密かに調査を進めたくても、その方法が彼には見つからなかった。そこで、感謝祭のイベントにかこつけて、横浜に貢献した外国人を紹介する企画展という裏技をひねり出した。仕事のついでに正々堂々と祖父の恩人を調べられる。

ところが、意に反して、戦前の外国人登録の記録は市に残されていなかった。

「もう一人の女性のほうは調べてみたわけよね？」

市民情報室を最初に訪ねた時のことが思い出された。城戸坂がパソコンを借りて記録を調べていたが、暁帆がディスプレイをのぞき見ると、画面が真っ黒になってしまった。あれは、何を調べているのか、暁帆に見られたくなくて、城戸坂がスイッチを切って暗転させたものだったのだろう。

「市内の電話帳を開けばわかりますが、永友という名字の市民は、この横浜に何百人もいます。交換船でシアトルに帰国した外国人と親しい人であったのなら、太平洋戦争前の話になるので、その親族が今も横浜に住んでる保証すらないんです。まさしく雲をつかむような話で……」

「ＳＮＳを使って調べてみることはできたんじゃないかな」

長く音信不通だった知り合いを、SNSを駆使して消息を突き止めた、という話を聞くことがある。とはいえ、多くの場合、出身地や卒業した学校から当たりをつけていくもので、名前しか手がかりがないとなれば、そううまくはいかなかったかもしれない。

「友人に言われて、戦前の横浜を研究する地元の交友会を調べ出して、連絡を取ってみました。けど、アレキサンダー・エバートンという名前は聞いたことがないと……。そう有名な外国人ではなかったみたいなんです」

「でも、だからって、自分で横浜市に就職するんだから、かなりの執念深さよね」

冗談半分に感心して言うと、城戸坂が照れたように視線を落とした。

「祖母から話を聞かされて、初めて自分が生かされてるんだな、と思えてきたんです。もちろん両親がいて、それぞれの祖父母がいたから、今の自分がある——そうわかってるつもりでした。家族を持って子を育てていくのは、人の営みとして当たり前で、さして感心することでもない、そんなふうに思ってたところがありましたから。でも、祖父はよく祖母に言ってたそうなんです。あの二人がいたから、今の自分が生きていられる。言葉では言いつくせない恩義がある、と……」

視線を暁帆に戻し、自分に問い直すかのようなうなずきを見せてから、言葉を続けた。

「……たぶん、二人が祖父に何かしら手を貸してくれたんだと思います。その二人の助けがなかったら、祖父は祖母と出会うこともなく、母も生まれず、自分もここにはいなかった。そんなふうに考えると、今ぼくがここにいることも二人のおかげで、ぼくにとってても恩人と言っていい人たちのように思えてきたんです。祖父が言えなかったお礼を、その血筋の者が伝えられたら最高かなって……」

暁帆も漠然としか考えてこなかった。父と母が偶然にも出会ったから、自分と弟がこの世に生を享《う》けた。たぶん自分も誰かと出会って結婚し、子どもを授かり、血縁を未来につなげていこうとするのだろう。

けれど、人の縁とは偶然に左右されやすく、たったひとつの決断が違ったなら、将来の道が大きく変わってくることも考えられる。

その道筋で、人生を左右するほどの援助を受けていたとなれば、子や孫にとっても恩人になる、とは確かに言えそうな気がするのだった。

「でも、おじいさんはどうして氷川丸を降りたのかしらね。恩人の消息はつかめてなかったわけでしょ……」

ふと浮かんだ疑問を口にすると、城戸坂の視線が再びテーブルへと落ちた。

「ぼくも不思議に思って祖母に聞きました。そしたら……祖父は船を降りたんじゃなかったんです。降りるしかなくなった、と――」

「何があったの?」

「わかりません。祖母は詳しく教えてはくれませんでした」

もしかしたら、恩人を調べる過程で何か問題でも発生し、船から降りざるをえなくなったのではないか。

城戸坂も、市の職員という自分の立場を使って、市の業務とは関係ない人捜しのために個人情報を調べていた。その事実が広まった場合、職権濫用の責めを負わされるかもしれないのだ。

「城戸坂君。言っとくけど、君が市役所に勤めようと考えた動機については絶対、誰にも話しちゃだめだよ。わかってるね」

「はい、ありがとうございます。そう言ってもらえると助かります」

つまり、彼はまだこの横浜市で働きたいと考えている。

「最初は、恩人の調べがついたら、もっと働き甲斐のある業種に転職しようかとも思ってました。でも……まだ半年ほどですが、今の仕事も悪くない――というか、確かなやり甲斐もある、と……。先輩のおかげです」

「何よ、急に頭なんか下げないでよ」

「いえ、本当にそう思うんです。課の中で、人一倍仕事への文句を口にしてばかりいるくせに、いつも一生懸命じゃないですか、先輩は」

「そりゃ、給料もらってるんだから、そのぶんは働かないとね」

慌てて柄にもない言い訳をした。また背中や脇腹の辺りがむずがゆくなってくる。

「港にまつわる騒動を解決していくうち、確かな手応えを得られてきたんです。港は、人の出会いや別れに寄り添ってきた。横浜は日本と海外をつなぐだけではなく、多くの人の人生の節目をずっと見守ってきた地なんだって。先輩もそう思ってますよね」

図星を指されて、言葉を返せなかった。

隣の席でともに仕事をこなしてきたが、まだ半年ほどなのだ。そんな短い間ながら、胸にしまっておいたものを易々《やすやす》と見ぬかれていたとは……。

そういえば、カンボジア人研修生やフォトコンテストの事件でも、彼は相手の心中を鋭く察しつつ、共感や反発を隠さず、態度に表していた。感受性が強く、また正直な男でもあるのだ。

「わたしのことはいいから、まだ横浜で働いていたいんなら、今みたいに認めたらダメだからね。あ——」

そこで暁帆は気がついた。

「三奈美ちゃんに悟られたら、まずいことになるわね」

彼女は城戸坂に熱を上げている。もし自分が利用されていたにすぎないと知ろうものなら……。ああいうタイプの女は、意趣返しに何をしてくるかわからなかった。

いや——もっと気になる事実があった。

「ねえ。三奈美ちゃんが言ってたのよね。市長までが、君と同じ質問をしてきたって」

「え……？」

「昔の外国人登録を調べるにはどうしたらいいかって。どういうことだろ。もしかして君なら何か心当たりがある？」

「いいえ、まったく……」

城戸坂が当惑気味に首を振る。

そうなると、少し具合の悪い事態になってきそうだ。

神村市長までがもし個人的な調査に自分の立場を使おうとしたと広まろうものなら、騒ぎ立てる者がきっと出てくるだろう。麻衣子が言っていたように、市長とみなと振興課の動向に目を光らせる者が役所内にはいるのだ。

「まずいわよ、城戸坂君。三奈美ちゃんのこと、しっかりケアしときなさい。でないと、君と市長がおかしな調査をしてる――なんて噂が立ちかねないから」

「あ、はい……確かにそうですね」

返事があまりに頼りなく思えて、不安に襲われる。暁帆は目で念を押しつつ言った。

「それと――なぜ真野吉太郎が君を毛嫌いするのか。どう考えても、おかしな話よね」

城戸坂はこの四月に入ったばかりの新人職員なのだ。横浜との縁は、祖父が氷川丸に乗っていたことぐらいしかない。氷川丸は日本郵船という会社が持っていた船で、真野の企業グループと関係があるとは思いにくい。

ところが、局長の指示で城戸坂はシンポジウムの担当から外された。麻衣子の情報を信じるならば、局長は前市長の派閥に属する。その縁から、地元財界の重鎮である真野に頼まれでもして、部下に指示を出した可能性は充分に考えられる。

「何かしらの接点があるとすれば……やはり祖父でしょうか」

「大いに考えられるわね。君のおじいちゃん、氷川丸に乗ってたくらいだから、昔はこの横浜に住んでたはずだよね」

「その辺りのことは母に確認しておきます」

「言っとくけど、今後はおかしな行動を慎みなさいよ。まず何より三奈美ちゃんに優しくしておくこと。ああいう子は、ちょっと冷たくされたら、思いもかけない行動を取りかねないから、注意しなきゃダメ、いい？」

「はい、勉強になります」

大真面目な顔で返事をされたが、どこまで本気で言っているのか、つかみどころがない。大学でずっと堅苦しい学問にだけ明け暮れてきたわけでもないだろうに。

壁にかかった古い時計に目を走らせると、早くも一時が近づいていた。暁帆はゴミをまとめて立ち上がった。そろそろ仕事に戻らないと、まずい。

「何かあったら連絡して。いいわね」

5

おかしな行動は慎めと言った手前ながら、暁帆には立ち寄りたいところがあった。大さん橋に近い雑居ビルに入る横浜港産業振興協議会の事務局だった。港湾関連の企業を束ねる団体で、退職したOBが理事に名を連ねている。

「いつもお世話になっていまぁ～す」

フォトコンテストの主催団体なので、受付を顔パスで素通りして事務局担当理事のデスクへ直行させてもらった。

「今日はお知恵を拝借したく、寄らせていただきました。実はわたし、大感謝祭のシンポジウムの会場担当を任されたんです」

「そうかい、そりゃご苦労さんだね。急転直下に決まったイベントだものな。ＶＩＰも出席するし、責任重大だぞ、おい」

御歳七十になる鈴木《すずき》理事は港湾局のＯＢで、早期退職したのちコンテナターミナルの管理会社の幹部に天下りした経歴を持つ。よって、地元経済界の主要メンバーとも昵懇《じっこん》の仲だ。

「どうにかパネリストも決まり、関東運輸局の許可ももらったんですけど、あらかじめ関連資料を作って渡しておかないと、型どおりの意見交換にしかならないと思うんです。ぜひ鈴木理事のお知恵をお借りして、必要な資料のめどをつけておきたいんです」

協議会の理事は名誉職なので、さして仕事がないのは承知している。おだてて気分をよくしてやれば、舌も滑らかになって、可愛い後輩に貴重な情報を与えてくれる、との読みだった。

シンポジウムに関連しそうな資料の話を十分近く聞き、しっかり手帳にメモも取った。深く一礼してから、いかにも思い出したという演技を心がけて、暁帆は言った。

「いつも本当に助かります。あ――それと、単なる噂かもしれないんですけど、今回のパネリストでもある真野吉太郎さんの会社がその昔、氷川丸と関係があったとか……。もし本当であれば、かつての豪華客船と比較しつつ、横浜発着クルーズの展望をたっぷり語っていただけるかと思うんですが」

「氷川丸――かい？」

意外な船名を聞かされたと言いたげな目を返された。

「あれ、違いましたかね」

「氷川丸を山下公園で保存することになった当初は、ほら、ユースホステルやパーティー会場としても営業してたでしょ。真野さんところのホテルとは同業他社も同じだったからね。何かアドバイスぐらいはしたかもしれないけど、業務での関係はなかったろうね」

「それが……氷川丸が現役だったころの話みたいなんですけど」

「となると、吉太郎さんじゃなくて、次郎《じろう》さんの時代だな」

真野次郎。名前だけは聞いたことがある。横浜ハイラークホテルの創設者で、吉太郎の義理の父親だ。

「そんだけ昔の話になると、ちょっとわたしにはわからないな。誰から聞いたのかな」

「シンポジウムの準備会議でだったと思いますけど……。どなたがおっしゃっていたのかは記憶になくて。すみません」

頭を下げてごまかすと、鈴木理事が記憶をたぐるように視線を行き来させた。

「先代の次郎さんは苦労人で、確か船員下宿からスタートして、ホテルまでたどり着いたって聞いたから……。案外と、氷川丸の船員たちの世話もしてたのかな」

それだ。早くも真野と氷川丸の船員の関係らしきものが浮かんできた。

暁帆はとっておきの笑顔としなを作りながら言った。

「その船員下宿について詳しく知っていそうなかたに心当たりはないでしょうか」

鈴木理事に目をつけたのは大正解だった。長く船員として働いてきた一人の老人を紹介された。

川辺《かわべ》寛二《かんじ》、七十三歳。残念ながら、氷川丸の乗組員ではなかった。

昭和三十五年に氷川丸は運航を終えている。年齢から見て、川辺寛二が船員になった時、すでに氷川丸は現役を退いていたのだ。が、古手の船員たちと長く仕事をしてきた人なので、昔話を聞くには打ってつけだろう、と教えられた。

暁帆はその場で川辺寛二の自宅に電話を入れた。

「……そうかい、鈴木っちゃんの紹介じゃあ、無下にはできねえよな。今日は地元の会合があるから、明日の夕べにでもうちに来なさい。ばあさんに肴でも支度させっから」

公務員なので飲食は遠慮させてもらいたい。やんわりと言ったが、老人はひとしきり笑い返すばかりだった。

理事に礼を告げて事務局を出ると、直ちに報告メールを城戸坂に送った。二百メートルほどしか離れていない産業貿易センタービルに小走りで帰ると、早くも返信が来た。

——おともさせていただきます。母に訊いたところ、詳しい住所まではわからないが、祖父母が横浜市内に住んでいたのは確かだということでした。

住所がわかれば、古い住民票を確認することもできる。彼の母親には、手当たり次第に親戚と連絡を取り、当時の住所を調べだしてもらうしかない。その旨のメールを送っておいた。

問題がもうひとつ。

迷ったすえに、暁帆は階段の陰へ歩いて、スマートフォンを握りしめた。カンボジア人研修生の一件で神村市長と連絡を取り合っていたので、携帯の番号は登録ずみだ。

一介の職員が、市のトップに注意をうながすような電話を入れていいものか……。気後れしそうになるが、市長の仕事ぶりに共感するファンの一人として、見すごすわけにいかない気がした。

自分にうなずき、発信ボタンをタップした。留守電機能につながったので、少しほっとしながら早口で伝言を残した。

「——突然お電話をしてすみません、船津です。市民情報室の柳本三奈美さんから、市長が古い外国人登録について調査したがっていたことを聞きました。実は、城戸坂君も個人的な関心から、柳本さんにまったく同じ相談をしていたんです。そのふたつを結びつけて、おかしなことを考えたがる人がいないとも限りませんので、念のためご報告差し上げたほうがいいと思いました。失礼いたします」

　こういう穏当かつファジーな言い方でも、こちらの意図を必ず酌み取ってくれる。前市長と関係の深い幹部が耳にすれば、神村市長とみなと振興課がまたおかしな動きを見せている、と勘ぐる者が出かねない。城戸坂の場合は、明らかに職員の立場を私的に利用しており、市長にまで同じ嫌疑がかけられたのでは大事になる。

　なぜ昔の外国人登録に、市長が興味を持ったのかは気になるが、弁護士として活躍してきた人なので、軽はずみに職権濫用を犯すとは思えなかった。暁帆が心配なのは、城戸坂のほうだ。市長との関連から事実が追及されでもしたら、彼の経歴に傷がつく。

　どうして自分が新人のためにここまで手を打ってやらねばならないのか。そう思いはしたものの、彼は仕事ができるし、誠実な男でもある。ああいう優秀かつ奇特な同僚を失ったのでは、課長も言っていたように、みなと振興課の損失になる。

　そうなのだ。単にあいつを思って尽力しているのではない。袖すり合ってともに仕事をする仲だから、手を貸さずにはいられないだけ。まったくもって本当に手を焼かせてくれる。

　ぶつぶつ一人で不平をこぼしながら、港湾局のフロアに戻った。

　視線を感じて振り返ると、ＣＩＡによる監視の目がそそがれていた。手練《てだ》れのエージェントがヒールの音を響かせながら近づいてきた。

「聞いたわよ、暁帆。あんた、開港記念会館でこそこそ城戸坂君と会ってたでしょ」

地獄耳にもほどがある。返す言葉が出てこない。無理して笑顔をこしらえて、言った。

「……どうして知ってるのよ」

「やっぱりそうだったか。昼前に慌てて外へ出てくから、途中まで追いかけたのよ。サンドイッチを手に開港記念会館へ走るなんて不自然でしょ。はは－ん、城戸坂君が企画展を一人で切り回してたな、って思い出したわけよ」

見事な読みと行動力に、うなるしかなかった。麻衣子の顔が鼻先に近づいた。

「白状なさい。市長に呼ばれたことと何か関係あるんでしょ」

「何言ってんのよ。彼がシンポジウムの担当を急に降ろされたでしょ。引き継ぎしてる時間がなかったから、昼休みを使ったの」

「嘘ね。顔に書いてある。ホントだったら、わたしの目を見て答えるもの」

「やっと引き継ぎできたから、テーマにそった資料を集めてパネリストに渡しておかなきゃならないんだから。ほら」

先ほど振興協議会でメモしたばかりの手帳を突きつけてやった。

「これ見れば納得できるでしょ。バカなこと言ってないで、仕事に戻りなさいよ」

軽くいなして横を通りすぎようとしたが、手首をむんずと掴まれた。部屋の隅へと連行された。

「とっておきの情報、教えたげる。彼、明確な意図を持って、みなと振興課に来たのよ。最終面接で、身内が昔氷川丸に乗ってた、だから横浜で働きたい、そう力説したっていうんだからね」

「え……」

演技をせずとも驚き顔が作れた。人事課に探りを入れて聞き出したのだ。このぶんでは、すぐ役所内に広まりかねない。

「彼ほどの学歴があって、氷川丸との縁を力説すれば、絶対みなと振興課に配属されるわよね。市長がスパイを送りこんだんじゃないか。そう疑ってる人もいるみたい」

まったくの誤解だ。けれど、二人が同じ相談を市民情報室の職員にしていたとなれば、信憑性《しんぴょうせい》の尾ひれはますます大きく補強されていく。

「一番近くにいるくせに、あんた、本当に何も気づいてないの？」

やけに威圧的な目で問われた。麻衣子がここまで入れこむとは……。

「まさか麻衣子、反市長派に属する誰かに狙いをつけてるんじゃ――」

「お願い、暁帆。親友のためだと思って、彼に探りを入れてよ、このとおりだから」

急に胸の前で両手を合わせてきた。

彼女のためになら一肌脱いでやりたい。が、軽々しく打ち明けられることではなかった。

中学からの友人と、つい半年前に配属された新人。いつのまにか、どちらも大切だと考えている自分が不思議に思えてくる。慌てて言葉を探して、告げた。

「これだけは言えるわね。どうして市長がうちの課にスパイを送りこむのよ。絶対あり得ないわね」

「そう思うんだけど、彼が動くところ、必ず市長がしゃしゃり出てきてるでしょ。偶然にしてもできすぎだとは思わない？」

もちろん偶然ではない。暁帆には言えた。

「たぶん、二人とも責任感が人一倍強いんだと思うな。だから、細部にこだわって仕事をしてるのよ。わたしも負けちゃいられないって思ってる」

「何よ、それ。責任感が強いと、引力みたいに引き合うことがあるってわけ？」

「いいこと言うじゃない、麻衣子。責任感を重く感じていればこそ、お互いを引き寄せ合って、協力していくことになるんだと思うな」

「うーん、確かに言えてるかもね。うちの課長、責任感に欠けてるから、いつもうちの課はバラバラだもの」

麻衣子がやっと中学時代からの見慣れた笑顔になってくれた。暁帆は親友にうなずいた。

「さ、午後も頑張って働きましょ」

健気に励まし合ってから手を振り、それぞれのデスクに戻った。

山と積まれた仕事に向き合った。港湾道路の整備計画がまとまったとの連絡が来ていたので、広報用の資料を作り、課長の許可を得てからメディアに流した。取材が入れば、その対応もしなくてはならない。今後も大型客船が入港するので、感謝祭までに新たな

Ｗｉ－Ｆｉの設置を進めていく予定があり、その予算の見積もり資料も、過去の事例を参考にして準備した。

一息ついてお茶を飲みに席を立とうとしたところで、スマホが震えた。慌てて通路へ飛び出してから、電話に出た。

「――はい、船津です」

「今、大丈夫かしらね。もし聞き耳を立ててそうな人がいたら、短く答えてくれるだけでいいわよ」

いくらかジョークを楽しむような口調だった。

「問題ありません、市長」

「返事が遅くなってごめんなさい。いろいろ心配してくれてありがとう。でも、安心して。わたしが外国人登録を気にしたのは、過去の土地取引を調べる必要があったからで。こう見えても弁護士の端くれだから、法務局に問い合わせもしていて、その周辺調査をしたかったからなの」

「市の土地取引、ですか……？」

「もちろん、正式な市の業務と関係してるから、問題はどこにもないと断言できます」

関係、という言い方が気になった。つまり、直接の業務の範疇《はんちゅう》ではない、とも聞こえそうに思えてくる。

「おかしな言い方をしたら、ますます船津さんを混乱させるわね。でも、調査がまだ終わってないので、今はあまり表ざたにしたくないんです。城戸坂君と関連づけられて、おかしな詮索をされても困るし。彼のほうは、例の企画展の関連よね？」

ますます謎めいた言い方に聞こえて、返事が遅れた。

「あ、はい……そうだと思います」

「悪いけど、船津さん。その点をはっきりさせておいてくれるかしらね」

「わたしが、ですか？」

「彼にはちょっと不思議なところがあるでしょ。船津さんは聞いてない？　どうも彼のおじいさんは……昔、氷川丸に乗っていたらしいのよね」

暁帆はあふれ出そうになった声を、慌てて手で押さえて呑みこんだ。まさか市長までがその情報を入手していたとは……。

「――あ、いや、そうなんですか」

「最終面接の時に打ち明けてきたというから嘘じゃないと思うけど。どうも彼、おじいさんのことをあなたたち同僚にも話してないみたいだし、何か深い理由でもあるのかなと思ったんだけど……」

鋭い。しかし、市長がなぜ彼の志望動機に興味を抱き、まるで暁帆に確認してくれと依頼するようなことを言ってくるのか。謎は増すばかりだ。

「外国人登録に興味を持ってることと、氷川丸に乗っていたおじいさんが何か関係でもしてるようだったら、いろいろ言われるかもしれないでしょ。市長から面と向かって問われるより、同僚のあなたのほうが少しは話しやすいでしょうから、それとなく船津さんから確かめてもらえるとありがたいな、と。彼の今後のためにも、ね……」

実はもう相談を受けています。城戸坂の許可もなく、そう伝えていいものか……。

迷ううちに、市長が話をしめくくるように言った。

「密輸の件もあるから、少し心配になって……。面倒かもしれないけど、お願いできるかしらね」

6

朝の会議が終わると、城戸坂は一人で慌ただしく港湾局を出ていった。市長から電話があった件はメールで報告したが、やはり彼にも心当たりはないようだった。

ただし、すべてを暁帆に打ち明けてくれたという保証はなく、まだ隠している事実があるとも疑えた。どうせ今夜は元船員の自宅を訪ねるので、その際とことん尋問してやるつもりだった。

数十年に一度の高潮や津波に備えた海岸保全基本計画が策定されたので、護岸のかさ上げ箇所と工事計画プランを発表できる範囲で広報資料にまとめねばならず、その作業で一日が終わってしまった。

こういう日に限って、地元テレビ局から出航セレモニーを取材したいと新たな依頼まで飛びこんできて、港湾局を出るのが二十五分も遅れた。せっかく城戸坂を問いつめる気でいたが、じっくり責め落としている時間はなさそうだった。

遅れて上大岡駅前のコーヒーチェーン店に走ると、城戸坂がドアの外に出てきて手を振った。

「とにかく急ぎましょう」

紹介された川辺寛二の自宅へ足を速めながらも、暁帆は市長から聞いた話題を振った。

「ねえ、どうして神村市長が外国人の土地取引を調査してるんだと思う？　君ならある程度の予測はつけられるでしょ」

「何言ってるんですか。先輩だって少しは見当つけてるくせに」

暁帆でなくても、市の行政に関心を持つ住民であれば、当て推量くらいはできる。

地方自治体は、地元の土地を多く所有する。道路整備や再開発の計画によっては、民間から土地を購入することもあれば、遊休地を売却もする。

神村市長はニュースキャスターもしていた弁護士だった。自治体の不正に関する情報を市民から寄せられることもあるだろう。だから、まだ表ざたにしたくない、と言ったのではなかったか。

「でも、そうなるとますます君の立場が危うくなるね」

暁帆が不安を語ってみせても、城戸坂はスマホに表示させた地図を見ながら黙って歩き続けた。

「市長は自分なりの目的を持って情報室を訪ねていた。そこに、みなと振興課の新人が入りびたってたわけだものね」

「別にぼくは、入りびたってなんか……」

「君にそのつもりがなくても、ほかの職員はそう見てるってことよ。だから、市長は君を疑ったわけ。もしかすると、自分の行動を探ろうとしてるのかも、って」

ゆえに、東京育ちの城戸坂が横浜市で働こうとした動機に関心を持ち、人事課に確認してみた。その結果、彼の祖父が氷川丸に乗っていた話を聞き、暁帆に電話をかけてきた、と思われる。

「あの市長なら、細かいことをうるさく言ったりしないと思うな。もちろん、自分の立場を使っての調査は、今後できなくなるだろうけどね」

横浜市が相手にしてくれなかったので、自ら役所の中に入って調べたい。そういう城戸坂の動機は心情的に理解できる。過去の行為を職権濫用だと問いつめることまではしないでくれる気がする。

が、城戸坂は何も答えず、暁帆のほうを見もせずにいる。つまり、まだ一人で調査をどうにか続けていきたい。市長にすべてを打ち明けたのでは、市の情報を利用することができなくなる。そう今もしつこく考えているのがうかがえた。

「気持ちはわかるよ。でも、この先も横浜市で働きたいと思ってるんでしょ。だったら、市長の誤解は解いておいたほうがいいって」

「ここですね」

城戸坂が細い路地の前で立ち止まった。

建て売りらしい小ぶりの一軒家が密集していた。角地に立つ家に、「川辺」の表札が見える。築年数は軽く三十年は超えていそうだ。

「おお……よく来たね。ほら、遠慮せんで上がりなさい」

呼び鈴を押すと玄関ドアが開き、色黒の老人が皺に囲まれた目を細めながら現れた。話に聞いた年齢よりは若く見える。短い廊下の先が狭い居間になっていて、丸い卓袱台《ちゃぶだい》の上には煮物やサラダの皿が並んでいた。玉暖簾《たまのれん》の奥から小さな老婆が顔を出し、唐揚げの載った皿を持ってきた。

初対面の公務員を、二人は満面の笑みで迎えてくれた。見ず知らずの者であっても、人をもてなすことが嬉しくてならないようだった。このぶんでは、ご相伴《しょうばん》にあずからないわけにはいかないだろう。

案の定、腰を落ち着ける間もなくグラスを押しつけられた。有無を言わさずにビールがそそがれた。川辺老人は一人で焼酎のロックを飲んでいたらしい。が、よく陽に焼けた顔はまったく赤くなっていない。

「ほらほら、飲みなさい。大変だよなあ、近ごろのお役人ってのは。港の感謝祭だとか、いろいろ賑々しい行事が目白押しだものな」

「はい、そうなんです。その企画展示を開港資料館で行うための準備を進めておりまして、ぜひ昔の横浜のことをお教えいただきたく、ご紹介をたまわりました」

「おう、何でも聞いてくれや。鈴木っちゃんは元気にしてるかい」

無難《ぶなん》かつ聞こえのいい返事でお茶をにごしてから、暁帆は本題を切り出した。

「その鈴木理事がおっしゃるに、昔は船員下宿というものがあったそうで……」

話を向けたとたん、川辺老人の笑顔が固まった。焼酎を口にふくむと、苦そうに飲み干してから目を戻して言った。

「お祭りにゃあ、あんまりふさわしくねえ話題かもしれんな」

「どうして、でしょうか」

「おれが船に乗り始めたのは戦争のあとだったから、もう〝ボーレン〟はどこも店仕舞いをしてたよ。ボーディング・ハウスがなまってボーレン――そう船員下宿は呼ばれて、多くの先輩船乗りから、さんざ悪口を聞かされたもんだった」

「悪口ですか……？」

「そうよ。いちおうは船乗り専門の宿屋だったんで、船員下宿と呼ばれてたけど、本当の稼業は口入屋《くちいれや》だよ。つまり、船員と船を取り持つ仲介業者だ」

何となく想像がついた。乗組員を雇いたい船主は、ボーレンに宿泊する船員に声をかけて雇用契約を結んだのだ。宿には船乗りばかりが泊まっており、手っ取り早く人手の確保ができたに違いなかった。

「昔の船乗りってのは、ひとつの航海が終わると、ほとんどがいったん陸《おか》に上がって、次の船を探すのが普通だった。仕事が見つかるまで、多くの船員がボーレンの世話になってたわけだ」

「悪口を聞かされたというと……船員に仕事を斡旋する際、不当とも言える手数料を取っていたのでしょうか」

城戸坂が先読みして尋ねた。

昔の船乗りが、契約の形にうるさかったとは思いにくい。どんぶり勘定に近い雇用契約で船に乗っていたことは充分に考えられる。

「へっ……。不当な手数料どころか、阿漕《あこぎ》なボーレンは金貸しも兼ねてやがった」

「なるほど。次の仕事が見つかるまで、たとえお金がなくても船員下宿に泊まっていられたわけですね」

「甘いな、兄さん」

川辺老人が物憂げに首を振った。舌打ちしてから、鼻息荒く言った。

「ただの金貸しなもんかよ。昔の船乗りってのは、酒や博打《ばくち》をたしなむ連中ばかりだった。何しろ海の上に出たら、楽しみなんか何もありゃしない。だもんで、あくどい水夫長なんかは、酒と博打を船乗りに勧めてたし、船の上での高利貸しもしてたぐらいだ。つまり、陸でも海の上でも、金が一文もなくたって船乗りは暮らしていけた。そのうち借金まみれになって身動き取れなくなり、ボーレンと船をただ往復するだけの人生が待つって寸法だよ」

「では、船長たちとボーレンで話ができていたと……」

晩帆は冷たいグラスを握りしめた。

また苦そうに酒があおられた。

「おう、そうだとも。要するにグルってわけだ。船主は安い金で船員を確保したい。ボーレンは、斡旋料と宿泊代と金貸しで、ずっと稼ぎを上げていたい。その間で船員を束ねる水夫長や賄長《まかないちょう》たちが儲けに走る。女衒《ぜげん》とおんなじだよ。借金づけにして、船とボーレンから逃れられないように縛りつけておくのよ」

胃の奥が重たくなった。まさしく船乗り専用の女衒だ。

昔この横浜に大きな遊郭があったことはよく知られる。有名な娼館の経営者は、多くの資金を地元に援助したと言われ、横浜発展の功労者として扱われることさえあった。

しかし、その裏には娼婦として働いていた多くの女たちの存在がある。

彼女たちは、借金の形《かた》として売られてきた。遊郭の中で暮らしていくには、着物や布団などの必需品を高額で借りる契約を結ばねばならず、どれだけ客を取ろうと借金が減ることは絶対になかったという。

昔の遊女も船乗りも、体が動かなくなるまで働かされる運命にあったのだ。

「まったく知りませんでした……。いつまでボーレンという宿屋はあったんでしょうか」

城戸坂がのどの奥から押し出すような低い声で訊いた。おそらく彼の脳裏には、ボーレンと船を行き来する祖父の姿が浮かんでいたことだろう。

「おれが聞いたところじゃ、確か太平洋戦争の前に船員法が変わったとかで……。それまで水夫長や賄長に一緒くたで渡されてた給金を、船乗りそれぞれに渡さなきゃならない法律がやっとできたらしい。そうなると、強引に給料のピンハネをするのが難しくなる。で、ボーレンも稼ぎが減って、まともな宿屋の看板に変えざるをえなくなっていったわけだ」

「失礼します……」

城戸坂が頭を下げつつ、スマホで船員法について検索を始めた。

横からのぞくと、昭和十二年に改正されたと紹介するサイトが見つかった。盧溝橋事件が起こり、日本が戦争の泥沼へと突き進んでいった時期に当たる。

「つかぬことをおうかがいしますが、横浜ハイラークホテルも、昔は船員下宿を営んでいたとか……」

暁帆が思い出したという演技を心がけて話題を振ると、川辺老人がなぜかにんまりと笑って言った。

「ほう……よく知ってるじゃないか。あそこの先代はかなり手広く船会社と手を組んでたらしいよ。船員たちの日用品を船で配達する沖回りもやってたから、ずいぶん船長たちに重宝されてたって話を聞いたな」

「なるほど……。ボーレンからホテル経営へと移り変わって、沖回りが海運業へと発展していったわけですね」

暁帆は大いに納得できた。船主たちと組んで船員たちの上前をはねた稼ぎが、真野の企業グループの礎《いしずえ》となっていたのだ。

「当然、氷川丸に乗っていた船員も、ボーレンの世話になっていたんでしょうね」

城戸坂が祖父につながる質問を投げかけた。が、川辺老人は焼酎を口に運びかけた手を止め、首をひねりながら言った。

「どうかな……。氷川丸は国策会社の船だったからね。身元のはっきりした船員じゃなきゃ働けなかったろうし。ボーレンが得意先としてたのは、中小の貨物船だよ」

氷川丸は貴賓室も備えており、当時としては豪華な貨客船だった。賓客も乗船したはずで、確かに酒や博打に興じる船員たちが乗れたとは考えにくい。

ここまでの話を聞いたところでは、真野吉太郎と氷川丸の関係は見えてこない。そうなると、城戸坂の祖父は戦前に、真野の先代が経営するボーレンの世話になり、借金を抱えていたわけなのか。

可能性は充分にありそうだった。が、義理の父親から会社を受け継いだ真野吉太郎が、孫の城戸坂を毛嫌いする理由がどこに……。

たとえ城戸坂の祖父と真野の義父との間に穏やかならざる因縁があったとしても、戦前の話なのだ。真野吉太郎は今年六十七歳だから、まだ生まれてもいない。義父に義理立てして、一介の市職員を毛嫌いする必要があるとは思いにくい……。

「何だかんだ言うやつはいても、真野さんの先代ってのは、確かな手腕を持ってたんだろうね。あのでっかいホテルが絶好の場所に建ってるんで、ほかで業績が多少悪くなったって、何とか立て直していけたわけだからな」

横浜ハイラークホテルは桜木町駅にほど近い一等地に建つ。暁帆も家族で何度も食事を楽しみ、友人の結婚式や同窓会でも利用してきた。その前身を多くの市民は知らされていない。ホテル側もひた隠しにしてきたと思われる。

「実を言うと……うちの娘の結婚式も、ハイラークホテルで挙げたんだよ、なあ」

「ええ、ええ。そうでしたね……」

夫人が昔を懐かしむような目でうなずいた。

「まあ、昔は昔だ。人も変われば、街も変わるってもんよ、なあ」

そう誰にともなく言って、川辺老人は焼酎のグラスを傾けた。

開業の裏にどういう事情が隠されていようと、ハイラークホテルは街と市民の生活を支えてきた。その事実は動かない。

老人はホテルだけのことを言ったのではない気がした。もしかすると、人に隠しておきたい過去でもあったのかもしれない。いや、日本という国も、戦争というあまり褒められたものではない歴史を経て、今がある。

「川辺さんは引退されるまで、ずっと船に乗られていたのですよね」

城戸坂も何かを感じたのか、質問の方向を変えて訊いた。

「おれは恵まれていたんだろうな。若いころから海外へ出てたんで、粗っぽくても英語がそこそこ話せた。だもんで、船舶機関士の試験に合格できたから、どうにか仕事を続けられて、三人の子を、まあ、何とか育てられた」

船の機関士になるには、英語が話せなければならないとは初耳だった。おそらく、海の上で何かあった場合は、英語が共通語になるからだろう。

「そういう特殊な技能を持つかたでも、船を降りざるをえなくなることが、時としてあるものなのでしょうか」

質問の意図はわかった。城戸坂の祖父は、念願だった氷川丸に半年ほど乗って、船員の仕事を辞めていた。以後、船乗りの仕事に戻らなかったという。そこに何らかの事情があったのではないか。

「おれらの仕事は長く家を空けるからね。女房の協力がなけりゃあ務まらんよ、なあ」

キッチンで話を聞いていた奥さんのほうを見ながら言った。

「いろいろ誘惑も多かったみたいですから。ねえ、おじいさん」

「あイタタ……」

妻の冷やかしに、川辺老人は大げさにおどけて額に手を当てた。二人の様子から想像するに、今では笑い話にできるものの、夫婦間のもめ事がそれなりにはあったらしい。

「ま、女房の目が届かないのをいいことに、酒や博打や女に手を出してばかりで、身を持ち崩すやつはいたけど……。そういう連中はほかに食ってく手立てがないんで、船にしがみついて生きるしかない。それでも船を降りなきゃならないってのは、大っきな過くない。密輸に手を染めるような連中だ」

過ちという言葉を出されて、城戸坂の表情が張りつめていく。

「借金で首が回らなくなったり、女ともめて傷害事件を起こしたり……。中には密輸に手を貸す不届き者もいたな。前科がつくような刑事事件を起こしたとなりゃ、まともな船じゃ、まず働けなくなっちまう。豪快で荒っぽい連中が多かったのは昔の話で、戦後は人としての常識を持つ者じゃないと、少なくとも客船じゃあ、船員として務まらなくなってた。おれも危ういところだったよ……」

最後の一言が重く暁帆の胸に響いた。

その後もしばらく川辺老人の昔話に耳を傾けた。勧められたビールは断りきれずに口をつけ、手料理にも箸を伸ばした。

老夫婦は十時すぎまで暁帆たちを解放してくれなかった。二人はずっと上機嫌で、夫婦のなれそめにまで話は及んだものの、苦痛な時間ではなかった。さらに、暁帆たちが一人暮らしだと聞くと、食べきれなかった煮物をパッキングしたうえ、漬け物まで添えて渡してくれたのだった。

老夫妻に礼を言って、川辺家をあとにした。煮物の匂いに包まれながら駅へ歩くと、城戸坂がスマホを握ってまた何かを調べだした。

「昔の新聞でも検索してるの？」

驚き顔を振り向けてきたが、すぐに苦笑を浮かべながらうなずいた。

大手新聞社はどこも、有料の検索サイトを持っている。もし本当に城戸坂の祖父が何らかの罪を犯して船を降りるしかなくなった場合、記事になっていた可能性はある。

「当たっていてほしくはないんですけど、川辺さんの話を聞いてたら、ほかには考えられない気がしてきて……」

祖父は何かしらの罪を犯し、船を降りるしかなくなったのではないか。そして、かなりの確率で、その罪は真野一族と関係していた。そう考えると、多くの状況に納得ができる。

「おじいさんのことを本気で調べるつもりなら、覚悟を決めてからにしなさいよ」

「はい、わかってます……」

そう答えながら、城戸坂は片手でスマホの画面を消した。

「もう昔のことなんだから、何があっても恨みっこなし。川辺さんも言ってたじゃない。人は変わるし、街も変わる。そう考えないと、つらくなるだけかもよ」

祖父が犯していたかもしれない罪を、孫が探り出す。自分に置き換えて想像してみた。受け止めるべきことが山ほどありそうに思えてくる。

城戸坂は星のまたたく夜空を見上げてから、スマホを握る手をポケットに差し入れて力強く一歩を踏みだした。

7

翌朝、早くも一通のメールが届いた。

——見つかりました。母も驚いています。祖母から一度も聞かされたことはなかったそうです。

短い文面のあとに、新聞記事が添付されていた。昭和二十八年十二月十日に発行された中央新聞の七面、神奈川面の記事だった。

『ホテル経営者　暴漢に襲われる
九日午後九時頃、横浜ハイラークホテルの二階パーティー会場前で、同ホテル社長・真野次郎氏（59）が暴漢に襲われ、全治二週間の怪我を負った。神奈川県警は目撃者の証言から、現場近くにいた城戸坂康経（37）を傷害容疑で現行犯逮捕した。関係者によると、真野氏は数日前から城戸坂に面会を求められていたという』

不幸にも、昨夜の予測が当たってしまった。この事件で城戸坂の祖父は逮捕され、船員として働く道をなくしたのだ。

全治二週間という軽傷なので、たとえ有罪判決を受けたとしても、執行猶予がついた可能性は高そうだが、家族にとっては厳しく重い事実と言えた。

今から六十年以上も前の話で、真野次郎の娘婿である吉太郎は、当時まだ就学前だったはずなのだ。親族が、義父を襲った男の名を覚えていても別におかしくはないだろう。けれど、真野吉太郎は娘婿で、直接の血縁ではなかった。それなのに、城戸坂康経《やすつね》の孫を毛嫌いして、港湾局の関係者に圧力をかけてきたと思われる。

どこから城戸坂の名に気づくことができたのか。

新聞記事によれば、城戸坂康経は真野次郎に面会を求めていたらしい。その辺りに、親族が城戸坂という暴漢の名を記憶していた理由が隠されていそうだ。

彼ら真野家にとって、その名は疫病神《やくびょうがみ》に近い存在で、事件のあとも康経の行動にしばらくは目を光らせていたのではなかったろうか。

暁帆は顔を洗ってから、城戸坂に電話を入れた。

「どうやら、よほどのことがあったみたいだね」

「――はい。ですので、弁護士に相談してみようと思っています」

「裁判になっていれば、記録が残されていて、おじいさんがなぜ真野に会いたがっていたかがわかる。そういうことね」

「些細なことに機嫌を損ねて、ただ文句を言いに行ったのではない、と思うんです」

「当然よね。深い理由があったので、真野も面会に応じようとしなかった……」

ほかに手立てがなくなり、康経はパーティー会場の前で待ち受けた。そこで決定的な何かがあった……。

「もう一度言っておくけど、六十年も昔の話なのよ。冷静にね」

「わかってるつもりです。でも、ぼくも母も、祖父を信じたい気持ちが強いんです。母の記憶にある祖父は、正義感が強く、本当に頼り甲斐のある人だったといいますから」

気持ちはわかる。亡くなった身内の思い出は美しく彩られていくものだ。けれど、人は、家族にも見せない一面を持っていてもおかしくはない。

「弁護士に依頼するなら、あとはすべて任せなさいよね。わたしたちは今の仕事に集中する。いい、胸に手を当て、約束して」

「はい、約束します」

返事はすぐに返ってきたが、歯切れよい口ぶりではなかった。本当に城戸坂という男は根が正直すぎる。

「最後にひとつ。市長の誤解は自分で解いておきなさいよ。君の代わりにわたしがまた、しゃしゃり出ていったんじゃ、市長がさらに変な誤解をしかねないでしょ」

「あ――はい、そうします」

またも正直すぎて歯切れの悪い返事とともに電話は切れた。

麻衣子のほかにも何者かの耳と目が集まっているみたいなので、港湾局ではひたすら仕事に集中した。

新たなハーバーリゾート計画の策定が決まり、記者発表の準備を進めた。その合間に、大急ぎで発注した各種ポスターのデザイン案がメールで送られてきたので、課長と相談してふたつにしぼりこんでから幹部たちにメールで送付した。あとは全体会議で選ぶことになる。その作業を終えると、世界最大級のコンテナ船を接岸できる新ターミナルの取材依頼が業界紙から入り、スケジュール調整に追われるうち、気がつけば午後五時をすぎていた。

当然まだ仕事は残っている。今日の夕飯はどうするかと考えながら資料作りに戻ってまもなく、バッグの中でスマホが震えた。素早く着信をチェックすると、城戸坂からだった。

「どうしてこっちにかけてくるのかしらね。まだ局長から返事をもらってないのに……」

さも業務の電話だと偽る演技をしながら席を立った。奥のキャビネットのほうへ歩き、ファイルを探す振りをしながら近くに誰もいないことを確かめてから、電話に出た。

「……すみません、今大丈夫でしょうか」

「手短にね」

「あの、どういうことか、わからないんです。港湾局に戻ろうとしたら、週刊誌の記者に呼び止められて……」

まだ動揺が尾を引いているのか、声が震えていた。情報がどこからか洩れたらしい。

「何を訊かれたわけ？」

「いったい市長と何を調べてるのか、と」

予想になかった質問だった。てっきり、県警の動きを察知した者が、密輸事件と市職員の関与を疑い、取材に動き出したものと思っていた。

「うまく答えられたでしょうね」

「外国人の調査は、カンボジア人研修生の身内の行方を尋ねられたからだ、と……。でも、市長までが動くのはおかしいと追及されて。とにかく業務と関係あることなので問題ないとは言ったんですが――」

「相手は引き下がらなかったのね」

「はい……。ごまかすなと言われて、二人の名前を出されました。ソトオカミノル。ジェフリー・サンダース」

「誰よ、それ？」

「こっちの台詞ですよ。先輩も聞き覚えはありませんか」

もしや市長が情報室を使って調べようとしていた人物か。ということは……。

「今どこなの？」

「山下公園です」

「すぐ行くから待ってなさい」

ポスターの発注で問題が起きた。

調べられたらすぐばれてしまう嘘だったが、ほかにフロアを離れる理由が思いつかず、まだ仕事を続ける武田課長に言い訳してから港湾局を飛び出した。

山下公園へ走ると、コンビニの横に建つインド水塔《すいとう》の横に長身を縮めるようにして心細そうに立つ男の姿が見えた。

「ねえ、あの情報室の子にしっかりアフターケアしておいたんでしょうね」

「もちろんです。何度もしつこく顔を出して申し訳なかった。おかげで業務は順調に進んでる。資料館の人たちも柳本さんには感謝している、と……」

駆け寄ると同時に睨みつけた。城戸坂が大真面目な顔で言った。

「それだけ？」

「お礼のしるしとして、ちゃんとお菓子も渡しておきました。優しくしておけと言われたので」

「嘘でしょ、もうっ！」

暁帆は悲鳴を発して頭を抱えた。

この男は何もわかっちゃいなかった。どういう朴念仁《ぼくねんじん》なのだ。

「あのね、彼女は君に気があるから、いろいろ心配してわたしに相談してきたのよ。なのに、お菓子を渡してお礼を言っただけなわけ？　信じらんない」

「――何かまずかったでしょうか」

鈍いにもほどがある。こいつは昭和一桁の天然記念物か。

どうせ堅苦しい言い回しでお礼の言葉を述べて、元町辺りで評判のチョコかクッキーでもよそよそしく手渡したに違いない。

まったくの逆効果だ。男がそういった態度を見せれば、体のいい拒絶の姿勢だと女なら誰もがあっさり見ぬく。

「ケアしとけってわたしが言ったのは、彼女を食事にでも誘えってことに決まってるでしょうがっ！」

「でも……その気もないのに女性を誘うなんて、失礼ですから」

あきれて言葉も出ない。横っ面を引っぱたいてやりたかった。

柳本三奈美は真実を悟ったのだ。自分は利用されたにすぎなかった、と。ケアどころか、恨みの種火にジェット燃料をそそぐようなものだった。

「あーっ、もう何してんのよ。君がおかしなことするから、機嫌を損ねた彼女が誰かに情報をリークしたのよ。あの子が週刊誌の記者につてがあったとは思いにくいから、反市長派の上司か同僚に、君と市長がおかしな調査をしてるって伝えたんでしょうよ」

「ありえませんよ。そんなことをするような子には――」

「冷たくされたら、女は何だってするの。常識でしょうが！」

いい歳をして女性への淡い幻想を抱くカビ臭い頭の男を罵《ののし》ってから、暁帆はスマホをバッグからつかみ出した。神村市長の携帯に電話を入れる。

また留守電機能につながるかと思っていたが、長いコールのあとに電話がつながった。

「あ――お忙しいところを何度もすみません」

「城戸坂君のことかしら」

「そうなんですけど、ちょっとおかしな事態になってきそうなんです。今、彼と代わります。――ほら、何があったか、自分で伝えなさいよね」

目で威嚇《いかく》しながら強引にスマホを手渡した。

「あ……お電話代わりました、城戸坂です」

市長の目の前に押し出されたかのように直立不動の姿勢を取り、うろたえ気味に事情を説明していった。

「はい、いえ……今からですか？」

急に声をうわずらせると、城戸坂が送話口を指先でふさぎ、暁帆を見つめてきた。

「――時間はあるか、と言われました」

8

神村市長が指定してきたのは、新横浜駅に近いホテルの最上階にあるイタリアンレストランだった。店の人に城戸坂が名を告げると、奥の個室に案内された。

お茶のセットが用意されたテーブルで、神村市長が立ち上がった。今日はあでやかなワインレッドのスーツを着ている。

「ここで後援会の人と会う予定になっていたので、無理を聞いてもらいました」

ウエイターが紅茶をそそいで姿を消すと、市長があらたまるように姿勢を正した。

「わざわざ来てもらったのは、あなたたちには本当のことを話しておくべきだと思ったからです」

仕事用の丁寧な言葉遣いとふくみのある言い方に、暁帆は虚を突かれた。てっきり直接会って、城戸坂が何を調べていたのかを問いただすのだと思っていた。

「わたしが市民情報室の柳本さんに相談して、調べようとした外国人の名はジェフリー・サンダース。そう――週刊誌の記者が城戸坂君に告げた人物です」

市長は横の椅子に置いてあった黒革の大きなバッグに手を差し入れ、折りたたまれた紙片を取り出した。テーブルに広げると、横浜市の地図だった。

「実は、わたしが市長選に出馬を決めると、横浜のある市民団体から相談が寄せられました。市が所有する土地をぜひ市民のための公園にしてもらえないだろうか、と」

地図の一角が指し示された。港北区の綱島駅と第三京浜の都筑インターチェンジの間に当たる場所だった。

「高田東七丁目十番地。地図を見てもらうとわかるけど、この近くには小さな公園すらないんです。というのも、最近になって開発が進められた場所で、いくつかの不動産業者が五月雨《さみだれ》式に宅地化していったため、公園の整備が追いついていないという事情があったみたいで。ところが――」

そこで市長は視線を上げ、二人を交互に見て続けた。

「選挙が近づいた昨年十月になって突然、売却の話が出て、議会の了承が取りつけられた。あまりに急な話だったため、何かあるのでは、と市民団体が疑問視している場所なんです」

「しかし、その土地は……」

暁帆は職員の端くれとして、少しは記憶にあった。市に勤め始めた年の夏ごろだったと思うので、もう七年前の話になる。

長く塩漬けになっていたその土地を有効活用すべく、市営プラネタリウムを建設する計画案が浮上した。が、駅の近くではないため、採算が見こめないと、根回しをしていたはずの市議会与党までが反対して、白紙に戻されたのだった。

あのあと、民間に短期の契約で貸していたという話を聞いたが、港湾局への異動もあって、詳しい経緯は聞いていなかった。

「では……記者が名前を出してきた二人は、その土地に関係する人物なのですね」

城戸坂が遠慮がちに質問をはさんだ。暁帆も同じことを考えていた。

市長が地図をたたみながら言う。

「法務省で旧土地台帳を閲覧してみたところ、市の前にその土地を所有していたのが、外岡稔《そとおかみのる》という人でした。パチンコ店や飲食店を何軒も手がける会社の社長で、バブルがはじけた時期に経営が立ちゆかなくなり、土地を買い取ってもらえないかと市に相談がきて購入が決まったようです。当時の価格は、周囲の相場よりも少し安く、取引に問題はなかったと言えるでしょう」

土地が広かったため、買い手が見つからなかったのだろう。市の側にも、箱物を作り、その運営を第三セクターに任せることで、幹部職員の天下り先を確保する狙いがあった、と想像はつく。

ところが、与党の市議団にその狙いを見透かされるかして、計画はつぶされたのだ。

「その土地を公園にしてほしいと住民が言ってきたのには、それなりのわけがあったんです。その地には戦前、広い庭を持つ古い洋館が建っていて、辺りには緑があふれていたといいます」

その洋館の持ち主がジェフリー・サンダースという外国人なのだった。

「旧土地台帳にも、その名が記載されていました。どういう事情があったのかはわからないけれど、外岡稔の会社が買い取り、長く手つかずのまま放っておかれた。いよいよ開発の手が入って木々の伐採が始まったかと思ったら、会社が傾いてしまい、市への売却が決定した。プラネタリウムの建設プランには、周囲を公園にする予定もあったのに、再び長く放置されることになった……」

付近の住民にとって、憩いの場となる公園の設置は長年の宿願だったのだろう。けれど、神村佐智子《さちこ》が立候補を表明したとたん、土地の売却が急に進められた。そのタイミングに何かあるのでは、と住民たちは疑ったのだ。

元キャスターで弁護士の女性が当選して市長の座に就いたら、住民の願いを聞き入れて公園にすべきと言いだしかねない。土地の処分ができなくなる。そう考える何者かが売却話を急がせたのではなかったか……。

「市から土地を買ったのは、どういう会社なのでしょうか」

暁帆は気になる点をまず確認した。

「東京に本社を持つ投資グループで、日帰り温泉やスポーツ施設を運営する会社を傘下に持つと聞いてます。地元の代議士に献金している形跡もなければ、市や県の幹部職員を天下りで受け入れているわけでもない。どこから見ても、非の打ちどころのない売却だったとしか……」

暁帆はひそかに吐息をついた。献金をした形跡がないというからには、地元議員たちの収支報告書まで確認したことになる。とても神村市長一人で調査はできないだろう。情報を寄せた市民団体が手足となって動いているのだ。

過去に市が行った土地取引を、市長がそこまで気にする。

何か不正につながる噂でもあったわけか……。

「さあ、わたしが何を調査していたかは、包み隠さずに打ち明けたわよ。話してくれるわよね、城戸坂君。君は何かしらの目的を持っていたから、横浜市に就職を決めた。そうなのよね」

急に堅苦しい口調をやめて、笑みとともに話を切り替えた。

祖父が氷川丸に乗っていたという話は本当なのか。

もし事実でなかった場合、市に職を得た理由を聞かせてほしい。前市長とその取り巻きが、知人の息子を送りこんできたという噂など信じるつもりはなくとも、君の行動には不可解なところが見受けられる。

市長が一新人職員の動きをここまで気にする。裏を返せば、役所という伏魔殿の中で、神村佐智子は孤独な戦いを強いられてきた——その証拠のように暁帆には思えるのだった。

「祖父が氷川丸に乗っていたのは事実です」

城戸坂は身の上話をどこか恥じでもするようにうつむき、事実を打ち明けていった。

神村市長は、法廷に立つ証人の話に矛盾がないか見極める弁護士の一面を見せ、鋭い眼差しを部下にすえた。

「恩人の名を書き留めた祖父の手帳は残っています。けれど、偽物だと疑われた場合、ぼくと母に反証の手立てはありません。古い手帳を探してきて、それらしく文字を書き残しておけばいいわけですから。でも、嘘は言っていません」

話を聞き終えた市長は、ゆっくりと紅茶を口に運んでから、頰に笑みを作って言った。

「そうね……。わたしは君の上司としてではなく、弁護士として働いてきた者の一人として、君の言葉を信じるしかないと思う。だって、そうでしょ。祖父の代わりに恩人を捜してお礼を言いたかったから市役所に勤めるだなんて、嘘をつくにしても、あまりに夢物語すぎるものね」

たぶん神村佐智子は弁護士として、自分の利益や名誉のために嘘をついて恥じない依頼人や証人を何人も見てきたのだろう。その経験が、「夢物語すぎる」と言わせたように感じられた。

けれど、違う、と暁帆は思った。

城戸坂は努力を重ねて名のある大学に入り、横浜市に職を得てみせるという現実的な目標を実らせたにすぎない。おそらく彼の夢はもっとその先にある。現実的な大人たちの目から見れば、若者の抱く志というものは、叶いがたい夢に映りやすいのだ。

思いが顔に出ていたのかもしれない。市長が暁帆の視線を受け止め、笑みを消しながら城戸坂に言った。

「ごめんなさいね、夢物語だなんて言って」

「いえ……」

「女弁護士が政令指定都市の市長になって理想の政治を貫こうというのも、立派な夢物語のひとつよね」

「そんなことはありません」

暁帆も否定したが、神村市長は視線を落として首を振り返した。

「そのうえ……市民団体の訴えを頭から信じて、市の土地取引に不正があったのではないか、と職員たちを疑うことまでしてる」

「もしかするとその市民団体は、市の不正を監視する目的も持つのでは……」

城戸坂が遠慮がちに言い、語尾をにごした。

まだほかに不正の兆候があるのではないか。そして市長は、その団体とともに内部から不正を摘発するため、市長選に出たのではないか……。

「実を言うと、もっともっと夢みたいな物語をわたしは見たがっているのかもしれない。そう言ったら、驚くわよね」

意味がわからず、市長を見返した。本会議場で議員たちの前に出た時と変わらない真剣そのものの眼差しがあった。

「わたしの父はもう八年前に亡くなってるんだけど……家でも無口で、いつもただ黙々と仕事ばかりしてる昔気質の人で。会計士という仕事をしてたので、依頼人と税務署の板挟みになることも多かったらしく、いつも胃薬を持ち歩いてた」

急に話が変わり、昔を懐かしむ口調になった。が、目は厳しいままで、声にわずかなためらいが感じられた。

「……わたしが中学生の時、父は知り合いに口説き落とされたとかで、母の反対を押し切って急に会計事務所を辞めてしまった。会計士より気苦労が絶えない仕事を始めて、夜遅くまで家に帰ってこなくなった。地元のある政治家の秘書へと転職したの。あなたたちもよく知る代議士の秘書に」

よく知る代議士――。

　暁帆は驚きに息をつめた。まさか、そこにつながるのか。

　目で問い返すと、市長が笑みとともにうなずいた。

「でも……父はたった一年半で、また会計士の仕事に戻った。何があったのか、家族にも一切話そうとはしなかった。自分には荷が重すぎた。ただ、そう言うだけで……。だから、たまたまニュースキャスターの仕事に就いて、その人にインタビューする機会を得られた時、父がかつて秘書として働いていたことを打ち合わせの際に切り出してみた。そしたら――急に機嫌が悪くなり、インタビューはキャンセルされてしまった。どうしても外せない用事が急に飛びこんできたという理由をつけられて。それが三年ほど前のことで、以来なぜかわたしは馬場周造に近づけなくなった……」

　今や与党の重鎮。地元を牛耳る最大のボス。

　神村市長が中学生だったというので、三十年ほど前の話になる。しかも、たった一年半で秘書を辞めた……。

　もっと長く勤めていたなら、市長選に立候補を表明した時点で、父親の経歴に気づくメディアがあっただろう。けれど、市長は父親の経歴を今まで語ってはこなかった。おかしな勘ぐりをされたくなかったからか。それとも……。

「馬場代議士の態度があまりにも不自然に思えたので、事務所の人にあとで訊いてみたら――昔のことはわからない、秘書の働きぶりにはうるさい人だから、色々言われて長続きしなかったのではないか、と……」

「市長は、お父様と馬場周造の間に何かあったのでは、と疑っておられるのですね」

暁帆は前のめりに訊いた。馬場の地元で選挙に出ると決意したのも、その時の経験が動機のひとつになっていたのではなかったか。

「父は生真面目な人だったから、代議士相手に生意気なことでも言って、居づらくなったのかもしれない。でも、どういう経緯があったにしても、約束していたインタビューを急にキャンセルするのは、ルール違反としか思えなかった。馬場周造の横柄さに反発を覚えたのは確かで、だから立候補しないかという話が地元の人たちから出てきた時も、闘志をかき立てられた面はあったと言えるわね」

父親がかつて支えていた政治家の地元に、市長という立場で乗りこんでいく。しかも、市の土地取引を調べる意図を秘めてもいたのだ。

役所の中で、反市長派が動き出すのは仕方なかったろう。市の計画を円滑に進めていくには、議会の承認が必須だ。市議会にも多大な影響を持つ代議士と浅からぬ因縁を持つ市長が選ばれたのである。その裏事情を知る者がいれば、新市長の動きに目を光らせるのは自然なことだった。

「記者から何を訊かれても、正直に認めるしかないでしょうね」

すでにティーカップは空になっていた。市長はグラスの水を飲み干してから、言葉を続けた。

「選挙の時にも支援してくれた市民団体から寄せられた情報だったので、独自に調べを進めてみた。けれど、不審な点は見つからず、市の土地取引に問題は見つかっていない。ただし、城戸坂君のほうは、あくまで企画展の補足調査だった。向こうが納得してくれるかどうかはわからないけど……」

「ありがとうございます」

城戸坂がひざに手を置いて頭を下げた。実は職権濫用とも言える調査だったが、事実を語るまでのことはない——そう市長は判断してくれたのだった。

「城戸坂君、先日と同じ忠告をまた言わせてもらうわよ。しばらくはおとなしくしてること。いい？」

「——はい、わかりました」

神妙そうな顔で深々と頭を下げた。が、言われたとおりにおとなしくしているかどうかは疑わしい。まだ短いつき合いだが、彼は子どものようなひたむきさを持っている。

「船津さん。あなたがよく監視してくださいね。何かあれば、すぐ密告して」

市長も同じように考えていたらしい。冗談めかした言い方でも、目は真剣そのものだった。

「はい。お目付役として、城戸坂君の動きから目を離しません」

第五章　ふたつの夢物語

1

週末は久しぶりに青葉区奈良町の実家に帰った。
たまに顔を出せば、両親が何を言ってくるか予想はできたが、目と態度で威嚇《いかく》してお
いたので、その方面の話題は幸いにもさけられた。が、土曜の夜に地元の仲間と駅前の
居酒屋に集まると、嫌でも旦那や子どもの写真を見せつけられた。
「ねえ、暁帆《あきほ》は何のために市役所へ勤めたのよ。役所で働こうって男ってのは基本的に、
あんまり面白みはなくても勤勉かつ誠実で、そこそこ操縦しやすいタイプが集まってん
だからね。暁帆くらいの器量があれば、かなり高い確率で釣り上げられるでしょうが」
「あんた、まだ一人が気楽だなんて言ってたら、貧乏くじを引かされることになるよ。
とにかく最低でも一人は保険としてキープしておきなさいってば」
「星の数ほど男がいたって、宇宙はあきれるほど広いの。星と星の間は何光年も開いて

るの。だから、いくら背伸びしようと、手の届きそうなところに綺羅星はそうそう輝いちゃいないんだからね」

馬鹿話に興じている間は楽しくすごせた。無理して笑っているところはあったと思う。頭の隅には、神村《かみむら》市長から聞いた話がエンドレスでくり返されていたからだった。

店を出る間際に、友人の一人から言われた。

「ま、あんまり考えすぎないことよ。また憂さを晴らしたくなったら、いつでも電話して。旦那に子ども押しつけて、すぐ出てくるからさ」

古い友人というものは、なかなかに油断がならない。暁帆の様子から何かを感じ取りながらも、深く詮索しないでくれたのだ。そういう気遣いのできる大人に自分もなりたいものだった。

週明けに港湾局へ出ると、いつものように城戸坂《きどさか》が先に来ていた。

周囲の目があるので、お互い簡単な朝の挨拶のみでよそよそしく応じ合った。週刊誌の記者が水面下で動き回っている事実は気になるものの、その件で暁帆にできることは何もなかった。

祖父の裁判記録を弁護士に調べてもらうと城戸坂は言っていたが、こちらも当事者ではないため、しつこく状況を問いただすわけにもいかず、大人ぶって無関心を装いながら仕事をこなした。

水曜日までは何も起こらなかった。というよりも、暁帆たちは蚊帳《かや》の外に置かれていたのだ。実は、週刊誌の早刷りというのが前日の夜には各メディアの手に渡り、後追い取材に動く者たちがいたらしい。その事実を、水曜の朝に麻衣子《まいこ》から届いたメールで知った。

——ついに出たわよ。神村横浜市長のただならぬ関係。今日発売の週刊誌に出てる。ニュースサイトにも載ってたよ。要チェック。

顔も洗わずにネット検索を試みた。たちまちニュースまとめのサイトがヒットした。城戸坂が取材を受けた週刊誌ではなかった。別の写真誌に記事が出たのだ。

『その日、新横浜駅に近いホテルに、人目を忍ぶように入っていった一人の女性がいた。昨年秋、人気ニュースキャスターの座をなげうって横浜市長選に出馬し、現職を見事に破って初当選した神村佐智子《さちこ》その人だった。彼女はホテル最上階にある高級レストランの個室を予約し、市の職員と会合を持った。が、実は同じ個室でその後、妻子ある男性と仲睦まじく食事をともにしていたのだ。職員との会合は隠れ蓑にすぎなかった。

男性は、大手弁護士事務所で活躍するベテラン弁護士で、神村市長とは大学時代から深い仲だという。彼女が市長選に出馬した際、地元市民団体の一員としてボランティアスタッフにも名を連ね、選挙の終盤には参謀役を務めた人物なのだ。

レストランでの密会から二時間後、神村市長は自分の車に男を乗せてホテルを出ると、横浜の街に消えていった。二人がどういう関係にあるのか。神村市長に一票を投じた百万人の市民に答える義務があるのではないだろうか』

途中から胸が苦しく、文字を追えなくなった。呼吸を整えて何度も視線を往復させた。どう読んでも、城戸坂とホテルに呼び出された夜のことだった。サイトに出ていた写真は小さく、駐車場の出口をとらえたもので、ホテルの見分けはつかなかったが、まず間違いはない。

女の悪い癖で、げすな記事に怒りを覚えながらも、つい男性を値踏みする目で写真を見ていた。彫りの深い顔立ちで、口髭がよく似合ったナイスミドルだ。これでやり手の弁護士ともなれば、おとなしく家庭に収まっているタイプではない気も確かにしてくる。余計な感想だが……。

とにかく善後策を協議すべきだった。城戸坂の携帯に電話を入れると、例によって呑気な返事があった。

「……おはようございまぁす。何かありましたか、こんな朝から」

「ニュースサイトを見なさい。今すぐに！」

それだけ言って電話を切り、こちらは出勤の支度に取りかかる。一分もしないうちに電話が鳴った。

「これ、どういうことなんです。ぼくの前に現れた記者とは別の週刊誌じゃないですか」

「そのとおり。少なくとも二社に情報がもたらされていたわけよ」

「でも……」

「もちろん、三奈美《みなみ》ちゃんじゃないでしょうね。彼女が報告を上げた誰かが裏で動いたのよ。悪くすると、また別の雑誌の記者が、君とわたしの前に現れるかもよ。でも、市長とは仕事の話をしただけ。その中身は市長の許可がなければ打ち明けられない。あとは一切、黙秘を通す。幹部に呼び出されても同じ。いいわね」

「はい……」

「それと、君は三奈美ちゃんの前に出ていかないこと。約束してよ」

根が正直すぎる男は、またも口をつぐんで自分の意思を表明した。だから、暁帆はすぐさま電話をかけたのだった。

「言っとくけど、君が出ていったら、ますます彼女は態度を硬化させるよ。誰に報告したかなんて絶対に打ち明けたりはしない。君は女の怖さを知らないみたいだから、忠告しとこうと思ったの」

「……すみません」

「じゃあ、今日も頑張って仕事をしましょ」

明るく呼びかけて通話を終えようとすると、慌てたような声が耳に届いた。

「あの――えーっと……」

「何？　まだ不安でもある」

「いえ……。実は昨日の夜、弁護士から返事がきました」

祖父の犯した事件のことだ。早くも調べがついたらしい。暁帆は黙って言葉を待った。

「……祖父は警察の事情聴取に、殴った動機を語っていました。戦前に港で起きた事故の件について問いただそうとしたのに、相手にしてもらえなかった。人一人が命を落としているのに、ごまかそうとするとは許せない。だから、待ち伏せして強引に会おうとした。そしたら、港では人のミスから事故が起きても仕方ない、そう言われてカッとなって殴ったのだと……」

「どういう事故だったのかは、裁判記録になかったわけなの？」

苦しげな声から見当をつけて訊いた。城戸坂の声がさらに沈む。

「残念ながら……。量刑も軽く、被害者の同意もあったため、略式手続で罰金刑が言い渡されていて、証拠採用された聴取の記録しか残っていなかったといいます」

「なるほどね。正式な裁判になったのでは、動機の点を根掘り葉掘り問われかねない。だから、相手側の弁護士が、その略式とかいう手続きですまそうとして奔走したのか」

「ええ、だと思います。悔しいことに、双方の弁護士とも亡くなっていて、当時の話を聞くことは、もう難しそうなんです」

「よし、わかった。また鈴木理事に相談してみる。昔のことを知ってそうな人はいないかって。君は根が正直すぎるから、おかしな訊き方して大事《おおごと》にしかねないから、ひとまずはおとなしくしてなさいよね」

何しろ真野吉太郎《まのよしたろう》という地元財界のボスが関係しているのだ。先代の不祥事をかぎ回っている、と受け取られたら、ますます城戸坂の立場が危うくなる。まったく面倒な後輩を持ったものだ。

市長の密会。週刊誌のすっぱぬき。城戸坂の祖父の犯した殴打事件……。乗りかかった船がこうも混み合ってくるとは想像もしていなかった。あとは泥船でないことを祈るばかりだった。

駅から港湾局へ向かう前に、暁帆は遅刻を覚悟で本庁舎に立ち寄った。エレベーターホールの前には登庁してきた職員が集まり、朝から内緒話に忙しそうだった。こそこそ週刊誌の話題をささやき合っているのだ。

暁帆は階段を使って市民情報室のフロアに上がった。

「おはよっ、柳本《やなぎもと》さん!」

部屋中に響き渡る声で呼びかけてやった。中年の女性職員と窓際で話しこんでいた柳本三奈美が、しれっとした顔で振り向いた。暁帆を見るなり、例によって可愛い子ぶって小さく胸の前で手を振ってみせるのだから、つらの皮が厚い。

「おはようございます、船津《ふなつ》さん。驚きましたよね、今朝の週刊誌、もう見ました?」

「ちょっと話があるの。城戸坂君と市長の件で」

部屋の外へ出ろ、と目で高圧的に訴えかけた。

またも驚き顔を作ってみせるのだから、度胸も根性もかなりのものだ。暁帆の用向きに当たりをつけながらも、ここはしらばっくれるに限ると腹を固めたらしい。それでも同僚たちの手前、呼ばれた相手に応じないのでは面倒になると考えて、そそくさと歩いてくるのだから、暁帆を見くびってもいた。

ここはガツンと嚙ますしかない。

通路の先まで少し歩き、振り返って真っ正面から睨みつけた。

「あんた、城戸坂君と市長が似た調査をしてるって、誰に勝手な報告を上げたのかしらね」

「え？　勝手な報告なんか、わたしはしてません。室長に訊かれたので答えただけで」

上司に訊かれたら、あんたも答えるだろ。だから密告でもないし、城戸坂から冷たくされたので意趣返しをしたわけでもない。上等だ。

「じゃあ、ここの室長さんは、あんたに何をどう訊いたのかしら。教えてちょうだい」

「えーと……」

クリッとした偽物の大きな瞳を動かし、どう誤魔化すかをとっさに考えている顔だった。

「――室長がいない時に市長さんが顔を出せば、理由を問われるのは当然ですよね。ついでに、城戸坂さんが次の企画展に備えた調査をしてたことも詳しく伝えました」

「なるほど。あとで室長さんにも確認してみるわね。もし証言が食い違うようだったら、わたしも秘書室に報告を自主的に上げておかないといけないから」

脅しをこめて、にんまり笑ってやった。

たちまち柳本三奈美の頬がひくひくと小刻みに蠢《うごめ》いた。

「どういうことですか……」

「あら、頭のいいあなたなら、わかるでしょ。だって週刊誌の記者は、城戸坂君の前にも現れたのよ。あのクソ真面目男があんたに興味はないって正直に言ったとたん、だものね。どうせ、市長まで昔の外国人を調べたがっていたのはおかしい、なんて事細かに告げ口したわけよね」

「何度も言いますが、わたしは訊かれたから答えたまでです」

開き直るように胸を張り、暁帆を正面から見返してきた。

「そうね。あなたは上司の指示にしたがっただけ。でも、市長と秘書室のメンバーは、あなたの一見誠実そうな仕事ぶりに、さぞや興味を持つでしょうね」

「やっぱり、船津さんたちだったんですね」

彼女は急に上目遣いになり、声を低めて言った。

「あの記事に出てきた市の職員って」

「へー、早くもコンビニで記事を立ち読みしてきたのね。いやいや、先に原稿を読ませてもらってたのかもしれないわね、情報に間違いがないか、チェックしないといけないでしょうから」

「おかしいとは思わないんですか、船津さんは」

皮肉を笑い返すことなく、柳本三奈美は冷ややかに言った。黙って目で問い返すと、真っ赤に塗られた唇の端がわずかに上がった。

「市長が調べようとした外国人は、昔あの辺りの土地をたくさん所有していた。でも、市の取引は、平成になってからの話ですよ。戦前の事情まで調べたがる意味がわからないじゃないですか」

君は女の怖さを知らない――そう城戸坂に言っておきながら、彼女を甘く見ていたのは暁帆も同じだった。

この女は、何者かに告げ口する際、市長の動きを知らされるかして、試しに旧土地台帳まで閲覧してみたに違いなかった。

上司の指示か、それとも個人的な関心からか……。上の動きを悟っての行動であれば、計算高さと頭の回転が並ではなかった。

「去年に売却された土地の問題だけを本当に調べていたんでしょうか。市長はもっと大きな何かを探ろうとしてる。そうは思えませんか？」

見事な嗅覚だ。猫かぶりだけでなく、爺転《じじころ》がしも得意技と見た。おそらく反市長派の者たちも、彼女と同じことを考えている。だから、市民団体の関係者とホテルで会っていた事実を突き止めて、週刊誌に売ったのだ。

その裏には、関係者にとって何かもっと調べられたくない秘密が眠っている……。

「船津さんは、どこまで知らされてるんですか。市長といったい何を調査してるんです。県警まで密かに動いてますよね」

そこまで嗅ぎつけているとは……。

反市長派の調査はかなり行き届いている。けれど、大きな誤解がひとつあった。暁帆はつい笑ってしまった。

「わたしも城戸坂君も、市長の手足となって動いてなんかいないわよ。あんたの考えすぎだってば」

「嘘言わないでください」

「ホントよ。わたしは港湾局の仕事を全力で果たしてるだけ。城戸坂君は氷川丸に乗ってたおじいさんのことを知りたいだけ」

「氷川丸？ 何ですか、それ？」

派閥や出世争いに目を奪われがちな者は、夢や志といった目映《まばゆ》い光を見つめることはできないのだろう。彼女も当惑げに目をまたたかせた。

「横浜市で働いてるなら、氷川丸の歴史ぐらい勉強しておきなさいよ。じゃあ、これまでどおり頑張って上司にへつらうことね」

暁帆は笑いながら手を振ると、さっぱり事情が呑みこめないようで盛んに首をかしげる柳本三奈美に背を向け、歩き去った。

午後一時から、本庁舎の大会議室で市長の臨時記者会見が開かれた。その一部始終は、市のホームページでネット中継された。港湾局でも多くの職員が手を止め、部課長たち幹部もパソコンの前に寄り集まり、気が気でない様子だった。

「――本来はわざわざ会見を開くまでもないと思いましたが、誤解のないよう、わたしの口から市民の皆さんにお伝えしたほうがいいと考え、この場を設けさせていただきました」

神村市長の第一声は落ち着いていた。降って湧いたスキャンダルの中身を意識してか、今日は特に薄化粧を心がけている。

「わたしがホテルで会っていた男性は、市長選の時もボランティアで支援していただいた〝横浜の暮らしを考える会〟という市民団体の外部顧問を務めてきた弁護士で、わたしの大学時代からの友人の一人でもあります。その団体では、市の業務を市民の立場からチェックする作業も行っており、あの日も貴重な意見をうかがわせてもらい、やましいところは一切ありません」

予想された弁明だ。ただし、次の一言で、会見場がにわかにざわつきだした。

「市民団体から寄せられた貴重な意見の中身については、今後の業務に差し障りが出てくる可能性もあるため、今この場で詳しく説明できないことをご了解いただければと思います」

「待ってくださいよ。意見を聞いたわけじゃないから説明できないんじゃないですかね」

「その男性とは学生時代から深い仲にあったという話もありますが」

「詳しく説明できないのでは、余計に市民の誤解を招くと思わないんですか」

集まった記者たちから矢継ぎ早に質問が飛んだ。

やがて一人の記者にマイクが渡された。

「市長。匿名の市職員から、あなたと一部の部下が、業務と関連のない市民情報を勝手に引き出そうとしていたとの情報も寄せられています。その説明を市民の前で語る義務があると思いますが」

核心に斬りこむ質問が、ついに飛びだしてきた。

メディアがタレコミ情報をぶつけてみるのは、正当な仕事の範疇《はんちゅう》だろう。たとえ情報源の思惑どおりに動かされているにしても……。

フロアの奥で幹部たちと一緒にいた武田《たけだ》課長が、それとなく暁帆を見てきた。城戸坂は今も外回りに出ていて、この場にはいない。たぶん課長も何かしらの情報をつかんでいたと思われる。

「——若い職員が調べていたのは、わたしとは別件で、いずれ開港資料館の企画展で特集する予定の、横浜に貢献してくれた外国人についての追跡調査です。わたしは、先ほどお話しした市民団体から寄せられた情報を確認するため、ある人物の個人情報を閲覧させてもらいました。どちらも市の業務に必要な調査であり、個人情報保護法に触れるものではありません」

「しかし、市民団体から寄せられた情報の中身については、今ここで明らかにできないんですよね。それでは何の説明にもなっていないとは思わないんですか」

「もうしばらくお待ちください。まだ調査がすべて終わっておらず、関係者の名誉にかかわりかねない事情があるため、軽々しく発表はできないのです。市民団体の調査が進んだ場合、必ず報告させていただきます。わたしも微力ながら、内部調査を進めていきたいと考えています」

「待ってください」

「逃げるんですか！」

怒号に近い呼びかけが続いたあと、中継は途絶えた。

「何だか……余計に疑惑をあおるだけになったような会見ね」

山室《やまむろ》係長が落胆をにじませて言い、課員が目を見交わしながらうなずき合った。

メディアをよく知る市長にしては、確かに効果的とは言えない会見だった。市民団体の名前を出せば、選挙戦からの協力関係があるので納得してもらえる、と甘く見積もっていたのだろう。

ところが、メディアの取材は、その先を行っていた。市長と男性が学生時代に交際していた事実を突き止め、裏をすでに取っていたのである。

反市長派の打った布石が、狙いどおりに神村市長を追いつめつつある。

フロアの奥から戻ってきた課長がそれとなく暁帆に近づき、小声で言った。

「気をつけろよな。マスコミ連中に追われるかもしれないぞ」

やはりどこからか情報が入っていたらしい。本当に侮れない人だ。

「大丈夫です。わたしは与えられた仕事をしてきただけですから」

「敵に乗せられるなよ。鎌をかけて騙し討ちにしてくる連中もいるぞ。内外問わずにかもしれないから、な」

カンボジア人研修生の時は、一人が怪我のためにメンバーから外れたことを市長が発表していた。フォトコンテストでは、みなと振興課でミスを報告ずみだ。そのどちらも真相は別にある。もし真実が公になった場合、市長に降りかかった醜聞と一緒くたにされて、隠蔽を図ったのではないかと指摘する者が出かねない。そう課長は警戒しているのだ。

「わかるだろ。もし何かあったら、包み隠さず、すぐ報告しろ。市長だけを矢面に立たせておくわけにはいかないからな」

「はい。城戸坂君にもよく伝えておきます」

2

午後三時五分前。暁帆はトイレに立つ振りをして、港湾局のフロアからぬけ出した。辺りに記者らしき者の気配がないことを確かめ、山下公園通りを横断する。

大さん橋の前に立つビルに駆けこむと、いつものように横浜港産業振興協議会の事務局に顔パスで入り、鈴木理事のデスクに直行した。

「おやおや、どうしたね。市長が大変なことになってるみたいじゃないか」

「そうなんですよ。何かいろいろ事情があるみたいで。わたしたち下っ端にはよくわからないことだらけなんですけど」

しばらく噂話につき合って、得意の作り笑顔を披露した。充分に齢転がしを心がけてから、本来の用件を思い出したという演技で身をくねらせた。

「先日は川辺さんをご紹介いただき、ありがとうございました。いろいろ当時の貴重な話をうかがわせてもらいました」

「少しはお役に立てたみたいで嬉しいよ」

「実は、たくさん話を聞かせていただいた中、昔は港で大なり小なり事故が起きて大変だったと聞いて、とても驚いたんです。近年は荷揚げ作業が機械化されて、幸いにも事故は少なくなっていますから。そこで、昔と今の比較ができないものか、という意見が出てきたんです。戦争前や高度成長期に、港でどういった事故が起きていたか。具体的な情報を集めるにはどうしたらいいか、と思いまして――」

猫なで声で言って見つめると、鈴木理事は初孫ができたと聞かされたかのような晴れ晴れとした笑みを作ってくれた。

「そうなのかい、大変だねえ。若い子が戦前の記録を集めるだなんて」

「鈴木理事のお知恵を拝借できれば、大変ありがたいのですが」

「うちでも事故の調査記録は取ってあったと思うけど……」

「本当ですか！」

「とはいえ、残念ながら、戦前のものは残ってないだろうね。何しろ横浜は空襲でほぼ焼け野原になってるから。役所が大切に守りぬいたのは、戸籍と土地台帳ぐらいだったと言われてるよ。だから、戦前の事故調査記録もほぼなくなってるのが実情でね。あとは……地元の新聞記事をたどっていくくらいしかないかなぁ」

戦前というだけで時期の当てはないのだ。新聞を片っ端から調べていくのは大変かもしれない。

が、地元で手広く商売をしていた真野のグループ企業が関係していたとなれば、記事になっていた可能性はありそうに思えた。

「君も市の職員なんだから、まずは開港資料館に行ってみなさい」

幕末から昭和初期まで、横浜の歴史に関する資料を二十五万点も所蔵する市の施設だ。県庁の東隣にあり、港湾局から歩いて三分もかからない。ちょうど城戸坂が、感謝祭の企画展をキュレーターの人たちと練り上げた施設のひとつでもある。

「それと……確か〝よこぼう〟は、明治のころに横浜の貿易商組合か何かの機関紙として発刊されたんだったと思うんだがね」

「……よこぼう、ですか」

「そう。横浜貿易新聞。その後に横浜新報や神奈川日日と合併して、今の神奈川新聞になったんだよ。戦争当時は、政府の意向で一県一紙の政策が進められていったからね」

地元の日刊紙なのに、その変遷についてはまったく知らなかった。鈴木理事の知識は大いに参考になる。

「ほら、貿易商人が出し始めた新聞だから、港の動向には敏感だったろうしね。何か事件があれば、まず記事になってたんじゃないかな。ほかにも、横浜毎日や日米新報に、英字新聞も保存してあったと思うから、キュレーターの人に相談してみるといい」

言われて初めて、ひとつの連想が浮かんだ。

城戸坂の祖父は、恩人の消息を訪ねるため、氷川丸に乗ったのだという。その一人がアレキサンダー・エバートン。横浜で暮らしていたのであれば、海運や輸入業を手がけていた可能性はあった。その業務に関連して事故が起きていたとすれば……。

真野のグループ企業には、海運業者も名を連ねていたはずだ。暁帆は理事の手を取り、頭を下げた。

「貴重なご意見、本当にありがとうございました！」

「今どこ？　すぐ開港資料館へ行って新聞記事を探すのよ」

電話に出た城戸坂に、鈴木理事からもらったヒントの件をひと息に告げた。

「わかりました。キュレーターのかたに相談してみます」

「あとでわたしも必ず合流するから」

そうは言ったものの、閉館時間までに仕事の片をつけられるか。いざとなったら、また発注した印刷物に問題が生じたとでも嘘をつくしかないだろう。

港湾局に駆け戻ってネット検索すると、資料館は午後五時までしか開いていないとわかった。図書館とは違って、そもそも利用者は限られているみたいだ。

大急ぎで〝横浜港セールスキャラバン〟の広報資料をでっち上げた。原料や製品の運搬に横浜港を使ってもらうため、日本中の企業に向けて説明会を開くキャンペーンを誘致係が行っていた。

言葉は悪いが、市の職員だって懸命に働いているのだというアピールであり、多くのメディアはまったく関心を持ってくれない。その文面にミスがあっては困るが、無難な役人文書になっていようと誰も困りはしない質《たち》のものだった。

現場の写真と見出しをカラーで派手にしておいたので、狙いどおり課長から一発ＯＫが出た。我ながら姑息な技ばかりが身についている。

「すみませ〜ん、印刷関連の確認と打ち合わせがあるので、今日は直帰します」

笑顔で嘘を並べ立て、逃げるように港湾局を出た。

四時四十分。開港資料館へ駆けこんだ時は、もう閉館時刻が迫っていた。

城戸坂は、二人の女性キュレーターと閲覧室にいた。作業台には古い縮刷版と新聞のファイルが積まれ、ほかに利用者の姿はなかった。

「ごめん、遅くなって」

「無理にお願いして、六時まで利用させてもらえることになりました」

城戸坂が言いながら、暁帆にそれとなく目配せを送ってきた。どうやら仕事にかこつけた方便を使ったらしい。

「大変ですね、みなと振興課は。古い事故の記録まで調べなきゃならないなんて」

「ホントそうなんですよ、人使いが荒いんです、うちの課は。何せ課長が、動かざること山の如し、なものでして」

城戸坂の隣に座ると、一枚の折りたたまれた紙片を差し出してきた。開くと、いくつも会社名が書かれていた。

「真野傘下の会社です。戦争当時の社名までさかのぼるのは大変でした」

さすがが仕事が早い。これから調べる神奈川新聞も、政府の意向で合併が進められて誕生した経緯がある。貿易関連の会社にも似た状況はあったかもしれず、その機に乗じて真野グループも規模をふくらませていったとも考えられる。

「祖父の生年月日から見て、昭和七年から終戦までの間ではなかったかと思うんです」

昭和七年、城戸坂康経《やすつね》十六歳。紙片の最後に走り書きされていた。

昔は十六歳ともなれば、もう充分な大人と見なされただろう。船の仕事にも就くことができたと思われる。

「昔は学校にもあまり通わず、十代の初めから働く者もいたでしょうけど、ボーレンという船員下宿が関係していたとなれば、中学を出たくらいの歳以降だったんじゃないかと思うんです」

「そうね。調査対象をある程度しぼりこんでおかないとね」

それでも終戦まで十三年もの記事をたどっていく必要があるのだった。

手分けしてマイクロフィルムに収められた古い紙面と縮刷版を見ていった。

考えていたより、港での事故は滅多に起きていなかった。あまりに記事が出てこないので、事件や事故といった当時の世相に反しがちな暗いニュースは載せていなかったのか、と案じられた。

しばらくページをめくっていると、艀《はしけ》と貨物船の衝突や、接岸ミスによる船体破損の記事が見つかった。怪我人が出ていなくとも、運輸局の調査が行われた、との記述もあった。が、真野の関連企業は記事の中に登場してこない。

さらに縮刷版を見ていくと、事故を起こした船の名は書かれていても、船主の社名が出ていない記事もあった。船の借り主が事故の責任を追及されるケースはまれなのだろう。城戸坂の祖父が先代の真野社長を殴りつけたとなれば、直接の原因があったと見なしていいのか……。

しかし、当局による責任追及が正式になされていれば、城戸坂の祖父も怒りを直接ぶつけようとはしなかったろう。

シアトル航路に復帰した氷川丸に乗ることで、当時の事情を知る人から話を聞けて、真野の会社との接点が浮かび上がってきたから、面会を申し入れた。そう考えられる。

城戸坂の祖父が真野次郎を殴って逮捕されたのが、ちょうど氷川丸がシアトル航路に復帰した昭和二十八年。終戦から八年もの年月がすぎている。

つまり、その時点ではもう、訴追の時効がきており、真野の責任を追及する手立てがなくなっていた。だから、憎き男を殴るぐらいしかできなかったのではないか。

午後六時が近づき、資料館の職員が様子を見にやって来た。そろそろ閲覧室を閉めねばならない時間だった。仕方ない。暁帆は縮刷版を閉じて席を立った。

「城戸坂君。あとは明日にしよう」

声をかけたが、城戸坂はまだマイクロリーダーで記事を読んでいた。暁帆が横からのぞくと、スライドを次々と切り替えていた彼の手が動きを止めた。

「……これだ」

小さく言葉を洩らした城戸坂が、モニター画面から顔を上げて職員に告げた。

「すみません、このページを複写してください！」

昭和十六年四月二十一日の記事だった。

『荷揚作業で事故　一名重傷

二十日午後二時頃、高島埠頭で陸揚作業中ワイヤーが切断し、作業員の永友勇さん(23)が荷の下敷と為って病院に搬送された。港湾局並びに警察が調査に入り、荷主のエバートン商会と陸揚を請負う平塚海運輸送の責任者から話を聞いて居る』

城戸坂の祖父の手帳に書かれていた二人の恩人を思わせる名前がそろって登場してきた。

間違いない。これだ。暁帆は胸元で拳を握った。

城戸坂の祖父は、真野次郎を殴った動機を語っていた。港の事故で人一人が命を落としたのだ、と。その話が真実であれば、この記事にある永友勇《ながともいさむ》は、病院に運ばれて治療を受けたが、帰らぬ人となってしまったのだろう。

「渡辺さん。ここに出てくるエバートン商会について調べるにはどうしたらいいでしょうか」

城戸坂が複写してもらった記事を職員に見せながら尋ねた。

「聞いたことのない社名ですね……。名のある外国人の経営する会社であれば、貿易関係の資料に出てくると思うけど……」

独り言のようにつぶやいたあと、職員は視線を城戸坂に戻して言った。

「昔の外国人のことを調べるのなら、この街に古くからある教会に相談してみる手はあると思いますが」

この開港資料館のすぐ裏手にも、横浜海岸教会が建っている。日本で最初に設立されたプロテスタント系の教会として名高い。山手のほうにはカトリックの古い教会もあったはずだ。

「昔の外国人貿易商の研究を続けているかたもいらっしゃったと思います。何か手がかりが得られるかもしれませんね」

キュレーターと職員にも手伝ってもらって重い縮刷版を片づけると、礼を言って資料館を飛び出した。直ちに横浜海岸教会へ走る。

城戸坂が事情を説明すると、初老の外国人牧師に一人の男性を紹介された。

テイラー・バンクロフト。日本で生まれ、太平洋戦争が勃発した年には家族とともに箱根の温泉旅館に移送され、その地で抑留された経験を持つイギリス人だという。牧師が電話で事情を伝えてくれると、今からでも自宅に来なさい、と快い返事をもらえた。

直ちにタクシーを拾って、山手の住宅街へ向かった。その車中で城戸坂はスマホを使い、記事に出てきた平塚海運輸送を検索していた。

「……駄目ですね。出てきません。平塚運輸という会社なら全国各地にありますが、海運がつく会社はヒットしません」

「大丈夫。調べる手はあるよ。業界団体を訪ねて回れば、昔のことを知ってる人が必ずいるって」

明日一番で、また鈴木理事を頼ってみようと決めた。何か調査の方向性を示してくれるかもしれない。

タクシーはほどなく目的地に到着した。地蔵坂上に近い表通りに、近代的なコンクリート造りの低層マンションが建っていた。その三階フロアすべてがバンクロフト氏の自宅だった。このマンションのオーナーなのだろう。

「いらっしゃい。大変ですね、昔のことを、お調べとか……」

小柄な白人男性が流暢な日本語で出迎えてくれた。八十歳を超えていると思われるが、背筋はしゃきりと伸び、握手を求めてきた手の握力も驚くほどに強かった。

広いリビングに通されると、白髪の夫人が紅茶の用意をしてくれていた。大きなテーブルには古い地図とノートが積んである。

「お若い二人が、おじいさんの時代のこと、調べてみたいとは、感心しますね」

そう言ってバンクロフト氏は古い地図をテーブルに広げ始めた。

「わたしの父も、貿易商社で働いていました。生憎《あいにく》、エバートン商会と仕事は、ありませんでした。けれど、名前はわたしも聞いたことが、ありますね。家具や雑貨を輸入し、野毛《のげ》にお店を持っていた、と記憶してます」

今で言う根岸線の大通りに近い一角だった。指で示された場所には、四角張った日本語で小さく「エバートン商会」と書かれていた。

「待ってくださいよ、ここって――」

城戸坂が地図に顔を近づけた。暁帆も息を呑んだ。

どう見ても間違いなかった。エバートン商会と書かれた場所には――平成の今、横浜ハイラークホテルが建っている。あの真野吉太郎が義父から社業を受け継ぎ、オーナーを務めるホテルがそびえ建つ地なのだった。

見事なまでにつながった。真野吉太郎、エバートン商会、永友勇……。

3

「どうやらからくりが見えてきたみたいだね、城戸坂君」

「はい。昭和十六年の四月に、エバートン商会の船が積み荷を陸揚げする時、不幸にして事故が起きてしまった。その八月に、氷川丸のシアトル航路が廃止になる……」

当時、日本は日中戦争打開のために東南アジアのフランス領にも武力で侵攻を始め、日独伊の三国軍事同盟も締結している。その結果、いわゆるＡＢＣＤ包囲網が作られ、対外資産の凍結や対日石油禁輸などの経済制裁を受け始めた時期なのだった。

暁帆は八十年近く前の日本に思いをめぐらせながら言った。

「手帳にあった恩人の一人は、エバートン商会の代表者と見て、まず間違いないでしょうね。その人はたぶん、交換船になった氷川丸で十月にシアトルへと帰っていった」

「ええ、そうとしか考えられませんね。時節柄、日本では敵性外国人と見なされて仕事がしにくくなっていたし、港で事故も起きてしまい、アメリカへ帰るしかなくなった……」

そのエバートン商会の店舗があった土地を、真野のホテルが買い取ったのだ。暁帆には確信できた。永友勇が怪我を負った事故には、絶対に裏がある。

悪くすれば、真野の関係者が仕組んだものであったかもしれない。最初から犠牲者を出そうと企てた、とは考えたくない。が、事故が大きくなり、永友勇が怪我を負ってしまった。これ幸いと、政治家を通して警察や役所を動かし、事故の責任をすべてエバートン商会に押しつけた。ただでさえアメリカ人は日本で仕事のしにくい時期だったので、追いつめる方法には困らなかったろう。

「可能性はかなり高いでしょうね。官民総ぐるみでエバートン商会を痛めつけて、アメリカへの帰国を余儀なくさせる。その際、真野が手を差し伸べる振りをしてエバートンの資産を買いたたき、ホテルの建設用地を手に入れた」

「ワオ……。あなたたち、とんでもないこと、調べていたのですね」

バンクロフト氏がオーバーアクションに両手を広げ、妻に視線を振った。日本に残ってこの横浜で暮らしてきた人たちなのだから、真野の名前と業績は知っていてもおかしくなかった。

城戸坂が老夫婦を見つめて言った。

「バンクロフトさんはご家族とともに日本に残られたわけですが……帰国せざるをえなかった人たちは、日本で蓄えた資産を現金に換えるのにかなり苦労されたのでしょうね」

視線を落としたバンクロフト氏が首を縮めるようなポーズになった。

「日本で成功した者たちは、家族のためにも財産を守ろうと、たくさん手をつくした、と聞いてます。あちこちで戦争を始めたため、日本は世界の国々から睨まれ、外国人には住みにくくなってしまった。だから、世界の動きを見て、先に少しずつ財産を現金に換えていた人、多かったようです。でも、ずる賢い日本の商人にだまされた人も、いた……」

「外国の方々が所有していた財産は、日本が戦争に負けたあと、ＧＨＱによって没収され、元の持ち主に戻されたという話を聞きましたが……」

うろ覚えの知識を頼りに、暁帆は質問してみた。

「そういうこともあったみたいですね。でも、すべてではない。処分できず、日本から逃げるように出ていった人、たくさんいた。戦争が終わったあと、日本の軍や役所が、勝手に奪った土地とか建物の一部が、持ち主に戻された、と聞きました。慌てて、ただ同然のお金で売り払った人は多くいて、その時の契約に問題なし、と見なされた場合、裁判を起こすことできず、泣く泣くあきらめた人もいたみたいでした」

アレキサンダー・エバートンも大急ぎで財産を処分したと思われる。その店舗があった地に真野のホテルが建っているのだから、売買契約に問題は見つからなかったのだろう。

「バンクロフトさんのお知り合いに、エバートン商会の関係者を知っているかたはいらっしゃらないでしょうか。どんな些細な手がかりでもかまいません」

城戸坂が頭を下げて言うと、バンクロフト氏が腕を組んで難しそうな顔になった。アレキサンダー・エバートンは昭和十六年に帰国したと思われる。八十年も前のことで、当時の事情を知る人がどれほど存命しているか……。

「アレキサンダー・エバートンさんは、ぼくの祖父の恩人なんです」

「この人、その恩人の消息を調べたくて、学生の時に横浜市役所へ相談に行ったんです。そしたら、相手にされないどころか、冷たくあしらわれたんで、ならば自分が市役所に勤めてやるって決意して、採用試験を受けたほどなんです」

暁帆が横から裏話を披露して援護すると、夫人が驚き顔になり、胸に手を当て言った。

「テイラー、何とかならないかしら。アメリカへ帰った人たちのファミリーに訊くこと、できそうだけど……」

「お願いします」

謙虚で絶対に出しゃばろうとしない男に代わって、暁帆は二人に頭を下げた。夫人が目を細めながら夫を見た。

「お願い、テイラー。おじいさんの恩人のために、可愛いステディまで一緒に頭を下げてくれてるのよ」

突拍子もない勘違いに、暁帆は慌てて腰を浮かせた。

「あ、いえいえ、誤解です。こいつはわたしの同僚なだけで——」

「そうです。船津さんに迷惑がかかります」

城戸坂も辺りの空気をかき混ぜでもするように大きく手を振り回した。

ますます夫人の笑顔が広がった。

「二人で相手のこと、思いやるなんて、本当に仲がいいんですね」

否定の言葉を信じた様子もなく、世話焼き老人みたいに一人で悦に入った笑みを見せている。夫のほうは真顔になり、じっと何かを考えていた。視線を夫人に戻して言った。

「川崎のミルフォードに連絡、取ってみるか」

抑留経験を持つ外国人の親睦会があり、そのまとめ役を務めていた人物だった。すでに大半が亡くなっていたため、会そのものは自然消滅のようになっていた。が、母国へ戻った同胞とクリスマスカードを送り合う者が今もいるらしい。

バンクロフト氏が席を立ってチェストの前に歩いた。スマートフォンを手に取り、ケビン・ミルフォードに電話を入れてくれた。

互いの近況を確かめ合ったあと、詳しい事情が伝えられた。スマホを手にうなずきながら、城戸坂に向けて左手でOKサインを作ってみせた。仲間に連絡を取ってくれるのだろう。

暁帆たちが喜んでいると、バンクロフト氏が急に声を裏返して何か言った。英語での会話に耳を傾けていた城戸坂の表情までが、なぜか険しくなっていく。

「何なのよ、いったい……」

「どうもぼくたちみたいに彼らの仲間の消息を訊きにきた日本人が、以前にもいたそうなんです」

別に驚く話ではないだろう。かつて横浜に住んでいた外国人の消息を知りたいと考えたなら、彼らのまとめ役だったミルフォード氏に尋ねるのが、最も有効な手立てと言えそうだからだ。

「すみません、バンクロフトさん。電話を代わっていただくことはできないでしょうか。どうしてもミルフォードさんに尋ねたいことがあります」

城戸坂はもう腰を浮かせ、手まで差し出していた。バンクロフト氏も驚き顔になっている。

「失礼ですが、確認させてください。ミルフォードさんは、政治家の秘書に同じ質問をされた、と言われたように聞こえたのですが、間違いないでしょうか」

政治家の秘書……。

言われて暁帆も鼓動が跳ねた。

市役所には、城戸坂のほかにもう一人、かつて横浜に住んでいた外国人の消息を探る者がいたではないか。しかも、その人の父親は、かつて政治家の秘書を務めていた——。

「お願いです。我々は横浜市の職員で、地元の市民団体から、横浜在住の外国人がかつて所有していた土地の売却に関して、疑わしい点があるという指摘を受けているんです」

少し事情は違っていたが、ここで長々と説明するゆとりはなかった。城戸坂の聞き間違いでなかったとすれば、確かめずにはいられない話だ。

バンクロフト氏が電話の相手に事情を告げて、了解を求めた。すぐに話はついたようで、スマートフォンが差し出された。

城戸坂が一礼して受け取り、流暢な英語で話し始めた。神村市長から聞かされたジェフリー・サンダースという名前を城戸坂は出し、その後は「リアリー」と何度もくり返していた。

暁帆は息をつめて見守った。もしケビン・ミルフォードを訪ねてきた政治家秘書が、神村市長の父親だったとすると……。

城戸坂は五分近くも話を続けたあと、礼を言ってバンクロフト氏にスマートフォンを返却した。

「もう三十年近くも前のことで、残念ながら名前は覚えていないそうなんです。でも、政治家の秘書が訪ねてきて、GHQが没収した土地について話を聞いていった、と」

「その土地の前の持ち主が、ジェフリー・サンダースなのね」

暁帆が確認すると、城戸坂は素早くかぶりを振った。

「いえ。それがどうも違うみたいで。持ち主ではなく、その辺りの土地事情に詳しそうな当時の仲間を紹介してほしい、と言われたそうです。土地の正確な住所は覚えてないけど、だいたいの場所であれば、わかると……」

「どこなの、その土地は？」

「磯子台の近くで、昔は見晴らしの丘と言われていた場所で、当時は神奈川県が持つ土地だったそうです」

今度は市ではなく、県――。

どちらも自治体の所有する土地で、以前の持ち主が外国人であったらしい。これは何を意味するのか……。

神村市長の父親は、かつて馬場《ばば》周造《しゅうぞう》の秘書だった。三十年ほど前となれば、時期的には符合するので、ケビン・ミルフォードを訪ねてきた政治家秘書が、市長の父親だった可能性は高い。

だとすれば、県の所有する土地が、GHQから払い下げられた事情を調べていたわけか。その事実を、神村市長も身内の一人として知っていたから、市が売却した土地の前の持ち主を調べてみたのだろう。そう考えると、多くの状況に辻褄が合ってくる。

市長の父親とおぼしき秘書は、なぜ県の所有する土地を調べたのか……。

馬場周造は三年前、キャスターだった神村市長のインタビューを急に取りやめている。もしや、土地を調べたことと何か関係が……。

城戸坂が暁帆の目をのぞきこむようにしながら言った。

「かなり興味深い話になってきましたね。これからちょっと、ぼくたちで土地を見に行ってみませんか」

4

美味しい紅茶と貴重な情報のお礼を言ってバンクロフト家を出た時は、もうすっかり陽が暮れていた。

午後七時二十分。土地を見に行くには少し遅かったが、城戸坂は大通りへ出るとタクシーを停めた。スマホで何かを調べながら、磯子台に向かってくれ、と運転手に告げた。

「目算があるわけなのかしらね」

「いえ。ただ……偶然であるわけがないと思えて仕方ないんです。市長のお父さんらしき秘書が、馬場周造の指示で土地を調べていた可能性がある。あるいは、馬場の仕事に関して何らかの必要性があると独自に考え、土地の調査をしたのかもしれない。事情はどうあれ、市長のお父さんは、なぜかたった一年半で馬場の秘書を辞めている。おかしいですよ。何かあったに決まってます」

証拠はどこにもなかった。けれど、ケビン・ミルフォードを訪ねた政治家秘書が神村市長の父親だと、城戸坂は疑ってもいないようだ。

暁帆もバッグからスマホを取り出した。何をするか見当はついたろうが、城戸坂は目も向けずに自分の調べを優先させている。

アドレス帳を表示させて、市長の番号を呼び出した。週刊誌が出た直後とあって、やはり留守電機能につながった。

「――たびたび失礼します、船津です。実は、城戸坂君と戦前に日本での抑留経験を持つ外国人を訪ねたところ、市長のお父様と思われる政治家秘書に、ある土地のことを尋ねられた人物がいるとわかりました。その秘書が調査していたのは、かつて神奈川県が所有していた土地だったといいます。今からその土地を見てきます。何かわかり次第、またご報告させていただきます」

山手から距離にして五キロほど。十五分で磯子台の近くに着いた。が、正確な場所はわかっていない。

城戸坂が、見晴らしの丘について運転手に尋ねた。残念ながら、そういう丘の名前は聞いたことがない、と言われた。そこで、磯子区役所の近くでタクシーを降りた。

「先輩。そろそろおなかがすきましたよね」

「あら、またご馳走してくれるの？」

「はい。なるべく古い店を探しましょう」

そんなことだろうと思った。例の幽霊写真の時も、大さん橋から少し離れた店に暁帆を誘い、店長から近隣情報を訊き出した。今回も同じ作戦を採るつもりだ。

大通りを駅のほうへ歩くと、染みの浮き出た暖簾をかかげる中華料理屋があった。換気扇の周囲はべっとりと油で汚れ、かなりの古さに見えた。昔の話を聞くには打ってつけの店構えだ。

城戸坂は扉を開けて中をのぞいてから、暁帆をうながして店に入った。テーブル席でテレビを見上げる客が二人のみ。カウンター席に並んで座ると、三角巾で白髪を隠した老婦人が水を持ってきた。歳のころは七十すぎか。

タンメンと餃子のセットにチャーハンを注文してから、城戸坂はスマホで地図を見る演技をしながら店員の老婦人に呼びかけた。

「すみません。この辺りに昔、見晴らしの丘と言われる場所がありましたよね」

「おやまあ、懐かしい呼び方だこと」

狙いが的中した。仏頂面が急に笑顔へと変わり、話に乗ってきてくれた。

「どの辺りかわかりますか」

スマホに表示させた地図を差し向けると、おばあさんは視線を向けもせずに言った。

「この裏に、段々畑みたいに住宅地が広がってるだろ。そのてっぺん辺りを、ここらの者は見晴らしの丘と言ってたみたいだね。けど、もう何十年も前の話だよ」

「そこに神奈川県が買い入れた土地があったと聞いたんですけど」

さらに質問を投げかけると、おばあさんはカウンターの中に向けて大声で言った。

「なあ、じいさんや。裏の小山に神奈川県が土地を持ってたって話、聞いたことあるかい？」

厨房で大きな中華鍋を振る老人が、奥さんに負けじと大声で答えた。

「何言ってんだい。昔はよく配達に行ったじゃねえかよ。丘の手前に近藤運送さんが来る前、あそこは県営の文化住宅が並んでたろが」

「そんな昔のことは知らないよ。ここへあたしが来たときゃ、もう更地になってたからね」

二人の大声を間近で聞いて、違和感にとらわれた。このおばあさんが嫁いでくる前の話……。暁帆はすかさず訊いた。

「おばあさんがこちらに来たのは、いつごろなんでしょうか」

「もう四十年も昔だよ。この人は独身だったけど、あたしゃ再婚。旦那が車の事故で死んじゃったの。いい人だったんだけどね。そしたら、この人が急に現れて――」

「うるせえよ。そんなこたあ、そちらさんたちゃ訊いてねえだろが」

二人のなれそめに多少は興味もわいたが、思考に集中する。

四十年前、すでに県営住宅は取り壊され、更地になっていたという。

神村市長の話では、父親が馬場周造の秘書をしていたのは、三十年近く前。その時点で、すでに県営住宅は取り壊されていた。おそらくGHQから払い下げられたあとに、集合住宅が建てられたのだろう。その土地を、なぜ調査する必要があったのか。

城戸坂がカウンターから厨房へ身を乗り出して訊いた。

「どうして県の土地が、近藤運送に売却されることになったんでしょうか」

「そりゃ、近藤さんに訊いてみなよ。事務所の二階が自宅になってるからさ」

仕事を終えてくつろいでいたらしい近藤運送の社長は、ジャージ姿で玄関先に現れると、横浜市の職員が訪ねてきたことに驚き、直立不動になった。

「あ、どうか誤解なさらないでください。市民税のぬき打ち調査とかではなく、過去の土地取引についての確認にすぎません」

そう説明したが、どこに落とし穴があるのかと警戒心をみなぎらせながら、社長は慎重な物言いで当時の事情を話してくれた。

「昔の県営住宅があまりに古くて建て直すことが決まったんですよ。でも、この辺りを見てくれればわかるとおり、建坪率《けんぺいりつ》と容積率に制限がある地域で――県のほうで条例とかを変えないと、三階までの低い建物しか建たないとかで。そうは言っても、条例とか建築条件の指定とかを変えられたんでは、ここいらの環境が悪くなるって、周辺住民が大反対して騒ぎになったんです。だから、取り壊しが終わっても、ずっと更地のまま捨て置かれてたとか……」

夜なので見通しは悪かったが、辺りの地形は確認できた。

近藤運送から通りをはさんだ西側は、こんもりとした台地が広がり、その斜面に家々の屋根が段々畑のように連なっていた。見晴らしの丘と呼ばれた丘陵地帯が、かなりの規模で開発されたとわかる。横浜には、高度成長期を機に、こういった宅地が増えていった。

「県の所有地を近藤さんが取得なされたのはどうしてなのでしょうか」

「うちはもともと汐見台《しおみだい》の街道沿いに会社があったんですよ。でも、もう少し広い駐車場がほしかった。かたや県のほうは、容積率の高い商業地区の土地がありがたかった。なので話がまとまった。親父がそう言ってましたね」

要するに、多少のお金は動いたにしても、土地を交換した理屈なのだろう。その取引がまとまったので、神村市長の父親とおぼしき秘書が両者の土地を調査したわけなのか。

暁帆は念のために確認してみた。

「四十年も前には、すでに更地だったと聞いたのですが、近藤さんがこちらに移られたのはいつなのでしょうか」

「かれこれ三十五年になりますかね」

時期としては微妙だった。市長の父親が馬場の秘書になったのが三十年ほど前。どうやらそれ以前の話になってきそうだ。

すでに取引の終わった土地の所有者を、なぜ戦前までさかのぼって調べる必要があったのか……。

「ここは県が所有する前、終戦後にＧＨＱが接収した土地だったようなのですが、そのことはご存じだったでしょうか」

「へえ……そうなんですか。でも、土地を売買する時、その前に誰が持ってたかなんて、あまり問題にならないでしょうし。少なくともわたしらは何も聞かされてませんね」

「もうひとつだけ確認させてください」

城戸坂が手帳にメモを取りながら質問を重ねた。

「更地になってから、近藤さんが取得するまで五年近くがすぎているように思うのですが、先ほど言われた条例を変えることに手間取り、結局は実現できなかった、と考えていいのでしょうか」

「どうでしょうかね。もう昔のことなんで、県のほうに問い合わせてもらえませんかね」

5

近藤運送の駐車場には、トラックが大型から軽まで取りまぜ十数台停まっていた。この広さを手に入れるため、街道沿いの一等地を手放したのだろう。

通りを挟んだ向こうには、なだらかな丘に建ち並ぶ家の窓明かりが夜空の近くにまで広がっていた。

「何だかよくわからなくなってきたね。市長のお父さんらしき秘書は、何だってこの土地の調査をしたんだろ」

駅のほうへ戻りながら、暁帆は疑問を口にした。

「少なくともこの土地にかなりの興味を持っていて、調べずにはいられなかった──ということじゃないですかね」

「へえ……。その言い方からすると、だから秘書を辞めることになった、そう考えてるわけね」

「だって、おかしいじゃないですか。馬場周造の秘書になった時、すでにこの土地の取引は終わっていたんですよ。なのに、GHQから県に払い下げられた過去の事情まで調べようとする執念深さを見せている。市長のお父さんは、この土地が気になって仕方なかった。で、取得の経緯についてもさかのぼってみた——そうとしか思えませんよ」

暁帆も似た感想を抱いていた。ただし、まだ件《くだん》の政治家秘書が市長の父親だと決まったわけではない。この辺りの事情をはっきりさせないと、真実は見えてこない気がした。

暁帆は再び市長の携帯に電話を入れた。

「——早いうちにご相談したいことができました。市長のお父様は、どうして馬場周造の秘書を辞めることになったのか。お父様らしき人物が何を調べようとしていたのかもふくめて、気になる事情が出てきています」

少し気を持たせすぎる言い方だったろうか。が、多くの情報がまだ隠されている、と思えてならない。

暁帆は電話を切り、並んで歩く城戸坂を見上げた。

「どうする？　折り返しの電話がいつくるかわからないし、市長が調べたがっていた土地を見るにしても、もう夜だし……」

「ダメ元ですよ。とにかく見に行ってみましょう」

またタクシーを拾って港北区の高田東七丁目に向かった。

目指す土地はすぐに見つかった。住宅地の中、金属のパネルで囲まれた場所があり、立て看板を見ると、ショッピングモール建設中と書いてあった。

タクシーにはその場で待ってもらい、少し周辺を歩いた。街灯が少なく、工事現場を囲むパネルがどこまでも続くように見える。敷地はサッカーコートより広そうだ。

「何だかちょっと似てますね。見晴らしの丘の周辺と」

城戸坂が背後を振り返りながらつぶやいた。

通りを挟んで並ぶ家々は、なだらかな丘に幾重もの段を描き、広がっている。この辺りも丘陵地帯を切り拓き、大規模開発したとわかる。ひとつの街が新しく作られたみたいだ。

「ここが緑あふれる公園になってたら、住民は大喜びだったでしょうね。でも、整備には莫大な予算が必要になるし、維持費もずっとかかっていく。市が売却を決めたのは、民間活力を利用する点からも当然かもしれない……。なんて言ったら、あまりにも公務員すぎる意見かしらね」

暁帆も辺りを見渡し、まだ役人の色に染まっていないだろう新人に笑いかけた。城戸坂が虚を突かれたような表情に変わった。

「まったくぼくは勉強が足りてませんね。先輩、これくらい広い土地を緑で埋めるには、何億円もかかるんでしょうか」

「何十億になるかもしれないわね。市民会館とか体育館といった箱物を作る——そう自治体が発表したら、必ず反対意見が住民から出されるでしょ。でも、緑あふれる公園を一から作るのも大仕事なのよね。利用料の取れる施設を建てたほうが、のちのちの維持費が少なくすむケースもあるってことを多くの市民が知らないから」

そのために自治体は、あらゆるデータを用意して住民説明会を開く。が、理解を得るのは並大抵ではない。必ず自然保護を訴える者たちが、反対活動を展開する。特にこういった新興住宅地のファミリー層は、箱物建設に批判的な人が多い。

「箱物のすべてが悪いってわけじゃないのよね。その施設を利用して第三セクターみたいな天下り組織を作って、税金をうまいこと還流させて甘い汁を吸おうと企む者がいる、ってことのほうが問題なのよ」

しかも、市民と接する現場で苦労するのは、天下りの恩恵には絶対あずかれない下っ端の職員たちと決まっていた。少しでも住民のためになるという大前提がありそうに思えるから、不平を洩らしながらも働けるのだ。

広大な土地を民間に売却し、その活力によって開発を進め、一部を公園にしてもらう。悪くない選択肢に思えてならない。

「確かにそうかもしれませんね。先輩と話していると、本当に勉強になります」

「いい？　君はどんどん出世してもらわないといけない人なんだから、毎日もっともっと現場で多くを学んでいきなさいよね」

「はい、胸に刻んでおきます」

思いのほかに力強い返事だった。


翌朝七時、テレビをつけると、いきなり馬場周造の悪相が画面いっぱいに映し出された。シンポジウムの一件もあるので、朝から不快な気持ちになる。

「――皆さんもご存じのように、まもなく横浜では市民を挙げての港大感謝祭が開催されるんですよ。その直前に、主催者のトップである市長に、聞くも恥ずかしいスキャンダルが持ち上がるのでは、問題がありすぎる。市議会のほうできっちり追及し、決着をつけてもらわないと、わたしもシンポジウムへの出席を考え直さないといけないかもしれないね」

大いに困惑している。そう口にしながら、明らかに神村市長を狙い撃ちにする発言だった。

自分でシンポジウムを企画させておきながら、よくも言えたものだ。政治家のふてぶてしさに胸のむかつきが増す。

チャンネルを変えようとリモコンをつかみあげたところで、はたと気がついた。

この放送局は、かつて神村市長をキャスターにすえてニュース番組を作っていたところではなかったか。もしかすると……。

そう思案をめぐらせていると、スマホが着信音を発した。暁帆は頬張ったグラノーラを豆乳で流しこみ、画面をタップした。

「昨日は電話をできなくて、ごめんなさい」

「いえ、こちらこそ何度も電話をしてすみませんでした。けれど、市長のお父様としか思えない政治家秘書が、なぜ五年近くも前に県が民間に売却した土地を調べていたのか、不思議でならなかったんです」

「本当にあなたと城戸坂君の行動力には驚かされるわね。でも、県警が動いてる件もあるのよ」

「もちろん、先日のアドバイスを忘れたわけではありません。ですが、ここまでの状況を見ていくと、磯子台の土地を調査していた政治家秘書がもし市長のお父様であった場合、その後に秘書を辞められたこととも……」

「深く関係していたんじゃないか、と言いたいわけね」

「はい。そう考えれば、元秘書の娘さんとインタビューの打ち合わせをした時、代議士が急に気分を害したこともうなずけます」

市長は言葉を返さなかった。どこまで打ち明けていいのか、迷っているように感じられた。

「もしかすると市長は、お父様がどこかの土地に関心を抱き、その調査をされていたことをご存じだったのではないでしょうか……」

だから、市民団体から情報の寄せられた土地についても、過去にさかのぼって調査したのではなかったか。父と同じやり方をすることで、何かが見えてくるのでは、と考えて……。

「どうやら、あなたたちに隠し事はできないみたいね」

「では、やはり――」

「前にも言ったと思うけど、父が秘書を辞めた時、わたしは中学生だった。だから、少しは政治家秘書の仕事についても理解はしていたと思う。でも、父は辞めるにいたった事情を話してはくれなかった。ただ辞めることになった、と悔しそうに言うだけで……。ちょうどそのころ、実は母がある場面を見ていたの」

そこで市長は言葉を切り、そっと声を押し出した。

「――父が庭で、土地関係の書類を燃やしていたのを」

読みは当たった。やはり土地が関係していた。

市長は母から聞いたその話を忘れずにいたから、キャスターの仕事が決まった際、馬場周造に話を聞きたい、と考えた。ところが、馬場は急に態度を変え、インタビューを中止してきた。その時、彼女は来たるべき横浜市長選を見すえるようになったのではないか。

「母は、こうも言ってたわね。悔しそうにしてたけど、父は自分の無力さも感じているようだった、と……」

つまり、調査したものの、何も見つけ出せなかったのだ。それゆえに、秘書の仕事から退くしかなくなった。たとえ正義感からの行動でも、馬場本人や仲間の秘書に睨まれることとなって……。

「あなたたちが調べあげた事実は、市民団体に報告しておきます。あとはわたしたちに任せてくれないかしら」

もう手を引きなさい。そう言っていた。市のトップからの直々の命令だった。

「メディアも騒がしくなってきてるし、城戸坂君に取材を試みた記者もいるでしょ。このままだと、あなたたちにも迷惑が降りかかってきてしまう。将来ある優秀な職員を面倒なことに巻きこみたくはないの。わかってくれるわよね、船津さん」

「――たぶん、無理だと思います」

暁帆は意を決して言った。

市長が電話の向こうで大きく息を吸うのがわかった。失礼を承知で、言葉を継いだ。

「実は、城戸坂君のおじいさんの件でも少し進展がありました。その過程で、市長のお父様らしき人物が登場してきたんです。城戸坂君は意地でも最後まで食らいつく覚悟でいます」

「どうしてわかってくれないの。彼は市の仕事をこの先も背負っていくべき大切な人材なのよ。もちろん、船津さんもだけど」

「おっしゃりたいことはわかっているつもりです。でも、わたしたちより、市長のほうが大切です。週刊誌におかしな記事が出たのは、市長を追い落とそうとする者の仕業としか思えません。でも、市長は百万人もの横浜市民が大切な一票を投じて、市の行く末を託した人なんです。わたしたち市の職員には、市の未来を担うべき人を支えていく義務があるんです」

綺麗事を口にしたつもりはなかった。本心から出た言葉だった。

市の職員となって七年。今ほど自分の仕事に誇りを持っていいと思える時はなかった。カンボジア人研修生の問題から始まって、たまたま市長と多くの仕事を手がけ、この人は信頼に足ると確信できている。ところが、前市長に近かった職員の中には、キャスターという異業種から転身してきた単なる有名人と見て、警戒や軽視をしたがる者が少なくなかった。しかも、一部のメディアが市長のスキャンダルを報じ、市長を歓迎しないどころか、追いつめようとする一派も存在する。

「城戸坂君が、真野吉太郎から嫌われたのには理由があるとわかってきました。彼が昔のことを調べ始めたから、市長にまで警戒心を抱く者が出てきてしまった、としか思えない状況があるんです」

「要するに、わたしが彼を使って昔の土地取引を調べさせている、と――」

「はい、そう誤解した者がいたんです、絶対に。だから、急いで市長のスキャンダルを探してメディアに流した」

「船津さん。だから……あなたたちに迷惑をかけたくないのよ」

市長もとっくに同じ疑念を抱いていたのだ。

すべては市長の父親が過去の土地取引を調査したことと関係がある。つまり、馬場周造、もしくはその周辺の者が関与している。

晩帆は明るい口調を心がけて言った。

「たった今、テレビに馬場周造のインタビューが流れてました。あれは、もしかすると市長の差し金ではないでしょうか」

必ず馬場が陰で糸を引いている。だから、神村佐智子の父親がかつて自分の秘書だったことを隠し続けている。絶対に化けの皮を剝いでみせる。その時こそ、インタビューの取材映像が活用できる。そう信じて、かつての仕事仲間に情報を流し、今のうちから馬場周造に多くを語らせようと試みているのではないだろうか。

それは、神村佐智子の決意表明であり、全面対決に打って出ようとする宣戦布告にも思えるのだった。

「本当に困った人たちね。そこまでわかっていながら……」

市長は否定の言葉を口にしなかった。またも暁帆の読みは当たった。さらなる手応えを得ながら、言った。

「ふたつの土地取引には、絶対に裏があります。市と県に影響力を持つ者が関係してるんです」

「気持ちは本当に嬉しいけど――」

「城戸坂君を止めることは、市長にもわたしにもできないと思います。だから、あきらめてください」

「もう、あなたたちときたら……」

途切れた市長の声が、わずかに震えているようだった。

6

始業時刻が近づいても、なぜか城戸坂が姿を見せなかった。嫌な予感を抱きながらデスクの上を整理していると、登庁してきた山室係長に内線電話が入った。二言三言で受話器が戻され、係長に呼びかけられた。

「船津さん。この忙しい時だっていうのに、城戸坂君、熱が出たんで有給、取るって」

あの男、侮れない……。ついにずる休みを取って、一人で何かを調べる気だ。

電話で文句を言ってやりたいが、暁帆からとわかれば居留守を使うに決まっていた。

よし。向こうがその気なら、こっちも独自の調査を進めるまでだ。

午前十時。暁帆は産業振興協議会の事務局が開くのを待ってから、山室係長に声をかけた。

「すみません。シンポジウムの資料集めに、ちょっと協議会まで行ってきます」

そう告げておけば、この時期は誰もが信じてくれると期待するだけだった。

言うなり逃げるように小走りで階段へ向かった。麻衣子が振り向きざまに鋭い眼差しを送ってきた。本当に仕事かと疑う目だったが、にこやかに手を振り返してから階段を駆け下りた。

大さん橋の前まで走って事務局へ飛びこみ、例によって笑顔を振りまいて鈴木理事へすり寄った。乱れる息を落ち着かせつつ、昔の新聞記事に出てきた平塚海運輸送についいて尋ねた。

「へえー、古い資料に出てきた会社か。どこかで聞いたような気もするけど……」

鈴木理事は分厚い下唇を盛んにつまみながら天井を見上げた。

「まあ――そういう時は、海運団体に訊いたほうが早いだろうね」

にこやかに言ってデスクの受話器を取り上げるや、電話をかけ始めた。

「あ、モトキっちゃん、いるかな。……いやいや、お久しぶり。おいおい、冗談はやめてくれよ、もう飲み歩いちゃいないってば。……嘘、嘘。手なんか出してないって。――でね。ちょっと役所から相談されたんだけど、モトキっちゃんは平塚海運輸送って会社、聞き覚えがないかな。――そう、ある？」

鈴木理事がにんまりとなって暁帆にうなずいてみせた。

「……ああ、何だ。どうりで、どこかで聞いた社名だと思ったんだ。――そうかい、孫が孫請けの専務になってるのかい。そりゃ、笑い話にもなりゃしないねえ。……いや、参考になったよ。今度またおごるから。はい、ありがとさん」

伊達に七十歳となった今も理事の座に納まっているわけではなく、こういう顔の広さがあるから業界関係者に重宝がられているのだ。鈴木理事は受話器を置くと、鼻高々に言った。

「戦前に真野さんのとこの下請けだったみたいだね」

「真野って——あの真野さんですか」

「おかしなこと言うね、暁帆ちゃんも。ほかに真野はいないだろ、この横浜で」

またも見事につながったのだ。

詳しい話を聞いてメモに取ると、暁帆は協議会のドアを出て、廊下の先からメールを打った。嫌でも目に留まるよう、見出しは『平塚海運輸送の大ニュース！』とした。

『ちょっと君、ずる休みして何を考えてるのかな。平塚海運輸送は、真野グループの下請けになってたみたい。詳しい話を知りたいなら、無駄な抵抗はやめて直ちに電話してきなさい』

餌をぶら下げてやれば、気にして必ず電話をかけてくる。

狙いどおりに、三十秒ほどでスマホが震えた。たっぷり焦《じ》らしてやってから画面をタップした。

「——は〜い、もしもし。少しはお熱が下がったかしらね」

「かえって上がりましたよ。船津さんこそ、仕事しないで何してるんですか」

「こう見えても、わたしの大ファンがいてね、健気に色々と調べてくれたの」

「また鈴木理事に媚びを売ったんですね」

「人聞きの悪い言い方しないでよ。ま、とにかく、平塚海運輸送はかなり昔に浜島運輸に吸収合併されて、今も真野グループの傘下にあるんだって。もし詳しい話を聞きたいなら、平塚海運輸送の創設者の孫が今も専務として残ってるんで、鈴木理事に頼んだら取り次いでもらえそうよ。今どこ？」

「――倉橋《くらはし》弁護士事務所です」

ややや意味ありげに間を置いてから、切り札でも出すような気取った声で言われた。

昔の新聞に出てきた永友勇に関する調査を弁護士に相談しているのだろうと思ったものの、いわくありげな言い方を聞き、ほかにも目的がありそうに思えた。

「あ――もしかして……」

「さすが先輩。例の週刊誌の記事に出てきた弁護士さんです」

「嘘ーっ！」

近くに誰もいなかったからよかったが、ドアを通して協議会の中に聞こえたかもしれない。暁帆は階段へと身を隠しながら声をひそめた。

「市長と大学の同窓だったっていう、例のナイスミドルな弁護士なの？」

「はい。今、目の前でぼくたちの話を聞いています」

何という大胆な行動に出たのだ。

市民団体の顧問を務める弁護士の事務所を訪ねて、市長の父親がかつて調査を進めていた土地に関する情報を伝えたらしい。

「ちょっと城戸坂君、市長に了解は取ったんでしょうね」

「いいえ。ぼくは横浜の暮らしを考える会の活動に強い関心があったので、連絡を取ってみたまでです」

　そういう建前のことを言っているのではない。城戸坂はただでさえ一部の週刊誌の記者に目をつけられていた。その渦中の職員が、これまた噂の弁護士と密会する。週刊誌が嗅ぎつければ、喜び勇んで食いついてくる。

「ねえ、わかってるわよね、城戸坂君。市が売却した土地の取引は、市長がすでに調査ずみで、価格や売却先など、どこにも問題はなかったって言ってたでしょ」

「はい、そうでした。こちらへ来て、その確認が取れました」

「県が三十五年前に売却した土地のほうも、市長のお父様が調査したけど、残念ながら何も出てきてないのよ。今朝、電話をもらって、市長のお父様が悔しそうにしてたって聞いたんだもの。そういう経緯があったから、市長も念のためにしつこく父親にならって、過去の所有者まで調べてみたわけよ。ここまでは、いい？」

「ええ、はい、わかります」

「どちらにも残念ながら問題は見つかっていない。なので、気になるのは、市長のお父様が馬場の秘書を辞めるしかなかった、という事実のみ」

「確かにそうですよね。秘書につつき回されたら何かが発覚しかねない、と代議士の側が警戒した。だから、馬場は市長のお父さんの首を切るか、辞めざるをえない状況に追いこんだ……。今、目の前で倉橋弁護士も大きくうなずいてます」

そう考えたくなる状況はそろっているのだ。けれど、肝心の土地取引に問題が出てきていない。

おかしい……。どこかに大きな見落としがある。

「倉橋さんが、県に情報公開請求をして、例の土地について調べてみると言われてます」

「じゃあ、わたしは時間を見つけて、浜島運輸に行ってみる。君が真野グループの会社に乗りこんでいったんじゃ、大騒ぎになりかねないでしょ」

「でも、そこまでしてもらうのは――。例の県警が動いてる件もあるんですから、誤解を与えかねない行動はひかえたほうが……」

「大丈夫だって。任せなさいよ。だって、君はすでに真野グループにとって、間違いなく要注意人物なのよ。でも、わたしなら怪しまれないもの、感謝祭の準備もあるんだから。とにかく君は、永友勇って人の行方を追う方法を探しなさい。わかったわね」

有無を言わせずに通話を切ると、暁帆は再び協議会のドアを押した。またも鈴木理事にお願いして、昼休みに浜島運輸のオフィスを訪ねるアポを取ってもらった。

産業貿易センタービルに駆け戻って午前中を上の空ですごしたあと、昼休みになると同時にダッシュでまた港湾局をぬけ出した。

本牧埠頭に近い高速脇に建つ古いビルに、浜島運輸のオフィスはあった。

感謝祭のシンポジウムに備えた資料作りを担当しており、戦前の海運事情について調べている。それらしき理由を語って、平塚海運輸送の創業者の孫から話を聞いた。

ところが、三代目ともなると、祖父の業績と会社の変遷についての知識は薄く、通り一遍のことしか聞き出せなかった。

「いやー、真野さんに拾ってもらってなかったら、平塚海運輸送なんてちっさな会社はとっくにつぶれてたでしょうね。今もって、親子ども、真野家には頭が上がりませんよ」

そう言って平塚行弘《ひらつかゆきひろ》専務は、人のよさそうな丸顔をさらに和ませた。

聞くと、最初に受付で出迎え、暁帆を応接室に案内してくれたのが、四代目に当たる息子なのだという。創設者から曾孫まで、すべて真野家の世話になっているのだから、頭が上がるはずもなかった。

浜島運輸に吸収合併されたのが、昭和十八年の六月。戦争の長期化によって軍需関係の輸送のほかは仕事が減り、軍の指導もあって同業の再編が進められた結果だという。

昭和十六年の四月に高島埠頭で起きた事故についても尋ねてみた。が、浜島運輸の本社も空襲の被害に遭い、古い記録は残っていないとわかった。

「昔は、かなり荒っぽい者たちを束ねてたらしいけど、今は労基署がうるさいからね。契約社員はいますけど、みんな真面目な者ばかりですよ。うちの息子のほうが心配で。いや、お恥ずかしい、わはははは……」

まったくの空振りだった。

気落ちはしたが、刑事ドラマでも革靴を何足もすり減らして一人前という台詞をよく聞く。証拠つぶしの作業があって、初めて真実に手が届くのだ、と今は自分に言い聞かせるしかなかった。

平塚親子に礼を言って浜島運輸をあとにした。無念ながら空振りに終わった結果を、メールで城戸坂に報告した。

――お手数おかけしました。あとは自分で調査の道を探してみます。

二分後に短い返信メールがあった。

地元の新聞に記事が掲載される事故だったので、当時は関係者の間で多少は話題になったと思う。が、八十年も昔のことなので、事情を知る人は限りなく少なくなっている。あとは、事故で怪我を負った永友勇という名前から、親類縁者を捜すしか手はなさそうだった。恩人だという永友良江《よしえ》も、勇の血縁と見ていいだろう。

事故の起きた昭和十六年四月まで、少なくとも永友勇は横浜周辺で暮らしていたと思われる。もし地元の出身であれば、学校の卒業生名簿からたどることはできるかもしれない。ただし、地方から出てきたのであれば、その方法は無駄に終わる。何しろボーレンという船員下宿が横浜にはあり、泊まるところと船の仕事には困らなかったのだ。

午後は業務を何となくこなしながらも、永友勇とふたつの土地取引の件が頭を離れなかった。

城戸坂康経は、永友勇が怪我を負った昭和十六年の事故について調べ、真野に問いただす気でいたはずなのだ。のちに真野がエバートン商会の土地を手に入れていたことから、康経は想像をふくらませていった、と思われる。

エバートン商会を追いつめて帰国させるため、港で事故を誘発させた。その結果、永友勇が怪我を負い、おそらくは命を落とすことになった。エバートン商会はその責任を負わされて、店の土地を手放すしかなくなった。その事実を追及するため、康経は氷川丸に乗って昔を知る人物に接触し、何らかの情報を得たのだろう。だから、真野次郎に面会を求めた。

ここまでは暁帆にも想像はできる。たぶん大筋で違ってはいないだろう。

おそらく真野吉太郎は、娘婿として社長職を引き継ぐ際、義父が襲われた事件の詳しい経緯を聞いたのだ。自分が会社を受け継ぎ、一緒に恨みまで引き継ぐことになったのではたまらない。義父のスキャンダルは、自分の身にも降りかかってきかねない問題となる。

その時期は断定できないが、いずれにしても現社長の真野吉太郎は、義父を襲った犯人の名を知り、記憶に留めておいた、と考えられる。そして、城戸坂という、犯人と同じ名前の市の職員が自分の前に現れ、こそこそと何かを嗅ぎ回りだした。ゆえに、彼を遠ざけたのだ。

市の幹部を通じて城戸坂を警戒したことと、エバートン商会の土地を取得していた事実から、昭和十六年の事故は真野次郎による陰謀だったと見ていいだろう。

けれど、すでに八十年も前の出来事なのだ。たとえ真相が明らかになったとしても、真野吉太郎本人は関係できるはずもない昔の話だった。

しかも、謀略の深読みはできても、明確な証拠があるわけではなく、曖昧な疑惑にすぎなかった。面白おかしく騒ぎ立てるメディアはありそうだが、名誉毀損で訴えるという対抗手段も採れる。そこまで城戸坂を警戒すべきことなのか……。

だが、真野は市の幹部を通じて、明らかに城戸坂を遠ざけたと思われる。

これは、ひょっとすると……。

おぼろげに見えてきたものに近づくため、暁帆は仕事を放り出して席を立った。

「どうかした、船津さん？」

山室係長が問いかけてきたが、言い訳を考えている心のゆとりがなかった。暁帆は自分のスマホを握り、港湾局のフロアを飛び出した。

「絶対にどこかで関係してるのよ。真野の会社と土地の売却が」

電話に出た城戸坂に、思いついたことを前置きもなく、まくし立てた。

「はぁ？　何ですか、どういう意味です」

「だって、そうじゃなきゃ真野が君を遠ざける必要なんかないでしょうが。昭和十六年の事故は先代社長が裏で糸を引いてたのかもしれないけど、娘婿の真野吉太郎とは一切関係がないんだから」

「でも、自分の義理の父親が過去にしでかしたことであれば――」

「そりゃ多少はうるさく言う人がいるでしょうね。でも、八十年も昔の話だから、事実を確認するのは難しい。だから、君のおじいちゃんだって、直接ぶつかってみるしかない、と考えたんじゃなかったのかな。そんな証拠が出てきそうにもない昔のことを探られたくらいで、どうして君から仕事を奪って企画展の準備に専念させる必要があったのかしら」

「あ、なるほど。言われてみれば確かに……」

「市役所の中には、君が市長と一緒に何かを嗅ぎ回ってると誤解する人がいた。つまり、君は過去の因縁から、市長の手足となって、市が売却した土地の件を調べてるんじゃないのか。すねに傷持つ身だから、そう勘違いしたのよ。だから、つい真野吉太郎は過剰反応してコネを使い、君を遠ざけた。独りよがりの妄想かしらね」

うーん、と疑問まじりのうなり声が聞こえた。真面目な男だから、可能性を虱潰《しらみつぶ》しに検証しているのかもしれない。

「じれったいな、もう。絶対にそうなのよ。ほかには考えられないもの。だから城戸坂君、今すぐ例の土地の周辺を調査しなさい。必ず真野が関係してるはずだから」

「いやいや……まったくもって、あきれるほど突拍子もなく、強引な考え方をする人ですね、先輩は」

「君こそ、もっと柔軟な考え方をしなさいよ。頭が固すぎると、あとで苦労するからね。せっかくずる休みを取ったんでしょ。さっさと例の土地の周辺をクンクンしつこく嗅ぎ回りなさい。わたしも親戚が死んだことにして早退するから。ほらほら、すぐ動いてよね！」

返事を訊かずに通話を切った。港湾局に戻ってでっち上げの忌引きを取ろうと、踵《きびす》を返した。

「――おい、今のは何の話だ」

通路の先に一人の男が立っていた。走りだそうとして足を止めた暁帆に向かって、武田課長がゆっくりと歩み寄ってきた。

「やはり城戸坂の欠勤は仮病だったか」

暁帆を呼び止めた山室係長の声に気づき、追いかけてきたのだろう。話はすべて聞かれていた。ならば、もう隠し立てしても始まらなかった。

「課長。今から早退させていただきます」

「誰が許すか。市長に言われたはずだぞ。おかしな行動は慎め、と」

「でも、市の土地取引に関する疑惑が出てきてるんです」

「たとえ土地の件で何が飛び出してこようと、君と城戸坂には関係ないだろ。いいや、本当に疑惑があるのなら、余計に軽はずみな行動は取るな。司直の手に任せるんだ」

課長は正論を言っていた。でも、あと少しで真相が見えてくるとの手応えがあった。

だから、大きく首を振った。

「関係はあります。わたしも城戸坂君も横浜市の職員です。市の土地取引に問題が出てきたのなら、職員自らが真相を突き止めようとして何が悪いんですか！」

暁帆は課長に背を向け、通路の床を蹴った。幸いにもスマホがあれば、タクシーの支払いだってできる。

階段を駆け下りて産業貿易センタービルから走り出た。後ろは決して振り向かず、山下公園通りでタクシーを停めた。

「磯子台へ向かってください！」

7

本牧から根岸へとタクシーが差しかかった時、早くも城戸坂から着信があった。先ほどの電話から、まだ十分ほどしか経っていない。

「何よ、もう出たわけじゃないでしょうね」

「それが――出たんですよ！」

声が興奮で裏返っている。

「探るも何もありませんよ。現地に到着してみたら、一発でした。どうしてもっと早く気づかなかったのか」

「だから、何が出たの？」

「例の土地の周りに似たような外観の住宅地がかなりの規模で広がってましたよね。辺りの丘陵地帯丸ごとの、どでかい開発だったんです」

予想どおりの展開になってきた。スマホを握る手と声に力が入る。

「真野のグループが開発してたのね」

「はい、大当たりです。三年ほど前に大規模開発がすべて終わったんですが、手がけたのは新生エステートを初めとする、真野の子会社ばかりでした」

どんぴしゃで、つながった。

暁帆は拳を固めてガッツポーズを作った。すべてのからくりが初めて目の前に見えてきた。

「城戸坂君。大急ぎで倉橋弁護士に連絡して、大規模開発の正確な場所と面積、それと経済規模を出してもらうのよ」

「もちろん、そのつもりです。今、ぼくの横に倉橋さんもいます」

役人としての経験は浅かったが、彼にも全体像が見えているのだ。が、政官財のタッグチームに立ち向かうとなれば、まだまだ材料をそろえなくてはならなかった。こういう時こそ倉橋たち市民団体の協力が必要になる。

「これから磯子台のほうへ向かいます」

「そっちは今、わたしがタクシー飛ばしてる。あと五分もあれば結果が出るわよ」

「先輩……凄すぎますよ。でも、また一人で向かってるんじゃないでしょうね」

「大丈夫だって。ちょっとそこらを訊き回ればいいんだから」

「いや、待ってください。さっき言ってたとおりに、わかりやすい嘘をついて本当に早退したわけですよね。もし港湾局の何者かに見られてたら――」

城戸坂の息づかいが荒くなった。本当に心配性がすぎる。

市長の手足となって動いていた職員二人が、続けざまに港湾局から姿を消した。そう思われた時のことを、彼は案じているのだった。

「ぼくたちも直ちに合流します。それまで先輩は何もしないでください。念のためです」

そこまで警戒する必要があるとは思えなかった。今はまだ状況証拠らしきものが見えてきているにすぎないのだ。

「大げさなこと言わないの。心配しすぎると、課長みたいに髪の毛薄くなるよ」

「倉橋さんがタクシーから出るな、と言ってます。というのも、つい先ほど気になる連絡があったんです。市民団体のメンバーが昨日からずっと、何者かに尾行されてるみたいだって……。週刊誌の記者なら心配はいりません。けど、県警が動いている件もあるんですよ。もし暴力団が動き出していたら、大事になりかねません。気をつけるに越したことはないですよ。例の近藤運送だって、頭から信じていいのかもわからないんですから……」

「はいはい、了解しました。君たちが来るまでタクシーの中でおとなしくしてる」

「頼みますよ、本当に、お願いですからね」

不安はわからなくもないが、取り越し苦労としか思えなかった。たとえ港湾局の中に反市長派の者がいても、見晴らしの丘と呼ばれた丘陵地の開発者を調べに足を運ぶぐらいで、おかしな実力行使に出てくるとは考えられない。ましてや密輸の件との関係などまったくないのだ。

試しにリアウインドウを振り返ってみたが、尾行されているような気配は見られなかった。

電話を切ってからおおよそ五分で、タクシーは近藤運送の駐車場前に到着した。昨夜はずらりと並んでいたトラックも今はすべて出払い、代わりに乗用車が六台ほど乱雑に停まっていた。従業員の車だろう。

土地取引の当事者であった近藤運送までを、城戸坂たちは疑っていたみたいだ。この一帯の土地開発に、当事者たる運送業者までが一枚嚙んでいた可能性も考えられるからだろう。真野グループとの関係はどうなのか、確かに調べてみる手はある……。

彼らの忠告を吟味しつつ、暁帆は入念に辺りを見回した。夕陽が淡く街を照らす中、散歩中らしき老夫婦のほかに人影は見当たらなかった。

よし。怪しい者はどこにもいない。大丈夫だ。

「運転手さん、ここで少し待っててていただけますか」

通りを渡り、向かいに並ぶ民家の呼び鈴を押して、ちょっと話を聞くだけですむ。たぶん予想どおりの結果が得られる。

晩帆は運転手にドアを開けてもらった。歩道に降り立ち、車が来ていないことを確かめてから、小走りに通りを渡った。

建て売りらしき似たたたずまいの一軒家が並び、奥に広がる斜面に沿って屋根と窓が連なっている。この丘の開発も、かなりの規模だ。

もしひとつの街を作り上げるほどの計画で、百軒近くの住宅が建設されていたら……。一軒当たりの販売価格を五千万円前後と見積もった場合、総額で五十億円近い破格のスケールとなる。利益も巨額になったろう。

晩帆は意を決して、最も近い家の門へ走り寄った。「若山《わかやま》」という表札の横にあったインターホンのボタンを押した。

「……はい、どちら様でしょうか」

「夕方のお忙しい中、失礼いたします。横浜市港湾局みなと振興課の者ですが、この辺りの宅地を開発された業者についてお聞きしたいことがあって――」

そこまで言って、声が出なくなった。背後から急に名前を呼ばれたからだった。

慌てて振り返ると、通りの向こうに一台のタクシーが停まり、男が窓から顔を突き出していた。

「……どういうことでしょうか」

インターホンから女性の落ち着いた声が流れ出た。すぐにも話を聞けそうだが、晩帆はその場で身を固くした。タクシーのドアが開き、思いもかけない人物が降り立った。

「どうして……」

「船津君。言っただろ。一人で勝手な行動は取るな、と」

武田課長が通りの左右を見回し、暁帆のほうへと駆けてきた。いつもは相手を煙に巻こうとするような表情ばかり見せるくせに、今は怖ろしいほど鋭い目つきになっていた。

なぜ課長が、ここに……。

近藤運送を訪ねて話を聞いた事実は、市長にしか伝えていなかったのに……。

戸惑いに襲われて立ちつくしていると、甲高いエンジン音が辺りに響き渡った。タイヤが空回りするような音が続いた。

課長が走り寄りながらも、後ろを振り返った。その視線の先から、なぜか白い軽自動車が猛スピードで迫ってきた。近藤運送の駐車場に停まっていた車だ。

「危ない、逃げろ！」

武田課長が叫び、暁帆に迫ってきた。その背後に白い軽自動車が突進してくる。

課長に体当たりをされて、暁帆は歩道に押し倒された。後頭部に衝撃を受けて――あとは何もわからなくなった。

8

殴りつけるような頭の痛みと騒音で、目が覚めた。ピーポーとうるさいほど間近でサイレン音が鳴り続けている。

「船津先輩。ぼくがわかりますか！」

なぜか半泣きになった城戸坂が目の前で叫んでいた。

「何で泣いてるのよ、うるさいわね、もう……」

「意識を取り戻しました。悪態つく元気もあります！」

ひどい言われようだったが、頭が痛くて憎まれ口も返せなかった。

城戸坂の顔が引っこみ、代わりにマスクをつけた男性が顔を近づけてきた。

「名前を言えますか」

「あ、はい……船津暁帆」

「痛むところを教えてください」

「何だか頭の後ろがガンガン痛みます」

「このまま動かないでください。病院に搬送して検査を行います。もし気持ちが悪くなるようでしたら、直ちに教えてください、いいですね」

男は救急隊員で、自分が寝かされているのは救急車の中だとわかった。車が大きく揺れてエンジン音が響き渡る。

「城戸坂君、課長は……」

記憶が甦って、暁帆は上半身を起こそうと腕に力をこめた。が、後頭部の痛みがひどく、すぐ右肩を下に横たわった。

「おれはここだぞ。どうも足の骨をやっちまったらしい」

声は聞こえたが、姿は探せなかった。代わりにまた城戸坂の泣き顔が近づいた。

「タクシーの運転手さんが教えてくれました。課長が先輩に飛びかかっていなかったら、二人とも轢《ひ》かれてたかもしれないって……」

そうだった……。近藤運送の駐車場に停まっていた白い軽自動車が猛スピードで突っこんできたのだ。

「すぐにタクシーの運転手が気を利かせて、おれたちのほうに車を近づけたんで、軽自動車は逃げてったよ。ドライブレコーダーに映ってるはずだって言うんで、逮捕は時間の問題かもな」

また課長の声が苦しげに響いた。

「あまりしゃべらないで。二人とも怪我を負ってるんですからね」

救急隊員がいさめてきたが、暁帆は訊かずにはいられなかった。

「城戸坂君、倉橋弁護士は……？」

「市民団体の人と現場に残って話を聞いてます。あ――ちょうど一報が入りました」

そう言って城戸坂がスマホをつかみ、チェックした。

「やはり先輩の見立てどおりでした。見晴らしの丘を開発したのは、港南地所。真野グループの傘下にある会社でした」

こちらも高田東七丁目の丘陵地帯と同じ構図があったのだった。

「おい、船津。おまえ――一瞬おれを疑ったろ」

課長が暁帆の名字を呼び捨てにして、文句を言ってきた。

「ななな、何言ってんですか。わたしは、ちっとも……」

「嘘つくな。おれだけ、のけ者にしやがって。市長に電話で報告したら、近藤運送に行く気だって教えられた。女の子一人で行かせるのは心配だって言われたんで、タクシー飛ばして追いかけたのに、このざまだ。まさしく骨折り損じゃないか、ったく……」

まだぶつくさと武田課長が何か言っていたが、暁帆は安心して救急車の狭いベッドに身を横たえた。多くのことがありすぎて、頭が混乱している。今はただ静かに寝ていたかった。


搬送された救急病院で検査した結果、暁帆は頭部と左肩の打撲と診断された。が、頭を強く打っていたので経過観察が必要と見なされ、入院が決まった。

ストレッチャーに寝かされたまま病室に連れていかれると、私服と制服の警官が待っていて、その場で事情聴取が始まった。

暁帆たちを車で轢こうとした男は早くも逮捕されていた。刑事からその名前を知らされて、言葉を失った。

平塚行永《ゆきなが》、三十五歳。昼休みに浜島運輸で話を聞いた平塚行弘専務の息子だったのだ。

「詳しい話は、すでに神村市長から聞いています。浜島運輸は、本牧埠頭の市営倉庫を利用していた社のひとつで、その担当が平塚行永でした。あなたが会社を訪ねてきたと知り、密輸の件が探られているのだと思い、焦ったようですね。その事実を、共謀関係にあった市の職員に確認してもらったところ、あなたが磯子台の近藤運送に行ったと知らされ、先回りして待ち受けたと自白しています。ナンバープレートを汚して見えないようにしたうえで、ね」

途中から刑事の声がよく聞こえなくなった。市の職員が……。

密輸グループに手を貸す者が、やはり身内の中にいたのだ。あってはならない事態に、また頭と肩が疼《うず》きだす。

「港湾施設課の西岡和孝《にしおかかずたか》。ご存じですね」

名前しか知らなかった。三十代の目立たない職員だ。

二年も前から暴力団員と関係を持ち、ずっと何食わぬ顔で一緒に働いてきた。同僚と市民を裏切り、なにがしかの利益供与を受け、一味が逮捕されたあとも、共犯者の平塚行永と絶えず周囲を警戒してきたのだろう。

みなと振興課の若い職員が、市長と組んで何か調査を続けている。その噂を聞き、平常心ではいられなかったに違いない。ついに、船津暁帆が浜島運輸にやって来た。昔の事故の調査というが、本当の狙いは別のところにある。その証拠に、あの女は次に近藤運送へ向かったというではないか。みなと振興課の課長が電話で誰かと話していた。あの会社も市営倉庫を利用していた口なのだろう。このままでは自分たちの身に危険が及ぶ……。

何という浅はかな思いこみなのか。

それほど彼らは追いつめられていたのだ。たぶん、さらなる犯行にも手を貸していて、もし同僚に気づかれようものなら、密輸を牛耳る暴力団に何をされるかわからなかった。秘密を暴かれる前に、口を封じるしか……。

「二人とも軽傷ですんだのは、まさに不幸中の幸いですよ。こういう事態が起こりうるから、市の職員の方々は何もせず、すべて我々に任せてほしい、と市長さんにお願いしておいたんですからね」

「でも、浜島運輸を訪ねたのは、密輸の件とは関係がなくて……」

暁帆が頭を下げると、初めて刑事の口元に苦笑らしきものが浮かんだ。

「その話も聞きました。しかし、おかしな誤解を受けかねないから何もするな、と念を押されてたはずですよね」

「あ……はい、すみません」

「我々だって、懸命に捜査してたんですよ。犯人の目星もほぼついて、証拠固めを進めてたのに……すべて吹っ飛んでしまった。そのうえ、市役所に負けてどうするんだって、課長が頭に血を上らせる始末でね。その責任も取ってもらいたいところだよ、なあ」

隣の仲間と顔を見合わせて深く吐息をこぼし、中年の刑事は手帳を閉じた。

聴取が終わると、驚いたことに両親と弟が先を争うように駆けこんできた。母はハンカチを手に涙をしきりにぬぐっていた。

「よかったわよ、無事で。もし顔に傷でもできてたら、ますます婚期が遠のくんじゃないかって、気が気じゃなかったんだから……」

「ホント心配させるなよな、警察から電話もらって、どれだけ肝を冷やしたと思う。薬物の密輸とか言われたんで、一瞬、心臓が止まったよ」

「でも、すげーよな、姉ちゃん。密輸グループを摘発するなんて、女捜査官みたいじゃないか」

口々に勝手なことを言ってくるので、苦笑でごまかすしかなかった。でも、家族の顔を見られて、心の底から安心できた。

馬鹿話で笑い合っていると、父たちの後ろでノックの音が聞こえ、一人の女性が姿を見せた。

「市長……」

暁帆と目が合っても、神村市長は笑顔を作らなかった。命令違反を犯して勝手な行動を取ったあげく、身を危険にさらした無軌道な部下を見すえて言った。

「船津さん、五日間の出勤停止を命じます。――まずは体を治しなさい」

「ご心配をおかけして本当に申し訳ありませんでした。あの、課長は……？」

「あの人は大丈夫。骨が折れてるだなんて、大げさなのよ。ちょっと足をくじいただけだって。だから、城戸坂君と港湾局に戻ってもらいました」

危ない目に遭った職員を早くも仕事に復帰させるとは……。

市長が表情をさらに引きしめて言った。

「二人には今、記者会見用の資料作りに取りかかってもらっています。実を言うと、今も病院の外には、記者が集まりだしていて。あなたを取材しようと押し寄せてくるかもしれないから、充分に注意をしてね」

市の職員の中に、暴力団と組んで密輸に手を貸した者がいたうえ、その共犯者に別の職員が襲われるという事件が起きたのだから、メディアの騒ぎぶりは想像できる。しかし、資料が必要になるとは、どういうことか……。

「もしかすると、土地売却の件も――」

「一緒に報告させてもらいます」

「でも、今はまだ状況証拠のようなものしか……」

「疑惑の全容が見えてきたとなれば、隠し立てをせず、直ちにすべてをメディアに打ち明ける。行政も政治も、スピードと信頼が大切なのよ」

「証拠を固めて、シンポジウムの時にぶつけてやりたかったのに……」

密かに胸で描いていた計画を語ると、市長が初めて笑った。

「城戸坂君も同じことを言ってた。ホントあなたたちは市役所きっての名コンビね」

「え……？　姉ちゃん、誰だよ、城戸坂ってのは」

「おいおい、恋人なのか」

「どうして母さんに黙ってたのよ、水臭い。早く紹介しなさいよ」

横で成り行きを見ていた家族が、また口々に勝手なことを言いだした。暁帆は大慌てで右手を振り回した。

「誤解だって、とんでもない誤解。ただの同僚だから。おかしな想像しないでよ。ほら、市長が笑ってるじゃないの！」

二時間後に市役所で行われた記者会見を、暁帆は病室のテレビで家族と見た。

市長は、職員が事故に巻きこまれたのは、犯人が誤解から取り乱した結果であり、市で密輸グループの捜索に動いたわけではない点を強調して、事件の経過を説明した。

さらに、みなと振興課の職員が調査を進めていたのは、先の会見で自らが語った件に関係することなのだと伝えた。

「ここであらためて市民の皆さんに調査の途中経過をお知らせいたします。横浜の暮らしを考える会から相談を受けていたのは、昨年の十月に市が売却した港北区高田東七丁目の土地取引に関してでした。市長選の前になって急に話を進めたように見えてならない。そう近隣住民の多くが疑問を抱いたというのです。しかし、その土地が民間業者に売却された経過に問題は見つかりませんでした。売却されるまで、その土地がどう利用されていたか、のほうが実は問題だったのです」

そこで市長の後ろのスクリーンに、売却までの細かいスケジュールがプロジェクターで映し出された。課長と城戸坂が大急ぎで仕上げた資料だった。

「この土地を独力で有効活用しようと、かつて市ではプラネタリウムの建設計画を発案しました。しかし、市議会で与党にも大反対されて、五年前に白紙撤回しています。その後、土地をただ遊ばせておくのは無駄と見なされ、ある企業に貸与されました」

スケジュールの横に、今度は賃貸契約書が映し出された。

「当時、この土地の西側は丘陵地帯で、開発の手は及んでおらず、木々に覆われた小高い丘が広がっていました。しかし、土地の貸与と同時に、宅地への大規模な造成工事が進み、ほぼ一年後に土地の賃借契約も終わっています。宅地開発を手がけたのは、新生エステート。住宅建設と販売を請け負ったのが、三島技研と港南地所の二社でした。市の土地を借りていたのが山海建設で、工事を請け負っていた三島技研の子会社でした」

多くの記者はまだ静かに市長の話を聞いていた。土地開発のからくりが見えていないのだった。

「皆様もご存じのように、横浜市内には丘陵地帯が多く、その土地を宅地開発するには、丘を大規模に削り、土を運んできて盛り上げ、平坦な造成地を段階的に広げていく必要があります。ですので、丘陵地帯の開発には、時間と手間がかかる——つまり平地の開発よりも経費がかさみやすいのです。ところが、開発予定地の隣にたまたま平坦な空き地があったならば、話は違ってくるでしょう。削り取った土の置き場に使うことができ、造成後の住宅建設には資材置き場にも利用でき、より集約的な開発が可能になるのです」

会場にざわめきが広がりだした。開発した三社と土地の借り手が、すべて真野グループであることを知る者がいたのだろう。

「高田東七丁目の土地は、長く更地のままでした。ですので、当初は市営のスポーツセンターを設立する案があったと聞きました。ところが、なぜか市は突然、プラネタリウムの建設計画に変更したのです。当然ながら、議会で問題となり、ついには白紙撤回せざるをえなくなった。結局、二年もの時間が無駄に費やされ、いつしかスポーツセンターの計画は他の場所に変更され、土地は長く更地のままになってしまった。そして、その間に西の丘陵地帯が開発され、問題の土地は業者によって有効活用されることになったのです」

神村市長が言葉を切ると、集まる記者たちがいっせいに声を上げだした。

「市の幹部が業者と組んで、反対されるとわかっていながらプラネタリウムの建設計画を仕組んだというわけですか」

「与党の反対で白紙になったと言いましたよね。市議会も関与していた証拠でもあるんですか」

市長は記者を見回して手を軽く上げ、会場を静めてから言葉を続けた。

「横浜の暮らしを考える会の方々が、開発の規模から業者が得たであろう経済効果の概算を出しています。市の土地を安く借り受けることで、少なくとも三億円近い経費を削減できたはずだとのことでした」

その分、市民に利益が還元されていたのであれば、少しは土地が有効活用されたと言える。けれど、一部の業者の利益を確保するため、市議会で反対されることを見こんだ建設計画を立てていたとすれば問題は大きい。

「さらに今回、市の職員の調査によって、おかしな偶然が過去にもあった事実が判明しました」

「似た事例があったわけですね」

「どこの土地です、教えてください！」

会場の熱気がさらにヒートアップしていく。

市長が冷静に言葉を継いだ。

「新たに浮かび上がってきた事例は、三十五年も前の土地取引でした。神奈川県が近藤運送という会社に売却した土地の西側には、やはり丘陵地帯が広がっていて、その売却前に宅地開発されていたのです」

「会社名はわかってるんですよね。そこも真野グループですか」

具体的な名前がついに飛び出してきた。市長がひと呼吸を置いて、言った。

「造成工事を手がけたのが港南地所。土地を一年間借りていたのが、山海建設でした」

「まったく同じじゃないですか」

「まさか、そっちも与党の反対で土地の利用計画が白紙になっていたんじゃないでしょうね」

つまり——市と県に圧力をかけられる大物政治家が関与していたのではないか。

残念ながら証拠はなかった。けれど、当時の議会で誰が質問し、真野グループに好都合な方向へと導いていったのか。その議員たちが誰の派閥に属していたか。メディアが細かく調べ上げていくだろう。

首謀者たちの描いた筋書きは見えていた。

真野グループ数社で組み、丘を切り開いて大規模な宅地を造成しようと計画をぶち上げた。が、用地買収に手間取るかして、開発スタートに遅れが出てしまい、資金ぐりに暗雲が垂れこめた。計画さえ軌道に乗れば、市の持つ更地を使って都合よく集約的な開発ができる。

もしかすると、例の土地も市から買い上げる手段を探していたかもしれない。けれど、競争入札になるのはさけられず、平坦地なので価格も高くなる。

そこで、何者かが三十五年前の手口を再び使えないか、と思いついた。

その手口は、かつて一人の秘書に勘づかれたため、長く封印されてきた。神村市長の父親は土地の噂を聞きつけるかして、代議士の関与を疑い、正義感から独自の調査を進めていった。ただ——土地そのものにこだわりすぎたため、過去の所有者をさかのぼって調べてみたものの、周辺の開発に利用されたという真相にはたどり着けなかった。

昔と同じ手を使っても、もう気づく者はいないだろう。背に腹は代えられない。そもそも民間が自治体の遊休地を活用して街を発展させるのだから、市民にも喜ばれて当然の事業なのだ。政治家が地元のためを思って役人に働きかけたところで正当な仕事のうちであり、怪しげな金銭の動きさえなければ、誰に後ろ指を指される謂われもない。

そういう勝手な言い訳を唱えながら、馬場と真野が知恵を出し合って役人を操り、スポーツセンターの計画をプラネタリウム建設へと強引に路線変更させて、時間稼ぎを図った。その間に真野グループは用地買収を進め、晴れて開発計画がスタートできた。

政官財の癒着によって、多くの利益が循環されていく。政治家は特定業者を優遇して票につなげる。業者は法に則った政治献金で恩返しをする。役人は政治家を味方につけて公共事業の利権を握り、天下り先となってくれる企業を探す。

この土地取引をめぐる疑惑を追及し、馬場周造という代議士をどこまで追いつめられるだろうか。

市の幹部や市議会に働きかけをしていた事実が突き止められても、贈収賄に問えるかどうかは疑わしい。けれど、神村市長はとことん追及していくはずだ。それが彼女の言っていた〝夢物語〟なのだろうから。

「実はまだ多くのことがわかっていません。ですが、横浜市では、今回の土地を貸し出した経緯を調査するため、外部の第三者も入れた特別調査チームを設けることにいたしました。メディアの皆さんも、どうか当時のことを知る関係者から話を聞き、取材を進めてみてください。市役所内で何が起きていたのか、事実が判明し次第、ご報告させていただくことをお約束いたします」

カメラの前で言い切った市長の姿を見て、暁帆はベッドの上で拍手を送った。

真相を明らかにしていくには、メディアの力を利用したほうが早い。そのための材料を、こうして会見を開くことで広く提供したのだった。

「もしかして、姉ちゃんたちが調べてたのって……」

「そうよ。市長に選ばれた特別チームの一員だもの」

弟が目を、両親がぽかんと口を開け、暁帆を見つめた。多少の方便ぐらいは、この際許されてもいいだろう。

テレビの中で、また市長が手を上げ、マイクに向かった。

「この土地取引の調査をしてくれた職員が、ちょうどそこにいます。城戸坂泰成《やすなり》君。彼は東京の出身だけど、実はおじい様が昔、氷川丸に乗っていたという横浜との縁があるんです。ね、そうだったわよね、城戸坂君」

市長が手を差し向けると、映像が切り替わった。

壇上の横でプロジェクターを操作していた城戸坂一人が大写しになった。テレビカメラに気づいたのか、びっくり顔になって壁のほうへあとずさりする。

凄い！　暁帆は神村市長の手腕にうなった。

こうやってメディアの関心を集めてやれば、城戸坂にインタビューが集中する。その中で、実は祖父の恩人を探していると伝えれば、興味を持って放送したり、調査を手伝ってくれるテレビ局があるかもしれない。

フォトコンテストを利用して、祖母が預かっていたカメラの持ち主を見つけようと企てた応募者の計画を、巧みに取り入れた手法だった。だから、城戸坂を直ちに港湾局へ戻し、資料作成の仕事をさせたのだとわかる。

でも……。城戸坂のことだから、テレビを使って人捜しをしてもらうのはどうかと生真面目にも考えて、自ら話を切り出さないおそれはあった。

仕方ない。今日中に電話を入れて、市長が何のために氷川丸のエピソードを紹介したのか、その真意をよく言い聞かせてやろう。

暁帆は一人ベッドでうなずいた。まったくもって、どうにもあいつは本当に手のかかる新人だ。

9

テレビの効果は絶大だった。

「ふざけるのもいい加減にしてほしいね。あの市長の父親が昔、わたしの秘書だったのは確かなようだけど、まったく記憶に残っていないね。それほど印象薄く、ろくに使えもしない男だったんだろう。だから、辞めてもらうことになったんじゃないかな。土地のことだって、わたしには一切関係がない。名誉毀損で訴える準備をしてもらってる」

馬場周造はテレビカメラの前で猛々《たけだけ》しく文句を言い放っていた。

ところが、たった三日で事態は一変した。

三十五年前の土地取引はもう時効と言えるので、真実を打ち明けたい。そう県の元職員が自らの関与を告白したのだ。馬場の子飼いと言える県会議員に指示されて、土地活用までの時間稼ぎを図るためだった、と。

さらに、メディアの地道な調査報道によって、新たな事実が突き止められた。真野グループ計十八社から、政治資金規正法によって定められた額を超える馬場への献金が見つかったのだ。そのニュースが流れると、馬場と真野はそろって緊急入院するという見事な醜態をさらした。

市長からは経過報告のメールが届いた。

——まだまだ追及の手はゆるめないわよ。テレビ局と特別報道番組の準備を進めてるところ。もちろん、わたしは市政を優先するつもりだから、安心して。

出勤停止が明けて港湾局に出ると、麻衣子が恵比須《えびす》顔で迎えてくれた。

「お帰り、暁帆。あなたを合コンに呼べってリクエストが凄いのよ。すべてわたしに任せなさい。悪いようにはしないから。ね、ね」

こちらもテレビで報道された効果だった。あきれたことに彼女はいつのまにかマスコミ関係者にまでネットワークを築き上げ、マネジャー気取りで暁帆のスケジュールを押さえにかかった。麻衣子の行動力も図抜けている。

そしてもう一人――テレビニュースの効果を得られた者がいた。祖父の恩人を探していると語った城戸坂のインタビューが流れた翌週のことだった。永友良江と勇の親戚だという人物から市役所に電話が入ったのだ。

海老原幸代《えびはらさちよ》、八十二歳。母親が、良江姉弟とは従兄弟に当たるのだという。

城戸坂は飛び上がらんばかりになって受話器をつかみ、自宅にうかがわせてもらうと言った。が、彼女は結婚して横浜を離れ、今の住まいは名古屋だった。横浜に住む友人から話を聞き、自分の母の従兄弟に間違いないと思って電話をくれたのだった。

「本当にありがとうございます。近いうちに必ずご挨拶にうかがわせていただきます」

海老原夫人の情報によると、残念ながら永友良江はすでに他界していた。弟の勇は戦前に亡くなったというので、やはり港の事故が原因だったと思われる。

「思ったとおりでしたよ、先輩。永友良江さんはアメリカ人と結婚して、日本を離れていたんです。誰と結婚したかは、わかりますよね」

電話を終えた城戸坂が笑顔を向けた。思ったとおり、と言われれば、先は読めた。

「アレキサンダー・エバートンよね」

城戸坂の祖父の手帳には、エバートンの住所しか書かれていなかったのだ。二人が結婚してシアトルへ向かったのであれば、納得できる。

「てことは……やっぱり、永友勇の死亡事故に、エバートン商会は一切関わっていなかったのね」

「ええ、間違いないでしょう。新聞記事が事実であれば、弟の死につながった事故を引き起こした会社の責任者と結婚したことになるわけですから。そんなの、家族の心情としては、ありえませんよ。少なくとも永友良江さんは、エバートン商会に責任があると考えてはいなかった証拠と言っていいですよね」

おそらく永友良江は、日本人の一人として心を痛めていたのではなかったか。港で起きた事故にかこつけて、官民総ぐるみでエバートン商会の責任を追及した。自国が戦争を始めたという事情はあったにしても、あまりにも悪辣《あくらつ》な手口だった。ついに良江は、弟の死をきっかけに、エバートンとアメリカへ渡ることを決意するにいたった、と思われる。

ところが、大戦後にエバートン一家は仕事でまたアメリカを離れた。城戸坂の祖父がシアトルに渡りながらも、その消息がつかめなかったのは、再び海外へ渡っていたからなのだ。

その後、海老原夫人のもとに、シンガポールに移住した良江から、身内の消息を尋ねる連絡が来たという。さらには四十三年前、良江夫婦が暮らした日本を、エバートン一家四人で訪れてもいた。ちょうど城戸坂康経が病に倒れていた時期に当たり、悲しいすれ違いになっていたのだった。

その情報から少し遅れて、アメリカに帰国した仲間に連絡を取ってくれたミルフォード氏からも、エバートンの娘がシンガポールに今も住んでいるとの連絡がきた。城戸坂は良江たちの娘であるクリスチナ・バーンズに英文の手紙を送った。

九日後に、早くも返事が届いた。城戸坂は登庁してくるなり暁帆に手紙を差し出した。

「市長にも読んでいただくつもりです。こうして連絡が取れたのは、先輩と市長のおかげですから」

暁帆はさしたる貢献をしてはいなかった。鈴木理事の知恵を借りて、船員下宿や港の事故について調べる手助けをしただけなのだ。が、その気持ちは嬉しく思えた。

手紙を受け取って開き、読もうとしたところで、はたと気づいた。

「で──何が書いてあるのよ。英文の手紙なんか、あたしに読めるわけないでしょ！」

「あ、そうでしたね、すみません……」

本当に気づいていなかったのなら、おめでたいやつだ。どこかのエリートと違って、こちらは高卒で何とか市役所にもぐりこめた口なのだ。

「──残念ながら、ヤスツネ・キドサカの名前を母から聞いたことはない。弟を港の事故で亡くし、気落ちしていたところを、仕事先の社長だった父に優しくしてもらい、一緒に暮らしていく決意を固められた、と聞いた。そう書いてありました」

「港の事故が四月で、氷川丸が交換船としてシアトルに出航したのが十月だったわよね。だとすると、その半年の間に弟さんが亡くなって、大急ぎで結婚をきめたうえ、資産を処分してアメリカへ発ったわけね」

「かなり慌ただしいスケジュールだったみたいですね。そこに、祖父がどう関係していたのか……」

解決の糸口は、その日の夕方、名古屋からメールで届いた。

先週末に城戸坂は、お礼かたがた一人で名古屋まで行ってきたのだ。その際、来日したエバートン一家と彼女の親族で記念写真を撮っていたと知った。海老原夫人の弟がその古い写真を探し出し、メールで送ってくれたのだった。

城戸坂は直ちにスマホのメールをチェックした。写真を見るなり、戸惑うような声を上げた。

「え？ どうして、ここに母さんが――」

そのまま動きを止め、じっと写真を見つめる。暁帆は肩越しにスマホの画面をのぞいた。

「何言ってるの。海老原家とエバートン家で撮った写真よね。あなたのお母さんがいるわけないでしょ」

「ええ、そうなんです。でも――ここに、母とよく似た人が……。見てくださいよ、面長でちょっと鷲鼻。あまりに似すぎてるんです」

残念ながら、暁帆は彼の母親の顔を知らなかった。けれど、指が示した先には、どう見ようと日本人の面差しを持つ三十歳くらいの女性の笑顔があった。後ろには、初老の白人紳士と六十歳前後に見える日本人女性が寄り添っている。エバートンと良江だ。その二人の左で笑う日本人女性が海老原夫人で、隣が弟だろう。右端には、一目でハーフとわかる若い男性が生真面目な顔で立っていた。こちらはクリスチナの弟だと思われる。

「でも、どういうことだろ。この人、母さんに似すぎてる……」

頭が混乱してくる。城戸坂の母親が一緒に写っているはずは絶対にないのだ。合成写真のいたずらでもない。とすれば、つまりは——。

「そうだったのか……」

スマホを持つ城戸坂の手が大きく震えた。暁帆にもようやく事情が読めた。

「面長で鷲鼻は、おじいちゃんとそっくりだから……」

そう、ここに写っているクリスチナは、城戸坂康経と良江の間にできた子なのだ。

昭和十六年当時、二人は将来を誓い合う仲だったのだろう。ところが——港での事故が起き、良江の弟が巻きこまれてしまった。

荷揚げを請け負った平塚海運輸送は、真野一族と組んで、エバートン商会に事故の責任を押しつけた。当時の港湾作業員に怪我の補償がされたとは考えにくい。良江もエバートン商会で働く一店員にすぎず、重傷を負った勇の入院費を工面できずにいた。恋人だった康経にも金はなかった——どころか、彼は船員下宿の世話になっていたと思われ、借金を抱えていた可能性まであった。

彼女は親戚にも頼ることができず、やむにやまれずエバートンの妻になる道を選んだ。おそらく、以前から正式に求婚されていたのではなかったか。

しかし、良江が結婚を決めたにもかかわらず、皮肉なことに、弟の勇は帰らぬ人となった……。

「恩というのは、やはりお金だったんでしょうね」

城戸坂が苦しげに声を押し出した。

港での事故もあり、エバートンは母国アメリカへ帰ろうと考え、資産の処分を続けていた。良江は求婚を受け入れて、勇の治療費を手に入れた。けれど、弟は帰らぬ人となり、現金の使い道がなくなった。そうなった時点で、もうエバートンと結婚せずともすんだはずなのに、彼女は日本に残らず、アメリカへ渡る道を選んだ。

弟のために用意したお金を、恋人だった男に託したのではなかったか。

「もしかすると……エバートンのほうが別れてくれと、お金を渡したのかも――」

そこまで言って城戸坂は口をつぐんだ。

悪くすると、祖父が手切れ金と承知で金を受け取ってボーレンでの借金を清算し、自由の身を手に入れたのかもしれない。良江も、だからエバートンと生きていこうと決意できた、とも考えられてくる。

本当にそうだったのか……。暁帆は思いをめぐらせて、言った。

「ねえ、エバートンは港での事故の責任まで負わされてた可能性が高いのよね。だとしたら、怪我を負った永友勇の治療費を払うことは、責任の一端を認めたと関係者に思われることになったんじゃないかしら……」

「なるほど……。確かに言えますね。謂われのない責任を押しつけられる結果になろうとも、愛する人の弟を助けたかった」

暁帆はさらに想像する。港で作業員をしていた勇も、実はボーレンを利用していたのではなかったか。そこで城戸坂康経と知り合った。その縁で、良江と康経は親しくなる。勇のほうは、姉とエバートンの助けを借りて、港湾作業員に転身していた……。

「港での事故は、真野が仕組んだものだった。その目的は、エバートン商会に責任を押しつけ、母国へ帰らせるため。そこまでは、いいわよね」

「ええ……はい」

「でも、その事故に、たまたまエバートン商会で働く良江の弟が巻きこまれるなんて、ちょっとできすぎてないかしらね……」

「あ――そうか。勇が平塚海運輸送で働いていたから、エバートン商会が狙われることになった……」

「ねえ、勇は何かに気づいて、事故を食い止めようとしたんじゃないかしら。でも、それができずに、自分が巻きこまれてしまった」

もしこの予想が当たっていたのならば、良江も責任を感じたはずだ。自分たち姉弟のせいで、エバートンに迷惑をかけてしまった。そのうえ、勇の治療費まで用立ててもらうことになった。しかもそれは、謂われのない罪を認めることにもなる。

だから良江は、エバートンのプロポーズを受け入れたのだ。城戸坂康経も、その思いを受け止めるしかすべはなかった。

「どう考えても、手切れ金じゃないよ、城戸坂君。エバートンは処分できなかった資産の一部を、君のおじいちゃんに譲り渡すことを決めた。だって、外国人は資産を買いたかれていた時だったでしょ。二束三文で売り払うぐらいなら、友人と言える日本人に譲ったほうが絶対にいいもの」

エバートンはおそらく城戸坂康経の思いにも気づいていたのだろう。もしかすると良江の迷いにも。だから……。

暁帆は胸が締めつけられた。真相は、当事者たちの胸の中にしかないのだろう。昔のことを何も知らない自分たちが、あれこれ勝手な憶測をしても始まらない気がした。

彼らの間にどういう事情が隠されていようと、この写真の中で笑顔を作る一人の女性が生を享けた事実は変わらなかった。

「ねえ……。ひょっとして、良江さんの妊娠がわかったのは、氷川丸の上だったんじゃないのかな」

「え……？」

「だって、そう考えないと、おかしいよ。クリスチナさんが君のおじいちゃんの子だったら、妊娠してるのを承知で、エバートンをだますようにしてアメリカへ渡ったことになるじゃない。夫にすべてを隠して結婚しておきながら、日本に帰ってきた時、こんなにすてきな笑顔で家族と笑っていられると、君は思う？」

晩帆はスマホの写真を指さした。良江だけではなかった。アレキサンダーも妻に寄り添い、日本に戻ってこられたことを心から喜ぶような笑顔を見せていた。

借金に縛られていた船員と、アメリカ人経営者。もしかしたら城戸坂康経は、自ら身を引く道を選んだのかもしれない。その思いを知ったアレキサンダー・エバートンが資産の一部を彼に託した。

そういう事情がなければ、これほどの笑顔は絶対に作れない。だから、良江たちは日本の土を再び踏んでも、あえて城戸坂康経を探そうとはしなかった。なぜなら、クリスチナはずっと二人の子だったからだ。そして良江たち夫婦には、下の男の子も生まれている。

アレキサンダー・エバートンは、大きな愛で妻を支え、家族を大切にしてきた。良江も夫の思いに応えるため、クリスチナの本当の父親の消息を気にしつつも、家族に波風を立てない道を選んだのではなかったか。

何だかよくわからないが、写真を見ているうちに、涙があふれてきた。

ここに写る女性にも、狂おしい思いに襲われて迷い、悩み、一人で泣き明かした夜があったに違いない。けれど、彼女は夫の強い支えがあったから、自分の人生をまっとうできた。いつまでも悩みを抱えて踊り続けるしかない舞姫にはならず、自分の道を確かな足取りで歩いていけた。だから、曇りのない笑顔を写真の中で作っていられる。そう晩帆には思えてならなかった。

「待ってくださいよ。どうしてぼくより先に泣いてるんですか。ずるいじゃないですか、先輩……」

そう言って笑う城戸坂の目にも涙がにじんで見えた。

横浜港大感謝祭を二日後に控えた木曜日。一隻の豪華客船が大さん橋に入港した。

暁帆は本庁舎での会議を終えると、時間を気にしながら全力で走った。息を切らしてみなと大通りを駆けぬけて、信号無視に近い大胆さで海岸通りを渡った。すでに大さん橋にはシンガポールから到着したロイヤル・ビクトリア号の白く輝く船体が見えていた。国際客船ターミナルに急ごうとして、暁帆は歩みを止めた。あきれたことに、ふ頭ビルの陰に城戸坂の姿があったからだ。

何をやっているんだか……。

とっちめてやりたくなったが、気持ちはわかった。客船ターミナルには市の出向職員が何人もいる。仲間たちの目がある中、噂の女性を出迎えるのでは気恥ずかしさがつきまとう。

彼は自分の母親の若いころの写真を添えて、シンガポールのクリスチナにまた長い英文の手紙を送った。すると、彼女は夫と日本へ行くつもりだ、と返事をくれたのだった。しかも、船旅の予約が取れた、と日時を教えてきた。

彼女が船旅を選んだのには、理由があった。自分のもう一人の父親と思える城戸坂康経が元船員であり、その孫の泰成も港で働いている。海の上から、両親がかつて暮らした横浜の街の繁栄ぶりを見たい。そう手紙には書かれていたという。

城戸坂は頼りなげに立ち、ターミナルのほうと腕時計を交互に気にしていた。

仕方ないから背中を押してやるか。そう思いながら暁帆が大さん橋の通りを渡ろうとした時、ふいに城戸坂が顔を振り上げた。視線の先に大切な何かを見つけたかのような目になり、急にビルの陰から走り出た。

あ――と思った。

家族と初めてこの大さん橋へ来た時に見かけた光景が甦った。

あの時は、ビルの陰に和服姿の老婦人が立っていたのだった。彼女はターミナルから走ってくる白人の若者を見つけ、ビルの陰から飛び出していった。

くじらのせなかへと走る城戸坂の姿を、暁帆は目で追った。

ターミナルの出口には一人の老婦人が立ち、左右を見回していた。待合室で出迎えてくれると思っていた人がいないことに驚き、急いで外へ飛び出してきたみたいだった。

城戸坂が、運動会の子どもにも負けない全速力で走っていく。

駆け寄る人影に気づいたようで、老婦人が背伸びして手を大きく振った。彼女の後ろには、笑顔の白人男性が歩み寄る。

城戸坂が二人の前で立ち止まり、肩で息をしながら姿勢を正した。すると老婦人が大きく両手を広げ、初めて会う親戚の若者に抱きついていった。

事情を知らない者が見れば、何事かと思うだろう。十五年前の暁帆も同じだった。でも、港には、人と国をつなぐ素敵なドラマがたくさん隠されている。

今日も横浜には多くの船が入港し、また次の港へと旅立っていく。その運航を支える仕事に就く自分が、少しだけ誇らしく思えてきた。

人目をはばからずに抱き合う二人を見ていると、目の前でひとつの夢物語が完結したように思えて、暁帆はとても満ち足りた気分だった。

◇主要参考文献
『横浜大桟橋物語』客船とみなと遺産の会編　ＪＴＢキャンブックス
『横浜港ものがたり　文学にみる港の姿』志澤政勝　有隣堂
『横浜の関東大震災』今井清一　有隣堂
『横浜港の七不思議─象の鼻・大桟橋・新港埠頭』田中祥夫　有隣新書
『報告書　震災復興と大横浜の時代』横浜市ふるさと歴史財団近現代歴史資料課市史資料室担当編　横浜市史資料室
　その他、新聞雑誌等の記事を参考にさせていただきました。

※本作品はフィクションであり、実在の場所、団体、個人等とは一切関係ありません。

解説

細谷正充

新刊が出たら、内容や値段を気にすることなく、常に購入する作家がいる。真保裕一は、そのひとりだ。結果として作者の著書は全部所持している。ではなぜ躊躇することなく買ってしまうのか。今度はどんな物語を見せてくれるのかと、期待してしまうからである。

真保裕一は、一九六一年、東京に生まれる。高校卒業後、アニメの専門学校を経てアニメーション業界に入り、作画・シナリオ・演出を担当。また、幾つかの漫画原作も書いている。一九九一年、厚生省の元食品Gメンを主人公にした『連鎖』で、第三十七回江戸川乱歩賞を受賞した。以後、公正取引委員会の審査官や気象庁の研究官など、あまり知られていない公務員を主役に据えたミステリーを発表。一連の作品は「小役人」シリーズと呼ばれていた。後に生れる、外交官の黒田康作を主人公にしたシリーズも、その延長線上にあるといっていい。

一九九五年に刊行した『ホワイトアウト』が、第十七回吉川英治文学新人賞を受賞。厳寒の冬山を舞台にして、巨大ダムを乗っ取った武装集団に立ち向かうダム運転員の孤独な戦いを描いた冒険小説だ。織田裕二と松嶋菜々子の主演で映画化されたので、ご存じの人も多いだろう。さらに一九九六年のクライム・ノベル『奪取』で、第十回山本周五郎賞と日本推理作家協会賞の長編部門をダブル受賞。その後も、多彩な題材とスタイルを使いながら、ミステリーの秀作を書き続ける。二〇〇六年には、山岳ミステリー集『灰色の北壁』で、第二十五回新田次郎文学賞を受賞した。その一方で、第二次世界大戦に参加した日系二世の若者たちを描いた『栄光なき凱旋』、選挙に賭けた男たちの第二の青春を活写した『ダイスをころがせ！』、歴史時代小説『覇王の番人』『天魔ゆく空』『猫背の虎 動乱始末』などの諸作により、作品世界を豊かに広げているのだ。

このような作家であるから、次に出てくる物語の内容が予測不能。ただ、従来の作品から面白いことを確信するのみなのである。だから常に新刊が出ると買ってしまうのだ。もちろん本書もそうである。

『こちら横浜市港湾局みなと振興課です』は、「オール讀物」二〇一八年二月号から六月号にかけて連載。同年十一月に文藝春秋から単行本が刊行された。現実の横浜市港湾局には、賑わい振興課という部署があるが、みなと振興課はない。作者の創作である。作中で〝港の広報、国際交流、施設管理に防災計画、が主たる仕事なのに、港関連の厄介事はすべて振興策につながるとの理由を作られ、たらい回しの末に押しつけられる〟と書かれている。なかなか大変な課のようだ。主人公の船津暁帆と城戸坂泰成のコンビは、このみなと振興課の下っ端職員である。

ということで本書は、作者の「小役人」シリーズの系譜に連なる作品なのだ。しかし初期作品とは、かなり印象が違う。たとえばデビュー作の『連鎖』の帯に、「乱歩賞史上初の本格ハードボイルド！」と書かれているように、初期の「小役人」シリーズの内容はハードであった。所属する組織や、自己の生き方に対する葛藤も、シリアスに描かれている。だが本書の手触りは、もっと柔らかだ。その理由を説明する前に、作品の内容に踏み込んでいこう。

本書は全五章で構成された連作風の長篇だ。視点人物は、みなと振興課に勤務する船津暁帆。イベント〝横浜港大感謝祭〟の準備で忙しいので、新人の増員に喜ぶ。ところが、やって来た城戸坂泰成は、なかなか癖のある人物だった。東京生まれの東京育ちなのだが、なぜか横浜市の職員になった。国立大学出のエリートで、非常に優秀ではあるが、人の心の機微に疎いところがある。そして行動にも不審なところが……。ちょっとした引っ掛かりを覚えながら暁帆は、みなと振興課に持ち込まれる問題を解決するよう命令され、泰成とコンビを組んで奔走する。

第一章「もう一人の舞姫」は、カンボジアから招いた研修生のひとりが失踪。消えたのはアラナ・ソバットという男性だ。暁帆は泰成と共に、行方を捜すことになる。ところがすぐに怪我をしたソバットが入院していると判明。これで一件落着かと思いきや、事態は意外な方向に転がっていく。

続く第二章「夜のカメラマン」は、年に一度の港客船フォトコンテストに入選した写真に、泰成が疑問を感じたことから、ストーリーが動き出す。第三章「港の心霊スポット」は、豪華客船の見学イベントの客が撮ったらしい写真に、子供の幽霊が映っていたことから、暁帆と泰成が事態を収拾することになる。

以上の三章まで読んで感心するのは、ストーリーの運びの巧みなところだ。問題が起こってコンビが動き出すと、意外な事実が明らかになる。そこから予想外の展開が楽しめる。特に「夜のカメラマン」は、読者の興味を惹く発端から、思いもかけない着地点まで、ミステリーの面白さを堪能した。

さらに第四章「氷川丸の恩人」と第五章「ふたつの夢物語」で、さまざまな描写や登場人物の持つ意味が明らかになっていく。泰成の行動が不審なら、半年前に市長になったばかりの神村佐智子の行動も不審。また、地元の大物経営者や政治家など、なにかと口を出してみなと振興課の仕事を増やしていた人物も、新たな意味を持ってストーリーに絡んでくる。第二章で未解決になっていたある件や、第三章で泰成が仕事を交代させられた訳など、あれっと思った部分も、すっきりと解明されていくのだ。幕末の開港以後、多くの歴史とエピソードのある横浜らしい、過去を掘り起こした事件の真相に満足。

個人的には、山下公園前に浮かぶ「氷川丸」の扱いに、大喜びしてしまった。

また、登場人物の魅力も見逃せない。第三章までは泰成が名探偵役だが、暁帆も聡明だ。第四章になると暁帆が、積極的に泰成や市長の抱えている秘密に肉薄していく。みなと振興課の忙しさに陰で文句をいい、長いものに巻かれることも厭わない。だが仕事に対しては誠実だ。泰成と幾つかの騒動を解決していくうちに、彼女のよき資質が表に出るようになり、ついには市長に向かって「わたしたち市の職員には、市の未来を担うべき人を支えていく義務があるんです」というまでになるのだ。

だからといって暁帆が、職場で孤立するようなことはない。泰成に対して、職場の先輩として、教えるべきことは教える。中学からの友達で、隣の課にいる東原麻衣子とは、仲良くやっている。面倒な仕事を押しつけてくる武田課長（実はかなり有能）も、評価すべき点は評価している。市民情報室の柳本三奈美に敵意を向けられても、軽くかわす（この件に関しては、完全に泰成が悪い）。初期の「小役人」シリーズの主人公たちとは、まったく違うのである。きっとそれは、本書がお仕事小説の側面を持っているからだろう。

もともと作者は、さまざまな分野のプロフェッショナルを描き続けてきた。だから、仕事にやり甲斐を見出したりポジティブに向き合う、お仕事小説に興味を抱いたのは当然といえよう。二〇〇九年の『デパートへ行こう！』から始まる「行こう！」シリーズや、二〇一〇年の『ブルー・ゴールド』、そして本書と、お仕事小説の側面を強く持つ快作を発表しているのだ。

だからといって、作者の本質が変わっているわけではない。エッセイ集『夢の工房』に収録されている「取材の思惑」の中で作者は、

「世の中は、誰もがあこがれる流行りの職業だけで成り立っているわけではなく、地味

ではあるが、社会生活に必要不可欠な仕事は存在し、実際に多くの人々が従事しているはずである。目立つことのない裏方仕事ならではのプロ意識なしには続けられるものではないだろう」

といっている。神村市長が腕を振るえるのも、みなと振興課のような、縁の下の力持ちが頑張っているからだ。こうした仕事と人間に対する想いが、真保作品を貫く太い柱になっているのである。

最後に舞台となった横浜のことにも触れておきたい。異国情緒のある横浜は、観光地として有名である。本書にはそんな横浜の景勝が、幾つも登場しているのだ。ついでにいえば、第一章で触れられている森鷗外の名作「舞姫」のモデルになったエリーゼが、明治時代の横浜にやって来たように、多くの人々の想いが生まれる場所になっている。作者はそれを意識して、冒頭の暁帆の回想や、事件の真相から見えてきた人たちの人生を、横浜の地に重ね合わせたのである。ここも本書の読みどころとなっているのだ。

現在、コロナ禍により、横浜への観光や行楽を控えている人は、たくさんいるはずだ。だから、世の中が落ち着いたら、本書を手に出かけようではないか。物語の内容と照らし合わせれば、新鮮な気持ちで横浜の風景を堪能することができるだろう。その日が来るのが、今から楽しみだ。

（文芸評論家）

初出　「オール讀物」
　二〇一八年二月号〜六月号
単行本　二〇一八年十一月　文藝春秋刊
DTP制作　エヴリ・シンク

文春文庫

こちら横浜市《よこはまし》港湾局《こうわんきよく》みなと振興課《しんこうか》です

定価はカバーに
表示してあります

2021年10月10日　第1刷

著　者　真《しん》保《ぽ》裕《ゆう》一《いち》
発行者　花田朋子
発行所　株式会社 文藝春秋

東京都千代田区紀尾井町 3-23　〒102-8008
TEL 03・3265・1211㈹
文藝春秋ホームページ　http://www.bunshun.co.jp

落丁、乱丁本は、お手数ですが小社製作部宛お送り下さい。送料小社負担でお取替致します。

印刷製本・凸版印刷

Printed in Japan
ISBN978-4-16-791763-0

（　）内は解説者。品切の節はご容赦下さい。

新庄　耕
カトク
過重労働撲滅特別対策班
大企業の長時間労働を専門に取り締まる「カトク」に籍を置く労働基準監督官・城木忠司は、この国の働く現場の苛酷な現実に悩みながらも、ブラック企業撲滅に奮戦する。文庫書下ろし。
し-65-1

真藤順丈
黄昏旅団
家族へ酷い仕打ちをする男の心の中を旅することになった青年・グンが見た驚愕の風景。古より存在する〈歩く者〉が真実を顕わにする破壊力抜群の極限ロードノベル！　（恒川光太郎）
し-67-1

須賀しのぶ
革命前夜
バブル期の日本から東ドイツに音楽留学した眞山。ある日、啓示のようなバッハに出会い、運命が動き出す。革命と音楽の歴史エンターテイメント。第十八回大藪春彦賞受賞作。　（朝井リョウ）
す-23-1

瀬戸内寂聴
源氏物語の女君たち
紫式部がいちばん気合を入れて書いたヒロインはだれ？　物語に登場する魅惑の女君たちを、ストーリーを追いながら徹底解説。寂聴流、世界一わかりやすくて面白い源氏物語の入門書。

せ-1-22

瀬尾まいこ
強運の持ち主
元ＯＬが〝ルイーズ吉田〟という名の占い師に転身！　ショッピングセンターの片隅で、小学生から大人まで、悩める背中をちょっとだけ押してくれる。ほっこり気分になる連作短篇。

せ-8-1

瀬尾まいこ
戸村飯店　青春１００連発
大阪下町の中華料理店で育った兄弟は見た目も違えば性格も全く違う。人生の岐路にたつ二人が東京と大阪で自分を見つめ直す。温かな笑いに満ちた坪田譲治文学賞受賞の傑作青春小説。

せ-8-2

瀬川コウ
君と放課後リスタート
君を好きだった気持ちさえなくしてしまったのだろうか？　ある日、クラスメート全員が記憶喪失に!?　全ての人間関係の記憶も失われた状態で生まれた謎を「僕」は解き明かせるか。

せ-13-1

（　）内は解説者。品切の節はご容赦下さい。

高村　薫
四人組がいた。
山奥の寒村でいつも集まる老人四人組の元には、不思議で怪しい客がやってきては珍騒動を巻き起こす。「日本の田舎」から今を描く、毒舌満載、痛烈なブラックユーモア小説！
た-39-3

高野和明
幽霊人命救助隊
神様から天国行きを条件に、自殺志願者百人の命を救えと命令された男女四人の幽霊たち。地上に戻った彼らが繰り広げる怒濤の救助作戦。タイムリミット迄あと四十九日——。（養老孟司）
た-65-1

高杉　良
広報室沈黙す
世紀火災海上保険の内部極秘資料が経済誌にスクープされた。対応に追われた広報課長の木戸は、社内の派閥抗争に巻き込まれながら、中間管理職としての生き方に悩む。（島谷泰彦）
た-72-2

高杉　良
勁草の人　中山素平
日本興業銀行頭取・会長などを歴任、戦後の経済を、そして国を支えた「財界の鞍馬天狗」。時代を画する案件の向こうには必ず彼がいた。勁く温かいリーダーを描く。（加藤正文）
た-72-4

高杉　良
辞令
大手メーカー宣伝部副部長の広岡修平に、突然身に覚えのない左遷辞令が下る。背後に蠢く陰謀の影。敵は同期か、茶坊主幹部か、それとも……。広岡の戦いが始まる！（加藤正文）
た-72-5

高杉　良
懲戒解雇
「懲戒解雇にするぞ」——。大手合成繊維企業で中堅の有望株であった森は、経営方針を批判して常務の怒りを買い、馘首の憂き目に。信念を貫いて闘うサラリーマンの勇気溢れる物語。
た-72-6

高杉　良
管理職降格
名門デパートの法人外商部課長・津川は、大口顧客から取引停止を通告され、左遷の危機に。娘の万引きや妻の不倫と家庭も崩壊寸前。逆風に立ち向かう男の選択とは？（高成田　享）
た-72-7

（　）内は解説者。品切の節はご容赦下さい。

辻堂ゆめ
お騒がせロボット営業部！
社運をかけ開発された身長80センチの人型ロボット。実用性ゼロのポンコツなのに、次々と事件の犯人にされて…新人女子とイケメンコンビは謎を解けるか!?　新感覚ロボットミステリー。
つ-26-1

天童荒太
ムーンナイト・ダイバー
震災と津波から四年半。深夜に海に潜り被災者の遺留品を回収する男の前に美しい女が現れ、なぜか遺品を探さないでほしいと言う——。現場取材をしたから書けた著者の新たな鎮魂の書。
て-7-5

堂場瞬一
虚報
有名教授が主宰するサイトとの関連が疑われる連続自殺事件。それを追う新聞記者がはまった思わぬ陥穽。新聞報道の最前線を活写した怒濤のエンターテインメント長編。（青木千恵）
と-24-4

堂場瞬一
黄金の時
作家の本谷は父親の遺品を整理中、一九六三年にマイナーリーグで野球をする若き日の父の写真を発見。厳格で仕事一筋だった父の意外な過去を調べるべく渡米する——。（宮田文久）
と-24-13

堂場瞬一
ラストライン
定年まで十年の岩倉剛は捜査一課から異動した南大田署で独居老人の殺人事件に遭遇。さらに新聞記者の自殺も発覚し——。行く先々で事件を呼ぶベテラン刑事の新たな警察小説が始動！
と-24-14

堂場瞬一
割れた誇り　ラストライン2
女子大生殺しの容疑者が裁判で無罪となり自宅に戻ったが、近所は不穏な空気に。〝事件を呼ぶ〟ベテラン刑事・岩倉剛らが警戒をしている中、また次々と連続して事件が起きる——。
と-24-15

中島らも
永遠《とわ》も半《なか》ばを過ぎて
ユーレイが小説を書いた？　三流詐欺師が写植技師と組み出版社に持ち込んだ謎の原稿。名作の誕生だ。これが文壇の大事件となって……。輪舞する喜劇。痛快らもワールド！（山内圭哉）
な-35-1